미디블나이트

DECA MEDIA

시스템 미디블나이트 2

초판 1쇄 2025년 12월 24일

지은이 리플래시 · **발행인** 김정수 · **고문** 이종주
발행처 데카미디어 · **출판등록** 2025년 4월 17일
주소 서울시 영등포구 당산로 214 · **E-mail** tradejjang0@gmail.com
유통 · 판매 관리 (주)행운사 · **Tel** (031)901-1137 · **FAX** (031)901-4140
E-mail luckybogo222@naver.com · luckybogo222@daum.net

ISBN 979-11-7513-088-3 (2권)
ISBN 979-11-7513-086-9 04810 (세트)

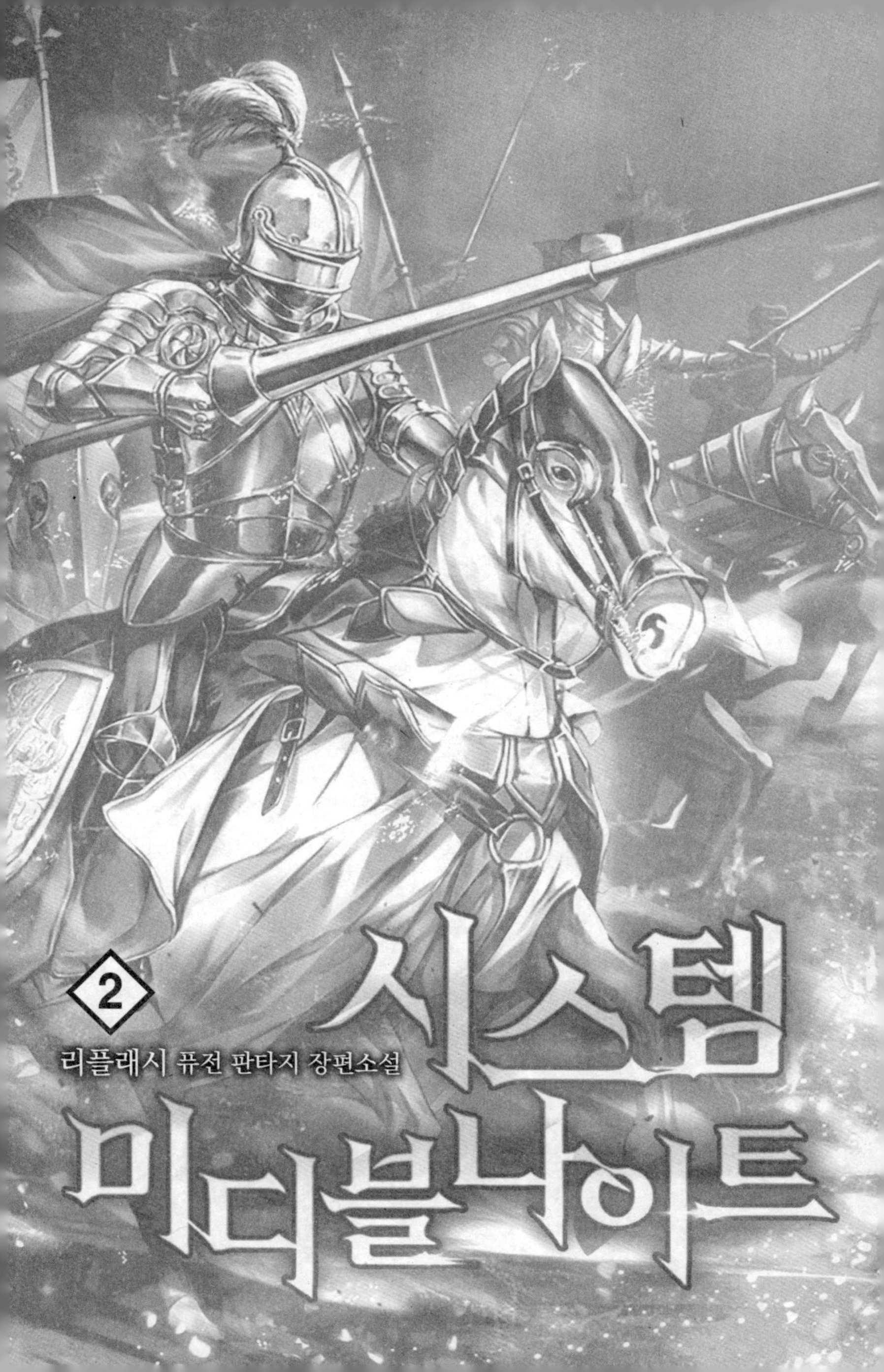
2
리플래시 퓨전 판타지 장편소설
시스템
미디블나이트

차 례

찾아가는 밤

서훈이 확정된 이후 내 일상은 몰라보게 바빠졌다.

로젠가든의 소유권 이전이 완료되어서 이사하느라 바빴고 클루겐과의 싸움으로 넝마가 된 연회복을 다시 맞추느라 바빴고 서훈이 어떤 절차로 행해지는지 가르쳐주겠다고 날마다 찾아오는 힐다를 상대하느라 바빴다.

“아버지가 볼프를 만나고 싶어 하세요. 오늘 시간은 어때요?”

“……군무대신님이? 드디어 뵙게 되는 건가.”

군무대신, 파우스트 폰 슈타이너. 다른 관료들과 다르게 타고난 무골이자 군부의 일인자라고 할 수 있다. 공왕의 직할병력인 공국군과 제후연합군을 지휘할 권한이 있었다. 그러니 웬만한 강골이 아니라면 군무대신자리에 앉아 있을 수 없었다.

"후훗, 왜 그렇게 긴장을 했어요? 용맹한 질풍의 기사답지 않게."

질풍의 기사라고 불린 이후 내 영웅시가 민중들 사이에 퍼져 새로운 유행이 됐다. 거리의 악사들이 손님들을 끌어 모으기 위해 내 영웅시를 매일 불러대는 통에 지나가다가 우연히 듣게 되면 쥐구멍에라도 들어가고 싶었다. 반면 내 가신들은 매우 자부심에 차 있다.

주인의 명예는 가신의 명예라는 것이다. 그래서 그런지 우리 가신들의 콧대가 엄청나게 올라갔다. 가문의 명성으로 남에게 위세를 부리지 않는다면야 괜찮겠지만 누군가 꼭 문제를 일으키는 법이다. 그래서 이사를 돕던 괴링이 내 가신들에게 적절한 충고를 해 줬다.

"자네들의 자부심이 나오는 곳은 어디지? 자네들이 모시는 주인의 가문이지. 올바른 가신이라면 주인의 명성에 우쭐하지 않고 누를 끼치지 않게 겸손할 필요가 있네."

괴링은 수십 년 동안 한 주인을 모신 가신계의 원로라서 내 가신들이 그의 충고를 허투루 듣지 않았다. 다만 보도에 한해 정보 수집을 위해서 내 이름을 어느 정도 파는 것까지는 허락을 해 줬다. 보도의 말에 따르면 내 명성 덕에 협조자가 굉장히 늘어났다고 한다.

역시 귀족은 명성을 얻고 볼 일이다. 나야 너무 과장된 영웅시 때문에 괴리감을 상당히 느끼고 있었지만 이미 이렇게 퍼진 거, 얼굴에 철판을 깔 수밖에 없다. 다행히 얼굴까지는 알려지지 않아서 왕세자처럼 팬덤(영애들이지만)을 몰고 다니는 상황은 아니라는 것이다.

“흠, 자네가 힐다의 마음을 사로잡은 슈트라이트 경인가?”

그런 의미에서 군무대신과의 만남은 여러 의미로 압박을 받았다. 타고난 무골의 집안이라서 그런지 군무대신 이하, 장남과 차남의 덩치가 장난 아니게 크다. 내 가신 중에 덩치가 가장 큰 한스보다 더 큰 것 같다. 다행히 힐다는 아버지와 형님들을 닮지 않았다.

두 언니는 모두 시집가서 이 자리에는 없었다. 나를 곱지 않게 바라보는 군무대신의 시선에서 나는 두 가지 뜻을 읽을 수 있었다. ‘명성 좀 얻었다고 고작 세습기사 따위가 감히 내 사위가 되겠다고?’ 그리고 ‘감히 사랑스러운 막내딸을 홀린 놈팡이가 너냐?’

“아버지. 그렇게 노려보지만 마시고 제가 데리고 온 신랑감은 어때요?”

“나의 작고 사랑스럽던 힐다가 남자를 데려오다니 세월이 참, 빠르구나.”

“아이, 저도 이제 17살인데 시집갈 나이잖아요. 언제까지 애 취급할 거예요?”

힐다가 귀엽게 흘겨보자 무뚝뚝해 보이는 군무대신이 부드럽게 웃으며 부녀간의 분위기가 화기애애했다. 나와는 전혀 다르게 힐다를 바라보는 표정에서 따뜻함과 자상함을 느낄 수 있었다. 이 온도 차 무엇? 역시 딸을 데려가려는 사위는 다 도둑놈이라는 건가.

"질풍의 기사라는 이명, 여기저기서 들리더군. 아버지, 우리 가문의 사위로 들이기에는 격이 한참 부족하지만 저는 개인적으로 왕세자 저하의 측근이 될 이명을 가진 유망한 기사와 혈연으로 묶는 것도 좋다고 봅니다. 그것도 힐다가 마음에 든 남자라면 행복하게 살 수 있지 않겠습니까?"

"그 질풍의 기사라는 이명이 만들어진 것은…… 끄응."

아하, 그러고 보니 군무대신은 내 이명이 만들어지게 된 원흉 중의 한 사람이었지. 베르트하임과 공왕, 군무대신이 삼자대면을 해서 콘스탄츠 남작에 얽힌 비사를 묻고 나를 영웅으로 만들어 대중들의 시선을 돌려 버렸다. 그 삼자대면은 비밀이었기 때문에 군무대신이 말을 하다가 침음을 삼킨 것이다.

"만들어진 게 뭐요?"

"아무것도 아니다. 크흠!"

군무대신과 다르게 장남, 미하엘 폰 슈타이너는 의외로 내 편을 들어줬다. 차남은 발언권이 없는지 처음부터 끝까지 무뚝뚝한 표정으로 나를 노려보기만 했다. 군무대신은 미하엘의 말에 살짝 인상을 찡그렸다. 저 불끈불끈한 근육에 헤드락이라도 당하면 평범하게 죽을 것 같다.

"힐다에게 마땅한 상대가 없는 것도, 유망한 기사를 혈연으로 묶는 것도, 왕세자 측근을 우리 사람으로 끌어들이는 것도 우리 가문에 이익이 된다는 것쯤은 알고 있다. 문제는 감정이야, 감정! 이놈! 감히 사랑스러운 내 힐다를 꾀어내다니! 하필이면 그게 질풍의 기사라는 건 또 뭐야?"

"아이고, 아버지! 마그레타와 플로라가 알면 굉장히 섭섭할 겁니다."

전형적인 딸 바보 아버지인가. 중세에도 이런 아버지가 있었구나.

그것도 대대로 군무대신가를 지내온 대 귀족이. 그리고 나는 힐다를 꾄 적이 한 번도 없다. 오히려 힐다가 내게 관심을 드러내 적극적으로 대시해 온 것이다. 억울했지만 이 자리에서는 반론은 독이다. 그냥 잠자코 군무대신에게 불평불만을 들어 줄 수밖에.

"슈트라이트 경. 아버지는 힐다를 어릴 적부터 유독 예뻐해서 그러는 것이니 너무 부담스럽게 생각하지 마. 나는 개인적으로 힐다와 경의 결혼은 찬성이니까. 하지만 힐다의 눈에 눈물이 보이면 나도 아버지처럼 돌변할 수 있음을 명심해."

미하엘도 동생 바보였던 건가. 하긴 미하엘의 나이가 25세라고 한다. 나이 차가 있는 편인데 그건 힐다가 후처의 소생이라서 그렇다.

힐다와 시집간 언니들은 친자매관계고 미하엘과 차남은 전처소생의 이복남매라는 것이다. 딸만 셋을 낳다니. 후처 입장이 어떨지는 안 봐도 뻔했다. 그래도 군무대신이 힐다를 유독 예뻐하는 것으로 봐서는 대우는 좋을 것 같다.

"아버지가 매번 이런 식이니까, 그나마 있던 혼처도 없어진 거겠죠. 전 볼프에게 시집갈 거예요. 저를 이해해 주고 존중해 주는 남자는 볼프밖에 없었어요."

"……볼프? 벌써 애칭까지 부르는 관계라니. 그렇게나 저놈이 마음에 들었는가."

"아버지, 이제 힐다를 놓아주시죠? 언제까지 힐다가 아이로 있을 수는 없잖습니까? 정략결혼을 시키지 않는다고 해 놓고서 힐다가 데려온 상대를 받아들이지 않는다면 평생 처녀로 고통스럽게 살게 할 작정입니까?"

만약 군무대신이 힐다를 정략결혼의 도구로 사용했다면 가문의 이익이 되는 쪽으로 힐다를 또래의 귀족이 아닌 나이가 한참 어리거나 혹은 나이가 한참 많은 귀족에게 시집보냈을 것이다. 그나마 군무대신이 가정적인 사람이라 힐다가 정략결혼에 희생되지 않았다. 무엇보다 자식부자(5남매)였으니 굳이 힐다를 정략결혼 시킬 필요는 없었던 것이다.

군무대신은 미하엘과 힐다의 설득에 마지못해 수락했다. 왕세자를 구한 것은 사실이지만 어쨌든 내 명성이 만들어진 명성이라는 것을 알고 있을 뿐만 아니라 하필 힐다가 고른 남자가 동일 인물이었으니 군무대신의 입장에서도 복잡한 심경일 것이다.

“장인어른, 힐다는 제가 행복하게 해 주겠습니다.”

“그래야 할 거야. 그러지 않으면 내가 직접 네놈의 살을 씹어 먹을 것이야.”

“아버지! 자꾸 그러면 나중에 태어날 손주를 보여 주지 않을 거예요?”

“크흠, 사위. 우리 힐다를 행복하게 해 주게나.”

손주를 보여 주지 않겠다는 힐다의 협박이 먹혔는지 군무대신은 바로 꼬리를 내렸다. 이게 엄숙한 공무와 전혀 다른 가족으로서의 모습인가? 재정대신가(라인펠트)와는 확실하게 달랐다. 그쪽 집안은 아버지와 장남이 서로 견제하고 있어서 화목과는 거리가 멀었는데.

군무대신이 나를 사위로 받아들이기로 하면서 여러 가지 절차를 조율해야 했다. 가장 민감한 문제는 역시 계약사항이다. 가문과 가문의 결합을 계약이라고 하며 신부의 아버지는 신부 지참금을 지불해야하고 나는 신부에게 아침선물을 준비하는 것이 전통이다.

이 신부지참금과 아침선물은 잦은 전쟁으로 일찍 죽었던 남편이 없이도 과부가 풍족하게 생활할 수 있는 안전장치였던 셈이다. 일찍 죽을 생각은 없지만 힐다가 과부가 되어 평생을 가난에 허덕이는 것 또한 바라지 않았다. 그런데 이 지참금이라는 것이 참 골 때린다. 만약 힐다가 영지의 상속권을 가진 여자였다면 그 상속받는 땅까지 내게로 오는 것이다.

중세 시대 최고의 상속녀는 아키텐의 엘레오노르가 있다. 프랑스 왕 루이 7세와 결혼했지만 이혼한 뒤 당시 앙주 백작이자 노르망디 공작이었던 헨리 플랜태저넷과 약혼했는데 그가 잉글랜드 왕 헨리 2세가 되면서 그 방대한 영토가 전쟁 한 번 치르지 않고 잉글랜드에게 몽땅 넘어가 버린 것이다. 이게 신부 지참금의 위력이었다.

군무대신가는 상속할 봉토가 없는 궁중백작가문이었고 격이 높은 가문의 체면상 상당한 예물을 준비할 것이다. 나 또한 신부에게 우리 가문의 체면을 세우기 위해서라도 그에 상응하는 아침선물을 준비하는 것이 계약의 조율이라고 할 수 있다.

"그럼 신부 지참금으로 우리 측에서는 500닢 상당의 예물을 준비하고 경은 200닢 상당의 아침선물을 마련하는 것으로 마무리 지으면 되는 건가? 너무 무리하는 건 아니겠지?"

"군무대신가의 따님을 정처로 맞이하는 일이니 우리 가문 또한 최대한의 성의를 보이는 겁니다. 큰 지출이지만 저도 그 정도 돈이 있다는 걸 알아주셨으면 합니다."

"흠, 생각보다 경과 가문의 저력이 대단한 것 같군."

그리고 군무대신은 로젠가든의 새로운 주인이 내가 되었다는 말을 듣고 묘한 표정을 지었다. 로젠가든은 여러 가문이 얽힌 복잡한 역사를 가진 집이다. 후작의 부탁을 들어주는 조건으로 합법적으로 넘겨받은 것이지만 솔직히 부탁에 비해서 과한 건 사실이다.

그래서 나는 베르트하임이 내게 선물로 준 것으로 생각한다. 나중에 또 무슨 부탁을 할지 모르겠지만 곤란한 일이 아닌 이상에는 웬만해선 들어줄 생각이다. 군무대신은 가난뱅이에게 시집보내는 것이 아니라는 것을 알게 된 후로 흡족한 것 같다.

힐다에게 줄 아침선물도 무리 없이 준비했다.

은화 200닢 상당이었지만 전혀 아깝지 않았다.

힐다는 아침선물을 받은 후에 다시 내게 돌려준다고 했다. 슈트라이트 가문을 운영하기 위해서는 많은 돈이 필요하기 때문이다. 그걸 개인자산으로 묶어두는 것보다 사용하는 것이 낫다는 결론인데 그 대신 내가 죽으면 힐다가 모든 재산을 상속받는 것으로 계약했다.

한 달 동안 우선 약혼을 맺고 가문끼리 친목을 다지는 기간으로 삼았다.

그 다음 달에 교회의 택일을 받은 후 결혼을 진행하기로 양측에서 합의를 봤다. 나는 군무대신과 미하엘을 상대하는 동안 옆에 앉아 라틴어로 작성된 계약서류를 꼼꼼하게 살피는 궁중사제가 신경 쓰였다. 넘어야 할 산이 참 많다. 이번엔 교회라는 산이 남았다.

지참금과 아침선물 뿐만 아니라 교회에게 결혼세를 내야한다. 그래야만 교회에서 정식으로 결혼을 승인하는 것이고 우리 사이에 태어난 아이들이 합법적으로 재산을 상속할 권리를 가지게 되는 것이다. 이러한 귀족 간의 결혼을 문트라고 한다.

이 문트 결혼으로 상속권과 더불어 남편에게도 신부아버지에게서 넘어오는 골 때리는 권리가 있다. 아내를 지배할 권리와 길거리에서 합법적으로 때릴 수 있는 권리란다. 군무대신이 그래서 때릴 거냐고 내게 묻자 차라리 내가 군무대신에게 맞겠다고 했다.

"그래도 경은 가문의 가주니 권리는 인정해 주지. 다만 너무 때리진 말게나."

"절대로 힐다를 때리지 않겠다고 이 자리에서 신께 맹세하겠습니다."

"호오, 궁중사제 앞인데 당연히 거짓이나 허언은 아닐 것이라 믿겠네. 허허허."

현대적인 사고방식과 윤리관을 아직 유지하고 있는 내가 아내를 때린다는 것은 상상조차 할 수 없는 것이다. 아무튼 내가 이렇게 맹세하자 군무대신은 매우 흡족했는지 분위기가 한결 부드러워졌다. 그리고 마지막으로 상속문제다.

내가 일찍 죽을 경우 모든 재산을 아내에게 넘기는 것으로 합의했다. 재산을 나눠줘도 될 혈족이 있는 것도 아니니까. 다만 내 가신들을 아내 쪽에서 보살펴줘야 한다는 조항을 삽입했다. 내가 죽어도 내 가신들의 생활이 문제가 없다면 나는 책무를 다한 것이다.

계약조율을 따지고 여러 가지 자잘한 사항까지 모두 조율을 하려니 벌써 해가 저물어가고 있었다. 이제 슬슬 돌아가야겠다고 생각했는데 미하엘이 매우 의미심장하게 웃더니 나를 별채로 데리고 갔다. 별채를 가지고 있을 정도로 규모가 큰 대저택이다.

로젠가든도 엄청 큰 대저택인데 이곳과 비교하는 건 민망했다. 그런데 미하엘은 왜 나를 별채로 안내했을까. 별채는 전체적으로 2층 건물이었는데 가운데 부분만 4층 높이 정도로 돌출되어 있었다. 凸의 건물이라서 왜 저런 구조인지 잘 모르겠다.

“시간도 늦었으니 자고가. 경의 수하들은 따로 방을 안내해 줬으니 경이 오늘 묵을 방은 저 꼭대기 층이다. 그 방에는 힐다가 기다리고 있지.”

“……설마 저보고 [찾아가는 밤]을 완수하라는? 하지만 그건 평민들의…….”

“유구한 전통 앞에 귀족과 평민의 구분이 있는가? 경은 사내다움을 보여 주면 그만이야."

그러니까 미하엘의 말은 나보고 저 벽을 기어올라 힐다가 있는 꼭대기 방에 있는 창문으로 들어가라는 소리다. 찾아가는 밤이라는 것은 중세 시대의 대표적인 골 때리는 풍습 중에 하나로 현대유럽에서도 아직까지 찾아볼 수 있는 오래된 구애문화였다.

결혼은 창문을 통해 이루어진다.

어떤 구애 방법인가 하면 마음에 드는 처녀에게 구애하기 위해서 젊은 남자가 처녀가 사는 방까지 벽을 타고 기어 올라가 창문으로 들어가는 것으로 사랑이 이루어진다는 풍습이자 유행이었다. 젊은이들 사이에서는 더 높고 더 위험해야 사랑의 크기를 증명한다고 믿었다.

"밑에 짚을 잔뜩 깔아뒀으니 떨어져도 죽지는 않겠지. 내가 증인으로 지켜볼 테니까, 올라가봐. 단, 규칙을 준수해야 한다는 건 알고 있겠지?"

찾아가는 밤의 규칙은 옷을 입은 채 침대에 누워 이런저런 대화만 나눌 수 있을 뿐 밤을 지새우거나 관계를 맺는 것은 엄격히 금했다. 결국 나는 미하엘이 보는 앞에서 벽을 탈 수밖에 없었다. 간혹 평민 총각이 이런 식으로 사람들 앞에서 벽을 오르는 모습을 본 적이 있는데 설마 내가 그 당사자가 될 줄은 생각도 못 했다.

동화에서는 왕자가 납치된 공주를 구출하기 위해 탑을

오르는 것이 이러한 풍습에서 유래된 한 단면이라고 볼 수 있다. 다행히 발판이나 잡을 곳이 많아서 그럭저럭 힘들지 않게 올라갈 수 있었다. 밑에만 내려 보지 않으면 된다. 창문으로 들어가자 힐다가 나를 맞이했다.

"고생했어요. 제 방은 여기가 아니라서 처음에는 반대했었지만, 볼프가 열심히 올라오는 모습을 보고 감동받은 것 같아요. 그만큼 나를 사랑한다는 증거겠죠?"

"후우, 아름다운 신부를 얻기 위해서라면 이 정도 시련은 아무것도 아니지."

일부러 허세를 떨었지만 사실 나는 고소공포증이 조금 있어서 높은 곳을 싫어했다. 하지만 내 가문과 나 자신을 위해서라도 꾹 참고 벽을 오를 수밖에 없었다. 다른 사람도 아니고 처남에게 겁쟁이 소리를 듣는 건 불명예였으니까.

그렇게 나는 힐다와 함께 침대에 누웠다.

음, 이 장미향과 그녀의 체취가 너무 좋다.

"나는 볼프에게 궁금한 점이 많아요. 볼프는 어렸을 적 얘기를 해 주지 않잖아요?"

"별로 재미있는 과거는 아니라서. 그것보다 힐다의 이야기가 더 재미있거든."

뭐, 기억날 게 있어야 들려주지. 내 과거 시절의 기억은 커녕 아버지에 대한 기억조차 없는데 어설프게 꾸며서 들려주는 것도 한계가 있다. 내 머릿속에 각인된 설정이라는 것만 알고 있을 뿐 가문의 비사나 역사에 관한 것은 자세히 알진 못했다.

내가 슈트라이트 가문의 5대째 기사이며 가문의 역사가 100년밖에 되지 않았다. 천수를 누린 선대가 없었기 때문이다. 초대부터 시작해 4대째인 아버지에 이르러 모두 프랑스와의 전쟁에서 전사했다. 이렇게 보자면 프랑스와 우리 가문은 철천지원수 사이였다.

그런데 4대째 전쟁에 종군하여 전사했는데 아직도 말단 세습기사라니. 대우가 너무 좋지 않은 거 아닌가? 무슨 사정이 있었는지 모르겠지만 내 대에서의 우리 가문은 그전과는 비교조차 할 수 없는 명성과 부를 얻게 될 것이라 확신했다.

그 첫 번째로 군무대신가의 딸을 정처로 맞이할 수 있게 된 것.

아버지가 살아계셨다면 어떤 반응을 보였을까?

가끔 그런 궁금증이 있었다.

"볼프가 정식 서훈을 받고 프란의 측근이 된다면 아마도 질시하는 무리가 나타날 거예요."

"그 질시하는 무리 중에 나도 끼어 있을 것 같은데?"

"네? 왜요?"

"나 외에 다른 남자를 애칭으로 부르니까."

내가 나름 질투하는 마음을 드러내자 힐다가 까르르 웃

으며 내게 안겼다. 크흠, 나이에 맞지 않게 나도 모르게 질투가 나서 느끼한 드립을 치고 말았군. 그런데 힐다는 내 입술과 볼에 입맞춤하면서 굉장히 좋아했다. 실패한 드립이라고 생각했는데.

“좋아요. 아내는 남편의 말에 순종하고 따라야 하는 법이죠.”

양성평등의 시대에 살다 와서 그런지 힐다의 발언이 위험하게 들렸다. 아내를 지배할 권리, 길거리에서 합법적으로 때릴 권리까지 있다는 소리를 들은 이상 적어도 나는 아내를 인격적으로 존중해 주고 싶다. 그녀는 나의 부속품이 아니라 평생을 함께할 동반자니까.

“그거 알아요? 가끔 느끼지만, 남편은 나보다 어른 같다는 느낌을 받을 때가 있어요.”

“그, 그래?”

액면가는 내가 2살 연하였지만 내면은 30대라서 당연히 어른 감성이 나올 수밖에 없다. 그런데 힐다는 그런 점이 오히려 좋다고 했다. 어린 남편이지만 어른스러운 면이 있어서 오히려 매력적이라나? 나도 젊은 애지만 요즘 젊은 애들 감성을 잘 모르겠다.

“사실 나는 영주기사가 되는 게 목표야. 세습기사로 일생을 보내고 싶지 않거든.”

“영주기사요? 영지를 하사받기 위해서는 보통 공훈으로

는 어림도 없을 텐데요?"

"그렇지. 하지만 그런 목표가 있어서 나는 강해질 수 있었어."

"볼프, 난 어린 나이에 과부가 되고 싶지 않아요."

누구에게도 말하지 않았던 내 진정한 목표를 힐다에게 말해 줬지만 힐다의 반응은 그렇게까지 좋진 않았다. 하긴 공훈을 세운다는 것은 곧 목숨을 걸고 전쟁터를 누빈다는 의미인데 당연히 죽을 확률이 높다. 어린나이에 과부가 되고 싶지 않다는 건 내가 무리하는 것을 바라지 않는다는 뜻이었다. 그래서 힐다를 꼭 안아주었다.

얼마 후, 내 품에 곤히 잠든 힐다의 사랑스러운 얼굴을 볼 수 있었다.

이대로 계속 있으면 좋겠지만 노크 소리가 들리면서 힐다의 시녀가 바깥에서 말했다.

"슈트라이트 경, 아가씨의 명예를 위해서라도 이만 나오시기 바랍니다."

힐다의 볼에 키스해 주고 깨지 않게 나왔다. 힐다의 시녀는 깐깐한 스타일이다. 군무대신가의 저택에 들어왔을 때부터 힐다와 함께 있었던 시간은 모두 이 시녀의 감시 아래에서 이루어졌다. 분명히 군무대신님이 뒤에서 시켰겠지.

대신가의 시녀라서 그런지 상당히 교육이 잘되어 있고

매우 절도가 있으며 그만큼 냉담한 타입이었지만 제법 예쁜 여자였다. 스타일도 좋은 편이고 나이도 적당히 있는 것이 미혼이라면 우리 한스와 잘 어울리겠는데? 그런데 내가 너무 뚫어지게 관찰했던 모양이다.

"슈트라이트 경은 아가씨의 부군입니다. 부디 어리석은 욕망에 빠지지 마시길."

"아, 그런 뜻으로 본 건 아니야. 힐다를 얼마나 섬겼지?"

"아가씨가 태어나신 그날부터입니다."

"흠, 그렇군. 그럼 지금 몇 살이지?"

"……20세입니다."

"미혼인가?"

"……미혼입니다."

이런, 화나게 만든 모양이군.

앞장서서 내가 묶을 방을 안내해 주는 시녀의 뒷모습에서 신경질을 느낄 수 있었다. 내게 대놓고 불만을 표할 수 없으니 속으로 삭이는 모양이군. 하지만 내가 이렇게 캐묻는 것은 오작교를 만들어주기 위함이다. 한스가 22세니까 딱 어울리는 나이대였다.

"괜찮다면 내가 혼처를 주선해 주고 싶은데 어떤가?"

"혼처요? 제게?"

시녀의 목이 내게로 홱 돌았다. 얼음장처럼 차갑고 싸늘했던 모습은 온데간데없었다. 갑자기 우디르급 태세 전환에 당황했지만, 혼처가 절박한 노처녀라고 이해했다. 중세 시대의 평균 수명이 50세 전후였기 때문에 20세는 충분히 노처녀, 노총각 소리를 듣는다.

"제게 소개해 준다는 혼처는 어디죠?"

"내 시종 겸 병사 중에 한스라는 녀석이 있지."

"슈트라이트 경을 수행하러 온 사람 중에 있었나요?"

"아니, 지금은 저택을 지키고 있지."

"……좋은 혼처라고 생각합니다. 어차피 아가씨가 시집 가신다면 저도 따라가게 될 테니 제 혼처가 주인님의 가신이라면 받아들이겠습니다."

"……벌써부터 주인님이라고 부르는 거야?"

"아가씨의 주인이 되실 분이니 당연히 제 주인님이십니다. 앞으로 주인님이라고 부르겠습니다. 허락해 주십시오."

그, 그래. 이것이 이 시대에 결혼적령기를 놓친 붉은 피의 절박함이라는 건가. 귀족의 시종과 시녀는 기본적으로 평민들이었다. 공작이나 왕족 정도는 되어야 하급 귀족의 영애들을 시녀로 삼는다. 그리고 하급 귀족 입장에서 왕족의 시녀자리는 매우 영광스러운 자리였다.

아무튼 이걸로 내 가신 중에 가장 나이가 많은 한스부터 해결했다. 그다음은 테드와 오스카, 보도 순이다. 마땅한 혼처를 찾아주는 것도 힘들다. 이게 가장의 무게라는 것인가?

시녀의 이름은 프리실라 레브였다.

사비네 없이는 생활이 잘 안 되는 시스콘 녀석을 잘 보살펴줬으면 좋겠다.

새집에서의 아침은 새롭다.

전에 살던 곳과 비교하자면 우선 내 방이 엄청나게 넓고 좋은 침대와 원목가구들이 배치되어 있어 누가 봐도 부유한 귀족님의 방이라는 것을 알 수 있다. 격세지감이군. 허름한 방에서 갑자기 이렇게 업그레이드가 되다니. 게다가 한 달 뒤에는 내 신부도 입주한다.

아침 6시에 일어나면서 내 하루의 루틴이 시작된다. 일단 일어나자마자 스트레칭을 먼저 한다. 스트레칭을 하고 있으면 항상 사비네가 와서 내게 마실 물과 세수할 물을 가져다준다. 사비네는 로젠가든에 입주한 뒤로 매우 들떠서 항상 기분이 좋았다.

“좋은 아침이에요, 주인님.”

“좋은 아침, 사비네. 오늘도 기분이 좋아 보이네.”

“당연하죠. 이런 그림 같은 저택에 사는 것이 평생의 꿈이었으니까요.”

빈민이었던 사비네는 귀족의 대저택을 동경했다고 한다. 하지만 현실적으로 이런 대저택에서 평민이 살 수 있는 기회는 매우 적었다. 만약 한스와 사비네를 고용하지 않았다면 이들의 삶은 어떻게 됐을까? 평민보다 못한 빈민에게는 비참한 삶의 연속일 것이다.

석회질이 없는 시원한 물을 마시고 적당히 세면을 마친 후 활동성이 좋은 튜닉으로 갈아입었다. 마당으로 내려가자 한스와 테드, 오스카가 나를 기다리고 있었다. 나와 함께 아침 조깅을 하기 위함이다. 반복 퀘스트의 일환으로 나는 매일아침 1시간씩 달린다.

비오는 날을 제외하고 아무리 바쁘고 피곤해도 이 달리기만큼은 빼먹지 않았다.

"좋은 아침입니다, 볼프강님!"

"제군들, 좋은 아침이다. 뛸 준비는 됐겠지?"

"예!"

조깅의 루트는 키슬링대로(동부)부터 린츠대로(서부)를 왕복한다. 일상의 루틴이 되자 나를 알아보는 사람들도 나왔다. 물론 이들은 내가 소문의 기사인지는 알지 못했다. 그저 단련을 열심히 하는 기사와 그의 가신들 정도로만 생각했다. 이른 아침부터 건장한 남자 넷이 우르르 달려가는 것도 구경거리가 됐던 모양이다.

광장에서 구걸을 하는 거지와 그런 거지들에게 배급을 실시하는 교회 관계자들의 실랑이는 여전했다. 이젠 거지 증서를 가지고 있는 거지들이 구걸로 평민보다 돈을 더 잘 번다는 것을 알게 된 후, 나는 한 푼도 적선을 하지 않게 됐다. 거지에게 베풀어야 천국으로 간다는 믿음은 내게 아무짝에도 쓸모없었기 때문이다.

달리기를 마친 후 가볍게 아침 식사를 했다. 사비네가 만들어준 맑은 스프와 부르스트, 하얀 빵은 이제 제법 맛있게 먹을 수 있게 됐다. 물론 나는 여기에 포인트로 구매한 후추를 적당히 넣어서 간을 맞춘다. 이렇게 길을 들이는 이유는 나중을 위해서였다.

아침 식사를 마친 후 나는 하체와 상체 단련을 시작했고 요가와 필라테스로 몸의 균형을 맞추며 꼼꼼하게 마무리를 지었다. 그리고 점심을 먹기 전에는 병사들과 레슬링 훈련을 하는데 테드와 오스카를 던지는 재미가 있었다. 한스는 그 광경을 고소하게 여겼다.

보통 특별한 일이 없을 때 이런 식으로 오전을 보낸다. 반복 퀘스트 단련으로 포인트를 벌고 있는데 그날그날의 훈련법이 달라서 오전에만 평균 200포인트 정도 획득한다고 보면 된다. 6월로 접어들면서 장미가 만개한 정원은 아름답다. 내 새로운 취미가 생겼는데 이 장미를 돌보는 일이다.

정원사가 출퇴근하면서 손질을 해 주기에 굳이 내가 직접 손질할 필요는 없지만, 이 장미정원 안에 있으면 마음이 편안해졌다. 본래의 나는 꽃을 좋아하지 않았다. 그러나 이 거친 중세에 적응하다 보면 필연적으로 마음이 편안해질 무언가가 필요했다.

꽃을 보기만 해도 기분이 좋아졌다. 사비네도 가사를 마치고 나면 내 옆에 앉아 바느질한다. 장미향은 오묘했다. 내가 좋아하는 힐다의 향기와도 일치했다. 한 가지 말로 설명할 수 없는 다양한 향이 난다는 것이 장미향 매력이다.

그래서 나는 떨어진 꽃잎으로 차를 우려 마시는 것도 좋아했다.

녹차나 커피와는 색다른 맛이다.

“주인님, 다니엘이 머리가 아파서 죽겠데요.”

“공부하다가 죽은 사람이 없는 것은 아니지만 그래도 웬만해선 죽지 않으니까 괜찮아.”

“그러게요. 저는 상당히 쉽다고 생각했는데.”

베르트하임의 시종장인 빌헬름 괴링에게 브라이스부르크 대학교에 재학 중인 요제프를 소개받을 수 있었다. 요제프는 점잖고 지적이며 학식이 풍부했다. 신학도로서 미래의 주교가 되는 것이 목표라고 한다.

“대학생이 교사로 일해도 되는 건가? 혹시 문제가 생기진 않겠지?”

“등록비가 비싸서 저를 포함한 많은 대학생이 귀족 가문의 가정교사로 고용되는 경우가 많습니다. 다만 가신을 교육하려고 고용하는 경우는 드물지요.”

요제프는 처음에 내가 너무 젊다는 것에 당황했고 가신에게 글자를 가르쳐 달라는 요구에 두 번 당황했었다. 자녀교육을 위해 가정교사로 고용한 것이면 몰라도 가신에게 글을 가르치라는 요구는 좀처럼 없는 것이다. 아무튼 요제프는 거부하지 않았다.

신학과 법학을 전공한 요제프는 교사 일에 상당히 능숙한 편이었다. 등록비가 비싼 편이라 귀족의 교사로 고용되는 것이 대학생들의 주요 수입 중의 하나였다. 한 달 은화 1닢으로 가신들을 모두 가르치게 했다. 그중에서 성적이 가장 좋은 것은 사비네였다.

점심 이후에 진행하는 공부 회에서 사비네만 여유로웠던 것은 일찌감치 시험을 통과했기 때문이다. 그리고 그다음은 다니엘과 보도가 순위를 다투고 있었다. 다니엘은 엄살과는 다르게 짧은 문단 정도는 읽을 수준까지 올라왔다.

그래서 다니엘을 집중적으로 가르치라고 요제프에게 주문했다.

보도는 내가 맡긴 임무를 훌륭하게 수행해내며 각종 정보를 수집해서 길거리나 슬럼의 동향을 알려 주는 데 지대한 역할을 해 줄 정도로 영리한 녀석이지만 공부를 싫어해서 진도가 더딘 편이었다. 제대로 열심히 공부했다면 사비네보다 성적이 더 좋았을 수도 있다.

오스카도 다니엘과 보도 다음으로 성적이 좋았다. 이제

자기 이름을 쓸 줄 알고 단문도 읽을 줄 알게 됐다. 병사 중에 제일 열정적이었는데 오스카는 가문의 병사들을 지휘하는 위치까지 올라가고 싶다고 내게 솔직하게 고했다.

안타깝게도 한스와 테드는 배움이 가장 느렸고 힘들어 했다. 이름 쓰는 것 정도는 익혔지만 그 이상은 어렵다는 데 요제프의 진단이다. 둘 다 단순하게 힘을 쓰는 것을 좋아해서 현장 일이 더 체질인 것이 분명했다.

생각보다 진도가 나가지 않자 풀이 죽은 한스에게 적당히 기운을 북돋아 줄 겸 혼담 소식을 전해 주었다. 내가 결혼하기 전까지는 만나기도 어렵겠지만 모르고 있는 것보다는 나을 것이다. 그런데 한스는 전혀 뜻밖이었는지 눈과 입이 크게 벌어졌다.

"제게 혼담이요? 제가 결혼 할 수 있는 겁니까?"

"정말요, 주인님? 오빠가 드디어 장가를 가는 거예요? 와아!"

한스는 얼떨떨했지만 사비네는 굉장히 기뻐했다. 다니엘과 약혼하면서 가장 미안했던 것이 오빠가 독신으로 남은 것인데 내가 시원하게 해결해 준 것이다. 한스는 자신이 결혼하게 될 줄은 전혀 예상하지 못했던 것 같다.

"힐다의 시녀, 프리실라가 네 혼담 상대야. 너보다 2살 연하지만 나쁘진 않지?"

"군무대신가의 시녀가 제 혼담상대라는 겁니까? 그것도

사모님의 시녀?! 하지만 저는 빈민출신에 이제 겨우 이름을 읽게 됐는데요? 제가 감히 그분과 결혼할 수 있겠습니까?"

"한스, 네가 자격지심을 가지고 있는 건 알고 있지만 너는 이제 빈민이 아니야. 슈트라이트 가문에 소속된 사람이고 질풍의 기사가 가장 먼저 고용한 첫 번째 가신이다."

내가 질풍의 기사라는 이명을 얻었을 때 가장 크게 기뻐했던 녀석이 막상 자격지심에 빠진 것을 보고 한 소리를 하지 않을 수 없었다. 빈민 출신이 낙인도 아니고 사비네에게 좋은 혼처를 얻어주기 위해서 최선을 다해 살아온 녀석이다. 당시에 그 절실함을 이용해 내게 맹목적인 충성을 계산한 것이지만 나는 한스가 진심으로 행복했으면 좋겠다.

"사비네, 프리실라가 오게 되면 많이 배워야 할 거야. 힐다를 어렸을 적부터 돌봐줬던 시녀였으니 배울 것이 많겠지."

"올케언니에게 열심히 배울게요."

장미가 가득한 좋은 집과 약혼자, 그리고 올케를 얻게 된 사비네는 세상에서 가장 행복한 것 같다. 저렇게 좋아하니 내가 다 흐뭇하군. 하지만 냉담한 인상의 프리실라를 한스가 마음에 들어 할지는 잘 모르겠다. 그래도 주인이 정한 혼담인데 거절하진 않겠지.

그리고 나는 요즘 요제프에게 관심이 부쩍 갔다. 내 가신들을 가르치는 모습을 지켜본 적이 있는데 나는 그가 상당히 논리적으로 말을 잘한다고 생각했다.

공부가 싫은 다니엘과 보도의 불만을 설득으로 잠재울 정도로 능숙하게 이끌어가는 솜씨는 감탄사를 자아냈다. 가망이 없다고 평가했지만 그래도 한스와 테드가 이해할 수 있게 끈기를 가지고 가르치는 모습에서 나는 인재라는 것이 그리 멀리 있는 것은 아니라는 생각이 들었다. 그래서 제안을 했는데…….

"저는 보잘것없는 평민이었지만, 안드레아스 신부님의 눈에 띄어 가르침을 받았고 교회의 지원을 받아 대학교에 입학 할 수 있었습니다. 고작 평민이 이 정도 위치가 올라갈 수 있었던 것은 전적으로 안드레이사 신부님과 주님의 선물입니다."

"그럼 대학교를 졸업한 후에는 무슨 일을 할 생각인가?"

"저는 신학과 라틴어를 공부했습니다. 안드레아스 신부님 밑에서 사제의 길을 걸을 생각입니다. 슈트라이트님의 제안은 감사하지만 저는 주님의 충실한 종복일 뿐입니다."

내 가문에서 일할 생각이 없냐는 제안에 요제프는 정중하게 거절했다. 성직자의 길을 걷는 사람을 억지로 끌어들일 수는 없다. 당장 사람이 급한 것도 아니고 인연이 된다면 인재가 내게 스스로 찾아올 수도 있으니 초조한 마음을 가지지 않기로 했다.

어느덧 왕세자가 주최하는 기사 서임식이 코앞으로 다

가왔다. 본래 기사 서임식은 공왕이 주최하는 것이 원칙이었다. 나는 공국기사이자 오로지 공왕에게만 충성을 맹세하는 세습기사였기 때문이다. 그런데 이번에는 특별히 왕세자가 주최하는 것으로 허락을 받았다.

그 결과 나는 왕세자의 첫 서훈 기사라는 영예를 가지게 됐다.

"봐요, 볼프. 근사하죠? 질풍의 기사와 어울리는 멋진 갑옷이에요."

때를 놓치지 않고 신부 지참금의 예물 중 하나였던 플레이트 아머가 내게로 전달됐다.

사실 은화 500닢 상당의 현금을 받을 예정이었지만 힐다가 군무대신의 수집품 중 하나였던 플레이트 아머를 현물로 받으라고 제안했다. 왕세자가 주최하는 첫 기사 서임식이기 때문에 그 상징성과 영예를 생각한다면 멋진 갑옷을 입고 참석하는 것이 서로의 체면을 세울 수 있다는 것이다. 나는 그 부분에 동의했다.

그리고 어차피 나는 갑옷을 구해야 하는 입장이었고 굳이 서임식을 이유로 들지 않더라도 충분히 군무대신의 서재에 장식되어 있던 베네치아제 명품 플레이트 아머를 탐낸 것도 사실이다. 힐다가 며칠 동안 간절히 설득한 끝에 내게로 넘어오게 된 것이다.

다행히 사이즈가 딱 맞아서 조정하는 데 어려움이 없었다.

고딕 양식의 이 갑옷은 전체적으로 뾰족한 디자인이며 신체 곡선에 맞는 날씬한 형상과 가슴의 바람문양은 적의 공격을 미끄러트리며 방어력을 향상하는 역할도 있었다.

이 플레이트 아머의 가치는 무려 은화 120닢이다.

"힐다, 장인어른에게 나중에 좋은 선물을 해드리자."

"그렇게 해요. 아버지도 무척 좋아하실 거예요."

아끼던 수집품을 딸에게 빼앗겨 사위에게 홀라당 넘어갔으니 장인어른의 상실감이 이만저만 아닐 것이다. 그러니 사위 된 자로서 그에 상응하는 선물을 해드리는 것이 도리일 것 같다. 나도 가정적인 남자라서 언젠가 같은 일을 당할 수 있다. 딸이 간절히 부탁하는데 들어주지 않을 아버지는 없을 테니까.

"주인님. 혹시 제 상대가 저 시녀의 뒤에 있는 덩치 큰 사람인가요?"

"맞아. 숙맥이긴 하지만 충성스럽고 용맹한 녀석이지."

"……용맹한 게 사실인가요?"

"아름다운 프로이라인 앞에서만 겁쟁이가 되는 모양이더군."

힐다를 따라온 프리실라는 한스에게 관심을 가지기 시작했다. 반면 한스는 프리실라가 잘 웃지 않고 냉담한 편이라서 그런지 무척 어려워했다. 로즈마리의 딸을 짝사랑할 때부터 알아 봤다. 보도가 괜히 답답했던 것이 아니다.

"한스가 상대라면 괜찮을 것 같아요."

"숙맥이라 걱정이지만 이렇게 멍석을 깔아줬으니 프리실라가 알아서 하겠지."

"그럼요. 저 때문에 혼기를 놓쳐서 얼마나 미안했는데요?"

"무슨 이유로?"

"내가 결혼하기 전까지 시집가지 말라고 떼를 썼었죠."

처음에는 자기가 필요하다는 말에 감동을 했겠지만 그게 노처녀로 이어지는 길이었다면 프리실라는 절대 약속하지 않았을 것 같다. 한스보다 오히려 사비네가 더 적극적이었다. 쑥스러워하는 한스와 프리실라 사이에서 열심히 오작교 노릇을 했다.

"자, 저쪽은 내버려 두고 이제 갑옷을 한 번 입어 볼까요?"

"그런데 이거, 나 혼자 입을 수 있는 게 아닌데?"

"보통 스콰이어가 하는 일이지만 볼프에게 스콰이어가 없잖아요? 스콰이어를 구하기 전까지만 임시로 병사를 시키면 돼요."

그래서 당첨된 것이 오스카였다. 한스를 시킬 생각이었지만 프리실라와 열심히 관계를 쌓고 있는 중이라 오스카를 부른 것이다. 테드는 아직도 요제프에게 붙잡혀 공부하고 있었다. 오스카는 내게 갑옷을 입혀주는 역할을 맡게 된 것에 매우 감격한 것 같다.

"주인의 갑옷에 직접 손을 댈 수 있다는 것은 신뢰의 증거입니다.”

“원래는 한스를 시킬 생각이었다만.”

“한스형님이 우선인 것은 당연합니다. 다만 그다음이 저라는 것에 감격했을 뿐입니다. 볼프강 님이 주신 믿음에 반드시 보답해 보이도록 하겠습니다.”

“그, 그래.”

오스카는 자기 스스로 의미부여를 하고 의욕에 불탔다. 그 모습을 보고 까르르 웃었던 힐다가 오스카에게 입히는 법을 하나 씩 알려 줬다. 왜 힐다가 갑옷 입는 법을 알고 있는지 의문이었는데 남편에게 입히는 법을 가르쳐주려고 오빠인 미하엘에게 배웠다고 한다.

서임식 절차도 그렇지만 힐다는 유독 나를 가르치는 걸 좋아했다. 사실 일반적인 귀족 남자라면 여자가 너무 참견한다고 불쾌하게 여기겠지만 나는 그런 감정보다 힐다가 나를 정말 좋아한다는 것 정도로 받아들였다. 그건 시대적 사고방식의 차이였다. 그래서 힐다의 지도와 오스카의 도움 아래 무사히 플레이트 아머를 입을 수 있었다.

“생각했던 것보다 움직이기 편한데? 가볍기도 하고.”

“멋져요, 볼프. 전설 속에 나오는 멋진 기사님 같아요.”

힐다가 황홀한 눈으로 나를 바라보며 한껏 상상의 나래를 펼치는 것 같다. 그보다 나는 움직임이 상당히 편한 사실에 주목했다. 사이즈를 잴 때는 몰랐는데 역시 명품이라 그런지 가벼우면서도 단단했고 표면이 미끄러워서 방어력이 탁월한 것 같다.

그리고 정원으로 나와 롱소드를 뽑았다.

검술을 펼치는 데 큰 불편함이 없었고 뛰는 것도 가능했고 레슬링도 가능했다. 플레이트 아머라서 무거운 줄 알았는데 이 정도면 온종일 입고 다녀도 그렇게 지치진 않을 것 같다. 문제는 입고 벗는 것이 번거롭고 오래 걸린다는 정도?

테드와 오스카를 부려먹어야겠다.

"볼프, 내 친구를 소개해 줄게요."

"……크고 아름다운 친구네."

힐다는 플레이트 아머만 가지고 온 것이 아니라 크고 우람한 흑마 한 필도 데리고 왔다. 실제로 말을 보는 것은 처음이 아니지만, 이토록 아름답고 멋진 말은 처음 보는 것 같았다. 나도 모르게 흑마의 목을 쓰다듬었는데 거칠게 푸르릉거리기만 할 뿐 거부하지 않았다.

"샤텐(그림자)도 볼프가 마음에 든 모양이네요."

"이름이 샤텐이야? 그림자처럼 은밀하고 빠르다는 뜻인가?"

"그것보다는 보자마자 샤텐이 딱 떠올라서 붙여줬죠. 내 소중한 친구예요."

놀랍게도 힐다의 말은 수말이었다. 수말이 암말보다 사납고 전투적이어서 일반적으로 영애들이 타고 다니는 말은 암말이다. 그리고 기사들은 암말을 타는 기사를 남자답지 않다며 수치스럽게 여겼다. 힐다는 거친 승마를 즐기는 모양이다. 나보다 말을 잘 탈것 같다.

"샤텐은 내 개인 말이기 때문에 볼프가 타고 다녀도 아무런 문제가 없어요."

"도움받기만 해서 정말 면목이 없네. 내가 꼭 출세해서 행복하게 해 줄게."

"볼프에게 도움이 되는 게 저의 보람인걸요."

힐다는 왜 이렇게 예쁜 말만 하는가. 살며시 끌어안으며 입을 맞추려는데 샤텐이 주둥이로 내 머리를 툭 쳤다. 그 덕분에 조준이 빗나가 버렸다. 힐다가 까르르 웃으며 샤텐의 머리를 쓰다듬었다. 샤텐은 푸르릉거리며 나를 비웃는 것 같았다. 이 말대가리가?

"질투심이 많은 아이라는 걸 잊고 있었네요. 후후후."

"인제 보니 내 숙명의 라이벌이었네."

"라이벌과 친해질 수 있겠죠?"

사실 나는 말을 전혀 타본 적이 없다. 직장인이 언제 말을 타 보겠는가? 타 봤다고 해 봐야 관광지에서 얌전한 말을 타본 게 전부겠지. 샤텐은 무려 군마였다. 그리고 힐다는 그런 군마를 타고 다닌 여장부였다. 고귀한 영애의 행동거지가 아니지만 나는 마음에 들었다.

[승마술 교본을 구입합니다]

[마상무술 교본을 구입합니다]

두 가지 합쳐서 3,000포인트를 지불했다. 힐다가 말을 빌려줬으니 당연히 구입 1순위였다. 힐다는 내가 말을 탈 줄 아는 것으로 알고 있다. 그럴 수밖에 없는데 기사면서 승마술을 모른다는 것은 꽤 체면이 상하는 일이었기 때문이다. 일종의 허세였다.

[승마술 교본]

[1단계 수련 퀘스트]

[평보—속보—구보—습보]

[숙련도 0/100]

[보상 — 1,000포인트, 은화 1닢]

그래서 나는 힐다와 함께 브라이스브루크 밖에 있는 왕실목장을 방문했다. 브라이스부르크에서 나가는 것이 처음이라 조금 긴장됐지만 힐다는 익숙한 듯 왕실목장 관료에게 인사까지 받았다. 아무래도 자주는 오는 모양이다.

도시 바로 옆에 붙어 있으니 위험하진 않겠지.

등자에 발을 집어넣고 힘껏 손잡이를 잡아당겨 안장 위에 올라탔다. 허벅지 안쪽에 느껴지는 묵직한 감촉에 난생처음 말을 타는지라 조금 긴장한 것은 사실이다. 그러자 내 이런 감정을 샤텐이 알아차렸는지 움직이지 않고 얌전하게 기다려줬다.

샤텐이 배려해줘서 다행이지 만약 무시당했으면 진짜 개쪽이었을 것이다. 내가 검술을 아무것도 모르는 상태에서 교본을 통해 이만큼 강해졌듯이 승마술도 똑같은 절차를 거친다면 능숙하게 말을 탈 수 있을 것이라 기대했다. 우선 평보다. 천천히 걷기.

평보는 4박자 운동으로 말의 다리가 각각 개별적으로 움직이며 자연스럽게 걷는 보법으로 말을 처음 타는 사람들이 가장 기본적으로 익히는 기술이다. 그래서 등자에 걸친 발의 뒤꿈치로 말의 배를 살짝 찼다. 그러자 샤텐이 천천히 앞으로 걷기 시작했다.

그래, 이건 워밍업이다. 워밍업이야.

조금씩 걷다 보니 이건 확실히 재미가 있었다. 가끔 샤텐이 푸르릉거리며 항의했다.

이제 워밍업도 충분히 했으니까 빨리 달리지 않겠나, 자네?

야, 갑자기 달리다가 낙마하면 네가 책임질 거야?

평보에 어느 정도 익숙해졌다. 서임식에 참석하기 위해서 말을 타고 왕궁까지 향하는데 평보만으로 충분했다. 길에서 말을 타고 달리는 건 불법이니까. 계속 평보로 샤텐을 천천히 이끌다 보니 욕구불만이 쌓였는지 갑자기 말을 듣지 않았다. 나도 모르게 고삐를 당겼다.

"야, 야. 갑자기 왜 이러냐? 나한테 그러지 마라."

— 히이잉! 히잉! 푸르릉!

엉덩이까지 들썩이며 난리를 피우자 하마터면 떨어질 뻔했지만, 다행히 기마술교본에서 제공하는 자세 유지 덕분에 낙마는 면했다. 겨우 진정시키고 나니 멀리서 나를 보는 힐다의 표정이 볼만했다. 흡사 귀신을 본 것 같다. 그녀는 매우 화가 난 표정으로 내게 달려왔다.

몹시 화가 난 것 같지만 내 앞에서 고상함을 유지하기 위하여 목소리를 억누르는 것이 느껴졌다. 어금니를 앙다물고 말하는 것 같은 모습이다.

"말, 처음 타는 거 맞죠?"

"사실 그렇습니다, 여사님."

"당신, 굉장히 위험했던 거 알고 있어요?"

화를 내는 힐다가 무척 귀여웠지만 진짜 화가 난 것 같으니 잠자코 혼났다. 그리고 나는 힐다에게 기마술에 대한 교육을 받아야 했다. 일단 평보부터 확실하게 익혔다. 허리를 꼿꼿이 세우고 말이 문 재갈을 압박하지 않도록 주의

하는 것이 중요했다.

아까 샤텐이 화를 낸 것도 재갈을 너무 잡아당겨서 성질을 건드렸다는 것이 힐다의 설명이다. 그렇게 여러 가지 주의사항을 들으며 편안한 자세를 유지한 체 어떤 식으로 말을 이끌어야 하는지 알게 됐다. 힐다가 옆에서 끌어주니 샤텐도 얌전했다.

"저 기사님은 발퀴레 님에게 승마를 배우는 모양이네."

"흠흠, 다른 영애였다면 기사님에게 수치겠지만 발퀴레 님이라면 배울만하지."

"발퀴레 님을 승마시합에서 이긴 기사님은 존재하지 않잖아."

목장 관계자들 사이에서 수군거리는 소리가 들렸다. 내가 잘못 들은 건 아니겠지? 발퀴레라고? 그거 영어 발음이 발키리잖아. 북유럽신화에 등장하는 위대하고 고결한 여전사를 뜻하는 명칭이다. 내 귀가 밝아서 그런지 수군거리는 소리가 다 들렸다.

브륀힐트와 발퀴레라니.

너무 잘 어울렸다.

"발퀴레에게 승마를 배워보니 어때요?"

"영광입니다, 고결하고 위대한 여전사시여."

"교회에서는 매우 싫어하는 칭호겠지만 저는 개인적으로 마음에 들어요."

"그런데 승마시합에서 다른 기사들을 이긴 게 사실이야?"

"한 번도 져본 적이 없어요. 그것 때문에 왕세자 저하와 레오가 기를 쓰고 내게 도전했었죠. 오빠들도 이겼고 소문 듣고 도전하러 온 기사들도 모두 이겼죠."

힐다가 처음 자신을 소개할 때 들판에서 승마하는 것을 좋아한다고 했었다. 그때는 그냥 승마를 좋아하는 영애정도로만 생각했는데 알고 보니 승마챔피언이었다. 그렇게 승마 챔피언에게 1:1강습을 받았다. 방향전환이 생각보다 어려웠지만, 요령을 터득하자 쉽게 익힐 수 있었다. 말은 기승자가 바라보는 방향으로 방향을 맞추는 습성이 있다.

그러니 오른쪽을 바라보며 오른 다리로 압박을 주면 오른쪽으로 방향이 전환된다. 왼쪽도 마찬가지다. 힐다는 내가 능숙하게 해내자 승마의 재능이 있다고 칭찬했다. 승마의 재능이기보다는 승마술 교본 덕분일 것이다. 자세유지와 이해도가 증가하니까.

멈출 때는 두 다리로 압박을 하고 음성신호를 주면 멈춘다.

"워~"

― 푸르릉!

왜 멈추냐며 내게 항의를 하는 것 같다. 힐다가 멈추게 할 때는 얌전했던 놈이. 이후에는 속보를 배웠다. 말의 리듬과 일체 하는 것이 중요했다. 자세는 평보와 똑같이 유지하고 말의 반동을 흡수하며 타는 동작이 중요했다.

"잘하시네요. 벌써 리듬감을 배우시다니. 역시, 볼프에겐 승마의 재능이 있는 것 같아요. 나중에 저랑 승마시합을 하면 제법 괜찮은 승부가 될 것 같네요."

"아무리 그래도 무패의 발퀴레에게는 상대가 안 되겠지."

"어머, 전 가능하다고 생각하는데요? 자, 리듬을 잘 맞춰요. 자세는 유지하고 다리 균형을 잘 잡아줘요. 상체에 힘을 빼고 고삐에 힘을 주지 마세요."

통통통 튀는 리듬을 유지하며 샤텐을 몰고 있는데 제법 능숙한 자세가 나왔다. 힐다의 고육과 승마술 교본 덕분인가? 갑자기 자신감이 생기기 시작했다. 힐다는 그런 내 다리를 말채찍으로 찰싹 때렸다. 악! 진짜 거짓말 안하고 베여진 것보다 더 아팠다.

"어설프게 자신감이 생겨서 기본을 잊으면 낙마를 당할 수 있어요."

"죄송합니다, 선생님. 엄격하게 지도해 주세요."

"후후, 이해가 빠른 학생이네요. 나중에 포상을 줄게요."

포상이 몹시 궁금했지만 일단 교육에 집중했다. 그리고 서서히 해가 질 때까지 교육은 이어졌다. 다음 날이 기사 서임식인데 그 전날에 맹렬히 승마연습을 한 셈이다. 다행히 내게는 승마술 교본이 있어서 배운 것을 잊거나 하진 않았다.

다만 평보와 속보만 하느라 샤텐의 불만이 많이 쌓여 있던 모양이다. 힐다가 시범을 보여준다며 승마복으로 갈아입더니 내 앞에 나타났다. 말채찍을 쥔 늘씬한 몸매의 승마복(승마용 튜닉)을 입은 힐다가 상당히 도발적인 표정을 짓고 있었다.

흠, 이것도 플레이의 일환이라면 괜찮을지도?

“발퀴레의 실력을 보여줄게요. 잘 봐요.”

그리고 나는 목장에서 몽골족에 버금가는 곡예를 선보이며 말을 타는 여자를 보게 됐다. 아무리 내가 교본의 도움으로 승마술을 익히고 있지만 저건 도저히 흉내 낼 수 없는 경지인 것 같다. 그러고 보니 미하엘이 한탄했었지.

힐다가 남자로 태어났다면 기사로서 이름을 떨쳤을 거라고.

말을 잘 탄다고 해도 내겐 여전히 귀엽고 사랑스러운 약혼자인데 다른 남자들 눈에서는 장군감으로 보이는 모양이다. 아무튼, 목장 나들이는 마무리 짓고 집으로 돌아왔다. 내일 기사 서임식이 있어서 힐다는 집에 돌아가지 않고 내 집에 머물렀다.

프리실라가 눈을 번뜩이며 아가씨의 명예를 지키고 있었기 때문에 입맛만 다셨다. 요즘 힐다가 내게 자극적인 도발을 해대서 미칠 것 같은데. 힐다는 그런 장난을 매우 좋아했다. 그래, 한 달만 참자. 결혼하게 되면 가만 놔두지 않을 것이야. 잠도 재우지 말아야지.

서임식이 전날에는 의식을 치르기 위한 절차가 있었다. 쉽게 말하면 목욕재계와 같은 개념이다. 깨끗하게 몸을 씻은 후 정갈하게 흰색 옷을 입고서 흰색 시트를 깐 침대 위에서 잠을 자야 하는 것이 첫 번째 절차다.

사악함과 더러움을 깨끗이 씻어내라는 기사 서임식의 전통이었다.

이것도 힐다가 알려 준 것이다. 굳이 시스템에게 물어볼 것도 없이 힐다가 알아서 다해 준다. 일해라, 시스템 놈아. 힐다가 기사 서임식에 대해 자세히 아는 것은 아무래도 여자로 태어난 것에 대한 아쉬움이라고 생각한다. 미하엘의 말처럼 남자로 태어났다면 기사로서 대성했을 수도 있다.

그리고 힐다 외에 내게 가르쳐 줄만한 선배기사가 없는 것도 문제였다.

그만큼 기사들과의 교류가 없었고 인맥도 턱없이 부족했다. 부탁할 만한 상대는 클루겐과의 싸움에서 살아남은 친위대장 아이젠나흐 정도였지만 그는 아직도 부상에 회복하지 못했다. 클루겐은 정말 말도 안 될 정도로 강한 기사였다.

필른을 완벽하게 익히고 나면 다음에는 어떤 수련이 기다리고 있을까? 수련만으로도 여기까지 왔다. 필른을 완벽하게 터득했다면 클루겐을 상대로 대등하게 싸웠을 수 있지 않았을까? 그만한 강적을 쉽게 만나는 것도 아니라서 클루겐이 죽은 건 조금 아쉽기도 했다.

다음 날, 버릇처럼 일찍 일어났지만, 아침을 먹지 않았다. 본래 교회는 아침을 먹는 것을 죄악이라고 여겼다. 직장인으로서 아침을 반드시 먹었던 내게 너무 터무니없는 소리라서 이것만큼은 무시하고 아침을 열심히 먹었다.

점심과 저녁 두 끼면 하루 식사로서 충분하다는 교회 도덕론자들의 주장은 받아들이기 힘들었다. 먹는 즐거움이 인간의 삶을 얼마나 윤택하게 만들어주는데. 내가 초반에 그 귀한 포인트를 먹을 것에 투자했던 것은 삶의 즐거움을 유지하기 위함이다.

즐거움이 없는 삶 따윈 고통일 뿐이다.

이번엔 하얀 아마포를 입었다. 죄와 인연을 끊고 부정 없는 생활을 보낸다는 의미다. 이 위에 붉은 튜닉을 입는다. 주군에게 충성을 맹세하며 기꺼이 피를 흘린다는 의미였다. 충성은 하겠지만 피를 흘리고 싶진 않다. 클루겐은 죽기 전에 왕실을 믿지 말라고 했었다.

검은색의 긴 양말을 신는데 이것도 흙에서 와서 흙으로 돌아간다는 상징으로 죽음을 각오한다는 의미였다. 이것 참, 입는 옷마다 의미를 전부 부여했다. 이번에는 흰색 거들을 입었다. 이건 또 무슨 의미를 부여했냐?

늘 순결하고 고결해야 한다는 뜻이다.

마지막으로 플레이트 아머를 입는다. 오스카와 한스, 테드가 합심해서 갑옷을 입을 수 있게끔 도와줬다. 고딕 양식의 플레이트 아머는 입는 것만으로도 여전히 멋진 갑옷이었다. 다만 뾰족한 사바톤(신발)만큼은 어떻게 디자인을 변경할 수 없나?

"자, 이 빨간 망토를 두르면 모든 절차가 마무리되는 거예요."

"이 망토에 우리 가문의 문장이 새겨져 있는데? 이건 언제 준비한 거야?"

"당연히 남편이 신경 쓰지 않게 미리 준비한 거죠. 벨벳으로 만든 최고급 망토에요."

은화 15닢짜리라고 한다. 이 붉은 망토는 겸양의 증표라고 하는데 이 화려한 망토에 어디서 겸양을 찾을 수 있는지 모르겠다. 아무튼 시간을 맞춰 오전 10시가 되었을 때 나는 내 가신들을 거느리고 아름다운 드레스를 걸친 힐다와 함께 왕성으로 향했다.

물론 나는 힐다가 빌려준 샤텐을 타고 있었고 힐다는 마차를 타고 있었다. 마차에는 프리실라와 사비네도 함께 탔다. 한스가 선두를 섰고 오스카와 테드가 좌우를 지켰다. 다만 다니엘과 보도는 왕성으로 데려가지 못했다. 집을 비울 수 없었기 때문이다.

"저분이 질풍의 기사님인가?"

"지금 서임식을 받는 기사가 그분밖에 더 있겠어?"

"어머, 그럼 진짜로 질풍의 기사님이야? 와아!"

위풍당당하게 왕성으로 향하던 나를 보고 수군거리던 사람들이 급격하게 모이기 시작했다. 기사 서임식을 위해 왕성으로 향하는 행렬도 공도주민들에게는 나름 재미있는 구경거리였는데 그 주인공이 질풍의 기사라고 알려지자 삽시간에 군중이 모여든 것이다.

이게 가문 명성 750점(인지도17% 통치력17%)의 위력인가?

당황한 것은 왕성거리에 경비를 서던 병사들이다.

"힐다, 이거 일이 커지는 거 아니야? 사람이 엄청나게 몰리는데?"

"저는 자랑스러운데요? 그만큼 볼프에게 명성이 있다는 증거잖아요?"

아무래도 힐다는 지금의 분위기를 즐기는 것 같다. 혹시 여자라서 기사가 되지 못했던 아쉬움을 나를 통해서 대리만족하고 있는 거 아니야? 다른 지역은 어떨지 모르겠지만 내가 알기로 우리나라는 여자에게 기사 작위를 내리지 않았다.

"꽤나 소란스럽게 등장했더군. 역시 칭호를 가진 기사라서 그런가?"

"오랜만입니다, 감찰총감님. 혹시 제 서임식을 보기 위해 오신 겁니까?"

"군무대신의 사위가 될 사람인데 참석하지 않는 건 예의가 아니지. 이런 행사에는 파벌을 따지지 않는 것이 암묵적인 룰이다."

왕궁에서 그나마 아는 사람을 발견했다. 아델베르트와는 지극히 비즈니스적인 관계다. 서로 이득이 되지 않는 이상 쉽게 움직이지 않는 그런 관계. 힐다는 의외로 아델베르트와 친했다. 친화력이 좋은 건 알고 있었지만, 사이 나쁜 파벌의 후계자와도 괜찮은 관계인 것 같다.

다행히 감찰부총감 모르트 경은 보이지 않았다.

얼굴을 비쳤으면 대단히 불쾌했을 것 같다.

"오랜만이에요, 아델베르트님."

"오랜만이구나, 힐다. 전처럼 아델이라고 부르지 않는 건가?"

"호호, 질풍의 기사님이 제가 다른 남자를 애칭으로 부르는 걸 싫어해서요."

"흠, 귀부인을 지나치게 속박하는 것은 도량이 부족하다는 평가를 받을 수 있네. 나중에 힐다를 모시려는 젊은 기사들이 나오면 그때는 어떻게 대처하려고 그러나?"

이건 또 뭔 소리야? 그게 왜 속박인데? 도량 부족?

잠깐, 그러고 보니 내가 기사도의 로망 중의 한 가지를 잊고 있는 것이 있었다.

사모하는 귀부인을 위해 용기와 헌신을 시험하는 젊은

기사들을 궁정풍 연애의 신봉자이자 미네젱거라고 불렀다. 지금 당장은 아니지만, 나중에 내가 높은 자리에 있는 귀족이 된다면 힐다를 사모하여 열렬히 신봉하려는 기사들이 생겨날 수도 있다.

그래, 힐다를 신봉하고 싶다면 우선 나부터 꺾고 나서 해야 할 거다. 기사 서임식을 앞두고 난데없이 미래의 경쟁자들을 향해 질투심을 불태웠다.

이후 대기실에서 기사 서임식을 기다렸다.

이 기다림은 다른 누구도 간섭할 수 없는 신성한 의식의 일환으로서 경건하게 무릎을 꿇고 기도를 올리며 자신이 지은 죄를 참회하는 시간을 가지는 것이다. 나의 가장 큰 죄악은 살인이다. 하지만 약자를 보호하기 위해서였고 나 자신을 지키기 위해서였다.

미디블나이트의 세계에 운영자나 하느님이 어떤 존재인지 알 수 없지만 적어도 나는 살인에 대한 참회보다는 불필요한 살인을 하지 않겠다는 쪽으로 맹세했다. 단순히 면죄부를 구입한다고 죄를 씻어 천국에 간다는 믿음은 말도 안 되는 궤변이라고 생각했다.

그렇게 한참을 대기실에서 기다리고 있다가 누군가가 안으로 들어왔다. 경건한 차림의 궁중주교였다. 그리고 그 뒤에 3명의 궁중사제들이 공손하게 서 있다. 그중에서 군무대신과 결혼계약을 조율할 때 교회의 보증을 서주던 사제도 있었다.

“주군의 서임식을 받기 전에 경은 교회의 기사로서 맹세의식을 거쳐야 하네.”

내가 알기로 교회는 기사라는 존재를 폭력적이고 평화를 어지럽히며 약탈을 일삼는 발칙한 자들로 여겼으나 기사의 영향력이 커지면서 그들을 회유하고 제어하기 위해서 기사도라는 낭만적인 정신을 삽입했고 교회를 수호하는 자로서 지위를 높여줬다.

“그대는 그리스도의 전사로 교회를 수호하고 적을 멸할 것을 맹세하는가?”

“맹세합니다.”

“그대는 성 베드로의 전사로서 약자를 보호하고 헌신할 것을 맹세하는가?”

“맹세합니다.”

엄숙한 분위기 속에 기사들이 얼마나 교회에 속박되어 있었는지 알 것 같았다. 그러니 십자군 원정이 소집되면 너도, 나도 할 것 없이 열렬하게 참가했다. 미리 말하지만 나는 절대로 십자군에 참가하지 않을 것이다. 가고 싶은 놈만 보내면 되겠지.

“그대를 교회의 이름으로 그리스도의 전사이자, 성 베드로의 전사로 임명하노라.”

길고 긴 맹세 의식에서 드디어 벗어났다. 오랫동안 무릎을 꿇느라 약간 저렸다. 이후 나는 궁중사제들의 안내를 받으며 왕궁 알현 장으로 향했다. 오랜만에 있는 기사 서임식이며 왕세자가의 첫 서훈 기사가 질풍의 기사라고 알려진 이후 내 서임식을 보기 위해 많은 궁중귀족들이 몰려왔다. 내 또래의 젊은 귀족들도 상당히 많았다.

알현 장의 좌우로 자리를 잡은 귀족들의 시선을 한 몸에 받으며 나는 당당하게 왕세자가 있는 왕의 단상까지 나아갔다. 나를 내려다보는 왕세자의 표정에는 기쁨과 자부심이 있었다. 왕세자가 몇 번 목을 가다듬으며 근엄하게 말했다.

"세습 서훈을 받을 자, 볼프강 폰 슈트라이트는 무릎을 꿇어라."

나는 왕세자 앞에 두 무릎을 꿇었다.

왕세자는 검을 빼 들며 내 왼쪽 어깨에 검을 올리고서 말했다.

"그대는 적을 두려워하지 말고 늘 용기 있게 행동하라. 거짓을 입에 담지 말 것이며 무고한 이들을 보호할 것을 명하노라. 제국의 변경을 지키는 베렌의 왕세자이자 알트링겐의 대리자로서 그대에게 리터의 칭호와 이 검을 하사한다."

왼쪽부터 시작해 오른쪽으로 옮겨 간 검을 들어 올린 후 왕세자는 내게 검을 수여했다. 나는 그 검을 두 손으로 공손히 받았다. 그리고 왕세자가 기다렸다는 듯이 내 뺨을 후려갈겼다. 양쪽으로 한 대씩.

— 철썩! 철썩!

쓰읍, 알고는 있었지만 더럽게 아프네. 뺨을 후려치는 행위는 맹세를 명심하라는 의미였다. 내가 알기론 원래는 멍석말이였는데 맞아 죽은 기사 후보생이 있어서 양쪽 뺨을 때리는 것으로 간소화되었다고 한다.

“일어나라, 베렌의 기사이자 질풍의 기사여.”

“베렌과 알트링겐을 위해 이 목숨을 바치겠습니다.”

이로써 서임식의 절차가 마무리됐다. 나는 정식으로 볼프강 리터 폰 슈트라이트가 되었다. 그동안 준비한 의식과 절차는 길었지만 정작 기사 서임식은 10분도 걸리지 않았다. 왕세자는 생애 첫 기사 서훈을 실수 없이 마무리한 것에 만족감을 드러냈다.

연회복으로 갈아입은 후 왕세자에게 제일 먼저 감사의 인사를 전했다.

“제 서임식을 맡아주셔서 감사합니다, 저하.”

“경의 서훈을 맡게 된 것은 내게도 뜻깊은 순간이었다. 개인적으로 경의 공을 생각해서 친위대 검술교관으로 임명할 생각이었지만 아쉽게도 아바마마에게서 임명권을 받지 못했지. 다행히 군무대신이 움직여주고 있으니 조만간 결과가 나올 것이니 미안하지만 그때까지 기다려주게.”

"기꺼이 기다리고 있겠습니다. 왕세자 저하."

처음에는 귀찮은 감투라고 생각했지만, 왕세자 파벌에 속하게 되었으니 측근으로 있는 것이 여러모로 이익이 있을 것 같다고 판단했다. 물론 귀찮은 일도 동반될 것이 분명했지만 저울추가 이익으로 조금 쏠린 상황이라고 할 수 있다. 그러니 돼도 좋고 안 돼도 그만이다.

서임식 이후에는 당연하지만 내 이름으로 연회가 벌어졌다. 요즘 버는 것보다 나가는 돈이 많았지만 필요한 절차였고 신부 지참금이 내 가문운영에 숨통을 틔울 것이다. 힐다와는 아직 정식 약혼을 한 관계는 아니지만, 안주인으로서 충분히 연회장을 누비고 있었다.

이 연회를 위해 힐다가 군무대신가의 시종들을 총동원했다. 나도 사비네와 다니엘, 한스를 동원해서 베테랑 시종들이 어떤 식으로 대응하는지 보고 배우도록 했다. 테드와 오스카는 왕세자 친위대와 함께 연회장 경비로 활동했다. 집 지키기로 남아 있는 건, 보도뿐이다.

"볼프, 제일 먼저 행정대신님에게 인사를 드려요."

4대(행정, 재정, 군무, 사법) 대신가는 기본적으로 동격이었으나 이 연회장의 주최자는 나와 군무대신가이기에 가장 먼저 주최자에게 감사 인사를 받는 귀족이 누구냐에 따라 자칫 시비가 걸릴 수도 있다. 그래서 힐다는 군무와 사이가 좋은 행정대신부터 순번으로 정했다.

사법은 중립이니 괜찮았지만 재정대신은 결코 좋게 생각하지 않을 것이다. 그래도 어쩔 수 없지. 애초에 재정대신과 내가 친하게 지낼 수 있는 관계도 아니었다. 행정대신은 제바스티안 폰 디크마이어 백작으로 완고한 고집이 느껴지는 웃음기 없는 대신이었다.

"제 서임식에 참석해 주셔서 감사합니다."

"감사할 필요는 없네. 군무대신가의 사위가 아니었다면 참석할 일도 없었을 테니."

"호호, 행정대신님은 여전히 직설적이시네요."

행정대신의 성품이 직설적이어서 그런 것인지 아니면 말단 세습기사에 불과한 내 서임식에 참석하게 된 것이 불쾌했는지 내게 그다지 호의적이진 않았다. 힐다가 열심히 나와 행정대신 간의 대화를 중재했지만 별다른 성과는 없었다.

그래서 행정대신을 향해 관리자 스카우터를 발동했다.

나에 대한 우호도는 20이었고 심리는 불쾌, 성향은 충성(중립)이었다. 왜 불쾌한 거지? 그리고 성향도 특이했다. 충성(중립)이라니. 하지만 그 이상은 알아낼 수 없었다.

결국 행정대신을 뒤로하고 사법대신인 율리히 폰 루케 백작의 자리로 향했다. 와, 이거 마인호프의 연회 때와는 차원이 다를 정도로 피곤했다. 그때는 그냥 존재감 없는 참석자였는데 주최자가 돼서 일일이 돌아다니며 인사를 해야 하다니.

"소문이 자자한 질풍의 기사를 만나게 돼서 영광이오."

"사법과 전례를 관장하는 대신님께서 참석해 주시니 오히려 제가 영광입니다."

"겸양할 것 없소이다. 다만 긴밀히 의논할 것이 있으니 괜찮다면 가까운 시일 내에 사법관저로 방문해 주시구려. 경에게 그리 나쁜 이야기는 아닐게요."

"꼭 찾아뵙겠습니다."

사법대신은 내게 다른 볼일이 있는 것 같았다. 그래서 호의적인 건가? 사법대신의 자리에서 몇 번 덕담을 주고받았다. 얘기를 하다 보면 무슨 요식행위를 하는 것 같다. 그 뒤에 재정대신의 자리로 이동했다.

재정대신의 표정은 미묘했다. 뭔가 다 잡은 고기를 놓쳐서 아쉽다는 느낌? 엘스하이머의 데릴사위로 들어갈 뻔했으니까.

"오랜만이군, 슈트라이트 경. 잠깐 못 본 사이에 부쩍 커버려서 불쾌할 새도 없었구먼. 솔직히 말하자면 경의 처신에 감탄했네."

재정대신 덕에 하마터면 새우 등이 터질 뻔했으니 사실 나도 재정대신에 대해서 결코 호의적일 수는 없다. 다만 귀족 세계에서 영원한 적도 영원한 친구도 없으니 필요에 따라 서로 협력하는 방식을 배워야 할 필요성이 있었다.

감정을 죽이고 이득을 취하는 것이 귀족으로 해야 할 처신이기도 했다. 다만 내가 군무대신가의 사위로 들어가면서 재정대신은 나를 함부로 대할 수 없게 됐다. 힐다를 정처로 맞이하면서 내가 군무대신에게 기대하는 것 중의 하나가 방파제였다.

제후가 아닌 이상에야 위험을 감수하고 내게 들이대지는 않겠지. 만약 재정대신이 엘스하이머의 데릴사위가 아닌 딸을 정처로 주고 사위로 삼는다고 했다면 이야기는 달라지겠지만 그럴 리는 절대 없다. 접견조차 격을 따지는 양반인데 하급 귀족 따위에게 딸을 주겠는가?

그래서 내심 고소하게 생각했다.

아델베르트는 조용하게 식사를 하고 있는데 나와 재정대신의 대화에 귀를 쫑긋 세우고 있는 것 같다. 두 부자 사이가 좋지는 않지만, 대외적인 이미지가 있으니 내 서임식에 둘 다 참석한 것이다. 차라리 너구리대신보다는 아들이 말이 잘 통했고 거래를 받아들이는 상대다.

행정대신과 사법대신은 자식을 데리고 오지 않았다. 아마도 아델베르트는 나와 재정대신의 관계를 알고 있기 때문에 참석한 것으로 생각된다. 그 외에 다른 관료귀족들과 공국기사들과도 안면을 틔웠다. 역시 힐다의 도움이 상당히 컸다.

그리고 대부분의 귀족은 힐다를 정처로 맞이한 내게 용

기가 가상하다며 칭찬 아닌 칭찬을 했다. 내 약혼자가 뭐 어때서? 몽골족 빰치게 말을 타기는 하지만 그게 그렇게 무섭나? 내 눈에는 여전히 사랑스럽고 어여쁜 소녀다.

"질풍의 기사를 만나게 되어 영광입니다. 피엘 폰 슈타인호프. 이후 기억해 주시길."

젊은 기사와 인사를 나누게 됐는데 그는 무려 폭풍의 기사라고 불렸던 전설적인 기사, 슈타인호프의 손자였다. 슈타인호프는 은퇴한 이후 왕세자의 검술스승으로 유유적적하게 살고 있다고 들었는데 그의 손자를 이곳에서 볼 줄은 몰랐다.

"제 아내가 슈타이너 영애의 친구입니다."

"엘리자베트는 잘 있죠?"

"하하, 잘 지내고 있습니다. 여전히 감당하기 어려울 정도로 기운이 넘치죠."

"볼프, 엘리자베트도 저 못지않게 말을 아주 잘 타요. 나중에 함께 봤으면 좋겠네요."

"기다리고 있겠습니다. 개인적으로 슈트라이트 경과 친해지고 싶습니다."

고귀한 영애들이 기사들보다 말을 잘 타는 이유가 대체 뭐지? 개인적으로 피엘은 내가 본 기사 중에서 제일 호감 가는 인상이었다. 잘생겼다고 다 호감이 가는 게 아니라 무언가 기사로서의 기품과 예의가 느껴졌다고 해야 하나?

이 사람과 친구가 될 수 있다면 좋겠다.

그리고 힐다의 친구가 슈타인호프가의 직계 손자에게 시집을 갔다면 그것만으로도 연결점이 생기는 것이다. 역시 귀족 사회는 인맥이 중요했다. 슈타인호프와 연결이 있다는 것만으로도 무게감이 다르게 느껴진다. 공국기사가문 중 최고의 명문가로 명성을 떨치는 가문이니.

내 가문도 언젠가 저렇게 명성을 떨쳤으면 좋겠다. 아니, 질풍의 기사라는 어린애 같은 이명 말고 제대로 된 위대한 기사가문으로서 말이다.

"이번 암살미수 사건으로 내가 부족하다는 것을 크게 통감하고 있어."

"상처는 괜찮습니까?"

"이 정도는 떨치고 일어나야지. 무능해도 일단 나는 친위대장이니까."

"아이젠나흐 경 정도면 무능하다고 할 수 없습니다만."

"나는 저하를 제대로 지키지 못했어. 경이 아니었으면 스스로 목을 매는 죄악을 저지를 뻔했지. 경에게는 깊이 감사하고 있어. 그러니 내가 필요하면 말만 해. 큰 도움은 되지 못하더라도 반드시 달려가겠다."

아이젠나흐는 장미의 망령 사건에서 느끼는 것이 많은 모양이다. 친위대 9명 중의 5명이 죽었다. 그런데 살아남은 4명 중에 문제아로 지목했던 베이, 하우멜스, 호른스트는 살아남았다. 그것 참, 목숨 줄이 질긴 양반들이다. 나머지 한 명은 발렌슈타인이다.

"어떤가, 처음 연회의 주최자가 된 경험은."

"정신이 하나도 없네요. 후작님은 대체 어디에 계셨습니까?"

"무능한 늙은이가 눈에 띄어봤자 뭐하겠는가? 오늘의 주인공은 경이잖은가."

베르트하임은 마지막에 나타났다. 격으로 보자면 베르트하임에게 가장 먼저 감사 인사를 해야 했는데 갑자기 사라져서 별수 없이 행정대신부터 돌았던 것이다. 하여간 다른 사람 눈에 안 띄게 사라지거나 어딘가에 짱 박히는 것도 재능은 재능이다.

"이제 경은 귀족 사회의 주목을 받게 될 거네. 질시하는 무리가 뒤에서 수작을 부릴지도 모르고 혹은 가까이 붙어서 이득을 취하려고 할지도 모르지. 그런 무리를 잘 파악해야 할 것이야. 그게 내가 해 줄 수 있는 충고로구먼."

"감사합니다, 후작님."

따뜻하게 웃으며 내 어깨를 두드리던 영감님은 괴링과 함께 돌아갔다. 그 이후로 몇 번 인사를 돌았다. 베르트하임의 충고를 들었기 때문일까? 나를 대하는 귀족들의 태도가 두 부류로 나뉜 것을 깨닫게 됐다. 행정대신처럼 냉담한 타입과 사법대신처럼 부탁하는 타입.

냉담한 타입은 내게 어떤 감정을 가지고 있는지 쉽게 파악이 됐지만 부탁하는 타입은 애매한 점이 많았다. 사법대신의 경우 군무와 양호한 관계여서 무시할 수도 없다. 군무와 재정처럼 앙숙인 것도 아니고. 둘이 사이가 나쁜 건 예산 때문이다.

군대는 돈이 필요했고 재정은 돈을 주지 않으려고 한다.

당연히 사이가 나쁠 수밖에. 게다가 예산을 취급하는 곳이 재정이라서 4부대신 중에서 가장 영향력이 있었기 때문에 그만큼 적이 많은 것이다. 돈줄을 쥐고 있으니 당해낼 수가 없겠지. 그러니 행정과 군무가 합심해서 재정에게 대항하는 모양새다.

사법은 궁중사제단과 한통속이라 어느 쪽과도 양호한 관계를 이어갔다.

"후우, 드디어 끝났네."

"고생하셨어요, 볼프. 그럼 우리끼리 축하를 할까요?"

"뒤처리를 모두 맡겨두고 집으로 돌아가는 게 좀 미안하네."

"그게 그들의 일이니까요."

테드와 오스카의 호위를 받으며 나와 힐다는 로젠가든으로 돌아갔다. 남아 있는 가신(사비네, 한스, 다니엘)들이 좀 고생하겠지만 별 수 없지. 집으로 돌아오자마자 지하 포도주 저장고로 가서 베렌와인과 로덴와인을 꺼냈다. 베렌과 로텐 공국은 신성로마제국 내에서도 손꼽히는 포도주 생산국이었다.

서늘하면서도 따뜻한 기후 덕에 화이트와인이 주로 생산됐다.

특히 베렌의 가장 유명한 포도주는 남부 슈바벤 포도주다.

낭만적인 장미정원에 앉아 단 둘이서 즐기는 와인 맛이 굉장히 달콤한 것 같다. 피곤하긴 했지만 기사로서 이제 막 한 발을 내딛는 기념비적인 날이니 둘만의 축하연회를 열었다. 힐다는 연신 내게 몸을 기대며 은근하게 자극을 하기 시작했다.

"후후, 볼프. 지금 제 곁에 프리실라가 없어요."

"지금 당장 너를 침대로 데려가고 싶지만 프리실라가 나를 믿고 맡긴 것으로 여기고 털끝도 손대지 않을 거야. 그러니까, 제발 내 인내심을 시험하지 말아줘."

"재미없네요. 좀 더 안달을 낼 거라 생각했는데. 볼프는 그 정도로 흔들리진 않는군요."

"대신 첫날밤 때는 두고 봐. 절대로 재우지 않을 거니까."

"어머, 볼프는 혹시 첫날밤에 무슨 일을 하는지 모르는 건가요?"

힐다가 놀랍다는 듯이 내게 물었다. 첫날밤이 그 첫날밤이지 그거 외에 무슨 일을 하는데? 힐다는 내 표정을 보고 까르르 웃었다. 어리둥절한 나는 힐다가 왜 웃는지 알지 못했다.

“볼프는 첫날밤을 기대하고 있었군요. 안타깝게도 신부는 첫날밤에 신랑이 아닌 다른 남자와 보내야 해요. 그것을 보통 대리 신랑이라고 불리죠.”

“뭐? 그건 또 무슨 소리야? 대리 신랑이라니.”

“볼프가 생각하는 그런 게 아니에요. 대리 신랑은 미하엘 오빠로 정했으니까요.”

힐다가 설명하길 귀족들 사이에서 유행하는 결혼방식으로 신랑은 결혼식장에서 대리 신랑에게 신부를 맡기고 모든 절차가 끝날 때까지 자택에서 대기한다. 신부는 그 대리 신랑과 첫날밤을 보내는데 대리 신랑이 신부의 다리에 자신의 다리를 맞대면서 하룻밤을 보낸다고 한다. 그러니 신부는 자신의 남자가족을 대리 신랑으로 내세운다.

상징적인 행위라고 하는데 대체 왜 이런 결혼풍습이 있는지 모르겠다. 설명을 듣고 대략 정신이 멍해졌다. 찾아가는 밤부터 시작해 중세 결혼관은 내 생각을 훨씬 뛰어넘는다.

다음 날에 나는 신부의 집에 가서 신혼집으로 데려가야 하는데 마차를 타고 어린아이들이 앞에서 꽃잎을 뿌리며 거리를 행진해야 한다. 신랑신부의 친구들과 경쾌한 악사들이 뒤를 따르며 연주를 하고 춤을 춘다. 한 마디로 축제 퍼레이드 같은 개념이다.

그래서 현대의 유럽왕족들이 결혼할 때 마차 퍼레이드를 벌인 이유였군.

힐다의 언니들도 대리 신랑을 미하엘로 정했다. 미하엘은 그게 동생들이 자신에게 갖고 있는 신뢰의 증거라며 매우 좋아했다. 차남은 말을 거의 하지 않아서 지금도 몇 마디 말을 나누지 못했다. 그 과묵함 때문에 대리 신랑이 장남에게 쏠린 것 같다.

"그리고 우리들의 진정한 첫날밤은 가신들 앞에서 증명해야하죠."

"……가신들 앞에서 첫날밤을 치른다고?"

"직접 보는 건 아니고 침대에 커튼을 쳐서 듣기만 하는 거죠."

그건 그거대로 엄청 민망한데. 난 관음증이 있는 변태가 아니다. 이래서야 제대로 첫날밤을 치를 수 있을까? 그 외에 힐다와는 결혼식에 대해 여러 가지 이야기를 주고받았다. 예를 들면 첫날밤을 보내기 전에 닭고기를 먹는다던지, 신부를 안고 문지방을 넘는다던지.

벌써부터 걱정이 앞선다.

설명만 들어도 은화 몇 십 닢은 깨질 것 같다.

한 달 뒤의 일이니 벌써부터 걱정해도 소용없을 것 같아서 슈바벤 와인이나 실컷 마셨다. 다음 날, 나는 보도로부터 한 가지 특이한 보고를 접하게 됐다. 내 명성이 올라간

만큼 보도의 활동영역도 증가했고 협조자들을 통해 더 많은 정보를 접하게 된 것이다.

"라펠과 거래하는 상인을 발견했다고?"

"네. 제 친구의 친구의 친구가 베이언대로 직물상 근처에서 구걸을 하고 있는데 거기 거래하는 사람들 중에 라펠 소속의 조직원이 있었다고 하더라고요."

"확실한 정보야? 그 조직원의 얼굴을 어떻게 알고?"

"그 녀석들도 저처럼 발이 넓거든요. 돈을 주면 다 알아내주죠. 거지들은 어디든지 있으니까요."

흠, 라펠이라. 여자를 꾀어내 거액의 빚을 지게 만들고 팔아넘기는 악질 놈들이 왜 상인과 거래를 할까? 혹시 이 놈들이 그 장물아비 사건과 연결되어 있는 건 아니겠지?

작은 전쟁

정식 서훈을 받아 볼프강 리터 폰 슈트라이트가 된 이후 내 일상이 완전히 바뀌었다.

우선, 내 집을 찾는 방문객이 끊이질 않았다. 처음에는 어리둥절했다. 뭣도 몰랐지만 일단 손님이니 환영했다. 나를 존경하고 기사로서의 귀감이라며 꿀을 발라놓은 듯 끊임없이 칭찬을 늘어놨다. 가문 명성이 750점이 된 이후 달라진 일상 중의 하나였다.

그래서 나도 차를 대접하여 어느 정도 맞장구를 쳐주고 성심성의껏 대답을 했는데 왕세자 저하에게 자신을 소개해달라는 요구를 듣는 순간 싸늘하게 식었다. 베르트하임은 내게 충고했었다. 질시하는 귀족을 조심해야하지만 나를 이용하려는 귀족도 경계해야 한다고.

그래서 관리자 스카우터로 정체를 확인했다.

관리자 스카우터는 대상의 이력이나 상태 등을 확인할 수 있다. 그가 무슨 의도를 가지고 있는지 어떤 생각을 하고 있는지는 알 수 없지만, 이 두 가지 기능을 이용해 적절하게 유추해낸다면 충분히 어떤 종류의 인간인지 판별 할 수 있었다.

그의 심리는 아부였고 성향은 기회주의자(악)이었다.

각이 딱 나오네. 그래서 지금 시간이 안 된다는 이유를 들어 쫓아냈다.

쫓겨나지 않으려고 완강하게 버티는 것 같지만 한스가 번쩍 들어서 문밖으로 던져 버렸다. 그런데 문제는 이런 놈들이 한둘이 아니라는 것이다. 3일 동안 들이닥친 귀족이 15명이나 된다. 그래서 오스카와 테드, 다니엘을 불러서 지시를 내렸다.

1. 신원이 불확실한 귀족일 경우 은화 1닢을 대가로 요구해라.

2. 대가도 주지 않고 막무가내로 떼를 쓰는 귀족이 있다면 두들겨 패서 쫓아라.

3. 수행원(병사)이 있으면 손대지 말고 반드시 내게 알려라.

4. 작위귀족, 제후, 관료대신가, 왕족, 아는 귀족은 프리패스다.

5. 감당하기 어려울 것 같다면 무리하지 말고 내게 알려라.

이 다섯 가지 지침은 최소한의 커트라인이었다. 이젠 절대 공짜로 만나주지 않을 생각이다. 은화 1닢을 기준으로 삼은 것은 대다수 혈통만 있고 가난한 귀족들이 얼씬도 하지 못하게 하기 위함이다. 막무가내로 떼를 쓸 경우에는 멍석말이를 지시했다.

겨우 내게 빌붙으려는 놈들이 제대로 된 귀족이겠는가?

흠씬 두들겨 패도 누가 뭐라 하지도 않는다.

애초에 커넥션이 있는 귀족이었다면 내게 빌붙으려고도 하지 않는다. 커넥션이 있으면 커넥션을 통해야지, 커넥션도 아닌 내게 빌붙으려는 놈은 제대로 된 놈이 아니다. 다만 예외가 있다면 병사를 데리고 다니는 귀족이다. 그건 어쩔 수 없이 만나줘야 한다.

괜히 시비가 붙었다가 가문 대 가문 싸움으로 번지면 골치 아파지기 때문이다. 이렇게 기준을 정하고 나니 매일 뭣도 모르고 들이대다가 두들겨 맞고 쫓겨나는 귀족을 구경 할 수 있게 됐다. 질시하는 놈들보다 빌붙으려는 놈들이 현재로서는 더 많은 것 같다.

상급 귀족이 만나주지 않는다고 나를 통해서 만나려는 심보부터가 잘못된 것이다.

간혹 은화 1닢을 지불하고 나를 만나려는 귀족도 있었다. 그 성의를 가상하게 생각해서 일부러 시간을 내어 상담을 들어준다. 말 그대로 들어주기만 할 뿐이다. 이 정도에 은화 1닢이면 짭짤한 수입이다. 차까지 대접해줘서 잘 둘러대고 보냈다.

그런데 기분 탓인가? 최근 테드의 안색이 별로 좋지 않은 것 같다.

그래서 물어봤더니 쭈뼛거리기만 할 뿐 아무것도 아니라며 얼버무렸다. 그래서 관리자 스카우터로 심리 상태를 보았는데 고민이라고 되어 있었다. 무슨 고민인지는 알려주지 않는다.

흠, 무슨 고민을 하고 있을까?

물어보고 싶었지만 일단 나는 테드가 언젠가 상담하러 와 주기를 기다렸다.

"볼프강 님! 사법부에서 사람이 왔습니다."

"사법부? 접견실로 안내해드려라."

관청 사람이라면 당연히 프리패스라서 접견을 허락했다. 저번에 사법대신이 의논할 일이 있다고 했는데 그것과 관련된 심부름꾼인가? 전례법관 밑에서 일하는 귀족이라고 내게 소개한 그는 깔끔한 옷차림과 유려한 말솜씨를 가지고 있었고 온갖 미사여구를 가져다 붙였다.

슬슬 짜증이 났다. 그래서 요점이 뭔데?

"빙빙 둘러 말하지 말고 우선 용건부터 말씀하시죠?"

"하하하, 역시 소문대로 화통하십니다. 궁중사제단과 협의하여 매월 궁중예배를 진행하는 것이 전례의 일입니다만 아시다시피 전례를 진행하기 위해서는 많은 예산이 필요합니다. 그래서 저는 기부금을 모으기 위해 열심히 뛰어다니고 있는 중이지요."

한 달에 한 번 궁중사제단을 주축으로 공적 예배를 올리는데 이것을 전례라고 부른다. 나도 3번 정도 참석한 적 있지만, 주말마다 듣는 교회 미사보다 더 절차가 복잡하고 엄숙해서 제일 재미가 없었다. 심지어 라틴어로 떠들어서 알아듣는 귀족들이 있을까 모르겠다.

"기부금을 모은다고요? 보통 재정부에서 예산을 받아 내지 않습니까?"

"물론 그것이 원칙이지만 아무래도 국가적인 행사이다 보니 예산은 항상 부족합니다. 그리고 재정부에서는 융통성 있게 예산을 배정해 주지 않습니다. 그래서 전례법관님이 늘 고심하고 계시죠. 저는 그 짐을 덜어드리고자 이렇게 기부금을 모으는 중입니다."

"흠, 그렇군요. 그런데 내가 알기로는 전례는 궁중사제단이 담당하는 것으로 압니다만?"

"궁중사제단이 주축인 것도 있고 사법에서 추진하는 것도 있습니다. 그러니 기부를 하실 경우, 전례 절차에 슈트라이트 경의 이름을 주교님께서 읊어 주십니다. 그리고 심판의 날을 맞이하실 때 천국의 계단에 오를 수 있는 공덕을 얻으시는 겁니다."

신실한 카톨릭 기사였다면 혹했을지도 모르겠다.

말은 그럴 듯했지만 기부를 하라는 소리에 미심쩍은 나는 일단 관리자 스카우터를 발동했다. 참고로 나는 기부를 하라는 인간을 절대로 믿지 않는다. 스카우터로 판독한 결과 눈앞의 이 귀족은 궁중귀족이 아닌 라덴스도르프 출신이라는 것을 알아낼 수 있었다.

라덴스도르프는 공작이 다스리는 땅이다.

그리고 이놈의 직업은 무직이 아닌 명백하게 사기꾼으로 표시되어 있었다.

이 개자식이.

열심히 들어줬더니 사기꾼이었어?

짜증이 치밀어 올랐다.

질풍의 기사라고 불리며 명성이 높아졌기 때문에 이런 일은 없을 줄 알았지만 아무래도 이 사기꾼의 눈에는 갑자기 출세해서 들떠있는 애송이 귀족쯤으로 보인 모양이다. 하지만 내게는 스카우터가 있었고 절대로 속일 수 없다.

갑자기 분위기가 싸늘해지자 사기꾼은 슬그머니 눈치를 보기 시작했다.

"저, 슈트라이트 경? 기부하지 않으셔도 괜찮습니다. 저는 이만 가보겠습니다."

"오스카, 테드! 이 사기꾼 놈을 포박해라!"

말솜씨로 짐작해 보건대 한두 번 사칭한 솜씨가 아니다.

그래서 인정사정없이 포박을 해 버렸다.

"슈트라이트 경? 이게 무슨 짓입니까!"

"감히 내 앞에서 관료라고 사칭을 하다니, 죽고 싶어 환장했구나."

"사칭이라니! 그건 억측이오! 나는 엄연한 사법부의 관료입니다!"

"그래, 내가 직접 네놈을 사법대신님과 대면하게 해 주마."

간땡이가 부은 놈이다. 게다가 상습범이 분명했다. 내가 어리숙하게 속아 넘어갈 줄 알고 영혼을 끌어모아 연기를 펼치던 사기꾼은 진짜 사법부로 끌고 가자, 제발 살려달라고 울고불고 매달렸다. 진짜 사법관료들은 사칭범을 잡아온 나를 보고 어안이 벙벙했다.

"라덴스도르프 출신의 사기꾼이란 말입니까? 귀족이?"

"한두 번 해본 솜씨가 아니니까 조사해 보면 분명히 현상 수배가 되었을 거다. 나중에 확인하고 내게 현상금을 지급하면 돼. 그리고 지금 사법대신님과 접견이 가능하나?"

"확인해 보겠습니다."

사법부까지 오게 된 김에 사법대신에게 접견을 신청했는데 곧바로 허락을 받았다. 내게도 프리패스가 있었던 모양이다. 사법대신은 내가 사칭범을 잡아 왔다는 소식을 접하고 나를 흥미로운 눈으로 바라보며 말했다.

"빌붙으러 온 사칭범을 잡아 오다니 경의 눈썰미가 제법이구려."

"법과 정의의 질서 앞에서는 누구도 거짓을 감출 수 없습니다."

"경은 법과 정의를 준수하는 훌륭한 기사요. 개인적으로 경의를 표하지."

"그런데 전에 말씀하신 긴밀히 의논할 일이 무엇인지요?"

귀찮은 일일 것이 분명했지만 돈 되는 일이라면 감수할 가치는 있었다. 유지비 괴물인 샤텐이 힐다를 따라 내게로 온 이상 돈은 기회가 될 때마다 벌어두는 것이 최선이었다. 아델베르트에게 받아야 할 돈과 신부 지참금을 합친다면 은화 630닢이 앞으로 들어올 예정이다.

엄청난 재산처럼 보이겠지만 영지를 보유한 귀족과 비교하자면 그리 큰돈도 아니다.

"경이 적발했던 장물아비를 기억하시오?"

"기억합니다. 우연히 잡아냈는데 일이 그렇게 커질 줄은 몰랐었죠."

"그 장물아비와 연결된 건 슬럼의 라펠이라는 조직이오. 발칙하게도 경비대의 제복까지 복제해서 꼬리를 잘라내려고 했지만, 다행히 경의 활약으로 상인과 실행범을 살려서 체포한 덕분에 증거가 인멸되는 일은 일어나지 않았소."

아직도 수사가 마무리되지 않은 모양이다. 하긴, 생각보다 큰 사건으로 발전한 탓에 제대로 조사하기 어려울 것이다. 뜬금없이 재정의 감찰관이 연관도 없던 슐랑에의 독사들에게 살해당하는 일이 벌어졌다. 그리고 그 사건으로 사법의 명성에도 흠집이 났다.

사건이 일어난 닉센 주변만 검문했다가 내가 엉뚱한 곳에서 슐랑에의 간부를 잡아 버리는 바람에 체면이 구겨진 것이다. 그 뒤에 어떻게 되었는지 모르겠지만 사법대신이 고작 이런 사건에 신경을 쓸 정도면 피바람이 불었을 것이라 예상할 수 있다.

"주님께서 내린 인간의 신체는 상당히 튼튼하오. 그래서 많은 것을 알아낼 수 있지. 경도 배워두는 것이 좋을게요. 어떤 방식이 효율적인가, 고민하는 순간이 있을 거외다."

……이거 혹시 고문을 말하는 건가?

그러고 보니 중세의 수사법은 대부분 고문으로 직결된다던데.

의미심장하게 웃으며 나를 지그시 바라보는 사법대신의 시선이 몹시 소름 끼쳤다. 하여간 대신이란 인간 중에 우리 장인어른을 제외하곤 정상이 없는 것 같다. 말이 통하지 않을 경우 주먹이 올라가는 것을 제외한다면 장인어른은 보기 드문 가정적인 귀족이었다.

이 정도면 충분히 정상인의 범주지.

"그래서 알아낸 사실은 슬럼 조직인 라펠과 상인길드가

연결되어 있다는 것이오. 그러나 상인길드는 재정의 영향력 아래에 있소. 그것이 무슨 의미겠소?"

응? 내가 아는 것과 조금 다른데?

"제가 재정 감찰관으로 있었을 때 장물아비 사건의 배후로는 행정부를 지목했습니다. 그런데 오히려 재정부가 관련되어 있었다고요?"

"오, 경은 그 이후를 잘 모를 수 있겠구려. 행정이 배후로 있는 것은 억측이었소. 실은 재정이 배후였지. 우리 사법수사관들이 상인길드와 라펠의 관계를 파악해 낸 것이오. 재정은 오히려 전후 관계를 파악하자 은폐하려고 했지만, 내부자의 밀고가 결정적이었소."

의미심장하게 웃는 사법대신은 차를 마시며 목을 축였다. 그러니까, 행정이 배후에 있는 줄 알고 조사했더니 사실은 행정이 아니라 재정 내의 부패였다. 그래서 재정은 은폐하려고 움직였지만, 내부자가 그 정보를 사법에게 넘겼다는 건가? 그 내부자가 누구지?

"재정의 누군가가 배후에 있다는 것이오. 법과 질서를 수호하는 자로서 조사를 강행하고 싶소만 본관은 재정과의 관계를 고려하지 않을 수가 없었소이다."

"사법대신님이 제게 상의하는 이유가 혹시 저보고 조사하라는 겁니까?"

"경이 단독으로 조사하기에는 무리가 있지 않겠소? 사법이 전면으로 나서는 것보다 재정과 사이가 나쁜 군무를 끌어들이는 것이 부담을 나눌 수 있소. 군무대신이라면 틀림없이 나서줄 테지. 재정대신을 가장 싫어하는 사람이니."

이번엔 또 무슨 모략이냐?

재정과 사이가 나쁜 장인어른이라면 이런 떡밥을 덥석 물 것 같은데.

"경이 군무대신에게 내 의향을 전달해 주시오. 이쪽의 정보를 모두 넘겨드리리다."

"사법대신님, 실례지만 왜 제게 이런 제안을 하는지 이유를 알려 주실 수 있습니까?"

"슈터이너 가에는 안타깝게도 무골밖에 없소. 그러나 경이라면 모략에 능숙하지 않소이까? 재정대신과 감찰총감의 사이를 이용해서 능숙하게 이득을 취한 솜씨는 지금도 감탄하고 있소. 젊은 기사 중에 경처럼 협상과 모략에 능한 이는 손에 꼽으니."

외교관 스카우터 덕분이긴 했지만, 외부인이 보기에는 모략에 능한 기사로 보일 수 있겠다. 하지만 나는 모략에 능하기보다는 그때그때의 상황을 스카우터의 도움으로 모면하는 수준이었다. 게다가 나보다 더 모략에 능한 인간은 감찰부총감 모르트가 아니던가?

아무래도 사법대신은 모략과는 어울리지 않는 군무대신가의 사위로서 내가 창구가 되는 것을 원하는 것 같다.

"개인적으로 본관은 슬럼을 유지하는 것에 반대해 왔소이다. 필요악이라고는 하지만 이처럼 길드와 재정까지 연결된 거대한 비리가 발생할 수 있기 때문이오. 본관은 그것을 뿌리 뽑고 싶소. 그러기 위해서는 군무대신이 제격이지."

"그렇다면 상인길드는 사법이 조사하는 겁니까?"

"그렇소. 슬럼 조직은 부숴 버려도 되지만 상인길드는 회유할 필요가 있소."

재정과의 관계를 생각해서 사법이 전면으로 나서는 것은 부담스럽지만 그래도 비리의 뿌리는 뽑고 싶으니 군무를 끌어들여서 슬럼을 치게 하고 자기들은 상인을 조사하겠다는 것이다. 군무를 끌어들이는 이유는 재정과 사이가 나쁘기 때문에 모든 어그로를 끌어당기는 탱커로 삼을 심산이다. 사법에게 따지는 것보다 군무를 막느라 바쁘겠지.

확실히 나쁘지 않은 제안이지만 여전히 망설이는 부분은 있었다. 이렇게 되면 나는 재정과 완전히 척을 치게 된다. 감찰총감 아델베르트를 어떻게든 끌어들일까?

"만약 제가 거절한다면 어떻게 되는 겁니까?"

"다른 방도를 강구할 수밖에. 군무대신의 사위를 적으로 돌릴 만큼 본관은 어리석지 않소. 경은 아무래도 재정과 싸우고 싶지 않은 것 같소만 유감스럽게도 재정은 이미 경에게 싸움을 걸고 있소. 그것도 발밑을 노리고 있지."

"……싸움을 걸고 있다고요?"

이건 또 무슨 소리야?

"경의 부하 중에 테드 마이어라는 자가 있지 않소? 그 부하의 형이 평민 재정관료요. 평민 관료 따윈 언제든지 목줄을 쥐고 흔들 수 있지 않겠소?"

"……."

테드에게 접선하고 있었다는 건가? 완전히 방심했다. 테드의 형이 평민 재정관료라는 것을 잊고 있었다. 형의 목줄을 쥐고 테드를 협박했다면 아무리 내게 충성스러운 녀석이라도 흔들리지 않을 수 없을 것이다. 테드는 왜 내게 도움을 청하지 않은 건가?

테드가 최근 고민하고 있었던 이유를 이제야 알게 됐다.

사법대신의 말이 사실이라면 결국 나도 재정과 싸워야 한다는 것이다. 걸어오는 싸움을 피한다는 것은 귀족으로서 있을 수 없는 일이며 하물며 내 가신을 건드리다니. 이미 내 머릿속에는 분노로 가득했다. 결국 사법대신이 원하는 큰 그림이 그려진 것이다.

그러나 상황이 불리해도 나는 절대 손해 보는 장사를 하지 않는 주의다.

싸우긴 싸우더라도 이득은 확실하게 챙겨야지. 어물쩍 넘어가서는 안 된다.

"좋습니다. 사법대신님의 제안을 받아들인다면 제가 받을 이익이 무엇입니까?"

“어떤 식으로든 조사를 하다 보면 압수품을 발견할 수 있을 거요. 슬럼 조직이라면 상당한 물품을 쌓아놓고 있겠지. 그중에 금전은 경과 군무대신의 전리품으로 삼으시오.”

합법적인 강도가 되라는 소린가? 하지만 그것만으로는 부족했다.

이익이 문제가 아니라 사법대신의 책임 소재를 말하는 것이다.

장인어른의 성향을 생각해본다면 슬럼의 라펠을 조사하라는 것을 공격하라는 소리로 들릴 가능성이 컸다. 조사가 아니라 공격이다. 무시무시한 소란이 일어날 것 같은데.

“제 장인어른이 나선다면 슬럼이 매우 시끄러워질 겁니다.”

“슈타이너의 성격이라면 충분히 그러겠지.”

“하지만 수도에 그런 소란이 일어난다면 공왕전하를 비롯한 상급 귀족분들이 화를 내지 않겠습니까? 사법대신님이 상층부를 잘 설득해 주십시오.”

어차피 공동조사로 진행될 것이니 험한 일은 군무가 책임지고 책임 소재에 관한 일은 사법이 책임지게 하면 될 것이다.

“좋소이다. 공왕전하와 다른 귀족들은 본관이 잘 둘러대리다. 슬럼을 치는 일이니, 평소 슬럼을 눈엣가시로 여겼던 교회와 궁정사제단도 찬동해 줄 것이오.”

슬럼을 공격했을 때 일어날 책임 소재를 어떻게든 최소화한 것 같다. 후우, 역시 대신을 상대하는 건 진이 빠진다. 사법대신은 내 요구를 듣고 제법이라고 생각한 것 같다. 무슨 계획을 세우면 이중 삼중으로 위험성을 줄이고자 하는 방식은 내 직업병에서 비롯된 것이다.

공장에서 품질을 관리하다 보면 여러 가지 문제점을 맛볼 수 있는데 노하우가 쌓이다보면 이중삼중으로 안전장치를 거는 것이 버릇처럼 된다. 그렇게 품질 불량이 걸러지는 것이고 그만큼 시장의 신뢰를 살 수 있다. 회사에서 배운 것은 참 많다. 좆같아서 문제였지.

집으로 돌아온 나는 보도를 가장 먼저 호출했다.

"라펠과 상인길드를 중점적으로 조사하라고요?"

"그래, 10일 내로 최대한 많이 조사해라."

"왜 기간 한정인데요?"

"그때가 라펠이 역사 속으로 사라질 테니까."

굳이 말해 주지 않아도 보도는 10일 뒤에 무슨 일이 일어날지 눈치 챈 것 같다.

"그럼 친구들에게 라펠의 영역에서 얼씬도 하지 말라고 전해야겠네요."

"은혜를 베푸는 건 좋지. 그 뒤에 네가 할 일은?"

"최대한 생색을 내라는 거죠? 좋아요. 수족을 한 번 만들어볼게요."

가끔 드는 생각인데 이 녀석, 진짜 10살 맞나? 보도의 친구들은 표면적인 표현일 뿐 거래 관계라고 보는 것이 적당했다. 그러다가 보도가 온갖 생색을 다 내면서 위험을 피하게 해 준다면? 그중에서 보도에게 충성을 맹세할 친구들이 나올 수도 있다.

"그리고 이건 라펠의 영역지도에요."

"……혹시 네가 그렸냐?"

"그림을 못 그려서 죄송하네요, 쳇!"

그림판에 마우스로 지렁이들을 그려 놓은 것 같은 퀄리티다. 뭐, 상징적인 표시는 있으니 이것으로도 충분히 라펠의 지역을 알 수 있었다. 그 넓은 슬럼을 다 뒤질 수는 없으니 이 정보는 매우 시간을 단축하게 해 줄 것이다.

그리고 테드를 불렀다.

"부르셨습니까?"

"테드. 나는 너를 신뢰할 수 있는 부하라고 생각한다. 그러니 내게 솔직하게 말해라."

"저, 무슨 말씀이신지?"

"재정 쪽에서 너와 접촉한 것이 사실이냐?"

테드는 매우 당황했는지 안색이 창백해졌다.

그 반응만으로도 충분했다. 사법대신의 말이 사실이었다. 이런 건 관리자 스카우터로도 포착하기 어려운 빈틈이었다. 집안 단속을 했어야 했는데. 스카우터의 새로운 기능을 추가 한다면 방첩이 가능할까? 아직 보도는 정보를 모으기에도 급급한 형편이다.

"테드. 나는 너를 병사로 고용했고 그만큼 신뢰를 주었다. 날 배신할 생각이냐?"

"아닙니다! 저는 절대로 볼프강 님을 배신하지 않았습니다! 믿어 주십시오!"

테드는 무릎을 꿇으며 결백을 주장했다. 나는 관리자 스카우터를 통해 테드의 상태를 살폈다. 혹시라도 거짓을 말하고 있다면 그의 감정 상태는 거짓으로 표시될 것이다. 다행히 테드는 내게 거짓을 말하지 않았다. 그의 감정 상태는 결백이었으니까.

"그놈들이 형을 가지고 네게 협박을 했나?"

"……그것 때문에 너무 괴로웠습니다. 말씀드리지 못해서 죄송합니다!"

테드는 눈물을 흘렸다. 그에게 있어서 형은 은인이었다. 사고를 쳐서 무직이 되었을 때 생활을 유지해 준 것도 형이었고 감찰관 직속부대에 들어가게 해 준 것도 형이 도와준 것이다. 그러니 테드는 형을 가지고 위협하는 재정의 인간에게 반항도 하지 못했다.

이러지도 못하고 저러지도 못해서 그동안 너무 괴로웠다고.

"이렇게 된 것은 결국 내 책임이다. 좀 더 세심하게 주의

했어야 했는데. 네 형을 내게 데리고 와라."

"예? 하, 하지만."

"너는 고민을 했을 뿐이고 배신이라고 할 만한 행위는 하지 않았다. 그러니 재정의 표적이 된 네 형을 내가 고용하겠다는 거야."

"……형을 말입니까? 하지만 형은 병사로 쓸 수 없는데요."

"재정관료에 있었던 만큼 계산에는 능하겠지. 우리 가문의 재정을 책임지게 하면 될 거야. 그러니 더 이상 고민하지 마."

재정부 놈들이 흔들지 못하게끔 아예 테드의 형을 내 쪽으로 끌어오는 것이다. 고래 싸움에 새우 등 터진 격이니 테드의 형도 내 제안을 수락할 것이다.

테드는 나의 관대한 조치에 무척 감격하며 눈물을 흘렸다.

"어머, 볼프. 저를 보러 왔나요? 드디어 인내심이 바닥난 모양이네요."

힐다는 기별도 없이 방문한 나를 보고 의아해하면서도 무척 기뻐했는데 뭔가 다른 기대를 하고 있었던 모양이다. 안타깝지만 장인어른을 뵈러 왔다고 하자 토라져 버렸다.

나중에 살살 달래 주면 된다. 그렇게 오래 토라지는 성격도 아니니까.

"그러니까, 자네의 말은 사법이 우리를 이용해 재정을 치고 싶다는 건가?"

"정확히 말하자면 사법은 라펠—상인길드—재정이 연결된 비리를 적발하고 싶은 겁니다. 재정과의 관계를 고려해서 우리와 부담을 함께 지고 싶은 겁니다."

"또 뒤에서 음모를 꾸미고 있었군. 음흉한 노인네 같으니. 우리를 방패로 삼을 생각인 모양이지만 재정을 합법적으로 공격할 수 있다면 나쁘지 않은 제안이다."

예상대로 조사가 공격으로 둔갑했다.

사법대신은 혹시 내가 군무대신을 제어하리라 기대한 건가?

솔직히 말해서 그건 말도 안 되는 소리다.

"공국군 200명을 동원하도록 하지."

"저기, 장인어른? 이건 전쟁이 아닙니다만."

"흥, 미꾸라지 같은 슬럼 놈들이 도망치지 못하게 포위해서 섬멸해야지!"

전쟁으로 잔뼈가 굵은 실전부대를 고작 슬럼을 진압하는 데 쓰겠다니. 장인어른의 호전성에 두 손 두 발 다 들었다. 애초에 내가 결정 할 수 있는 권한이 있는 것도 아니고 장인어른이 하고자 한다면 막을 수 있을 리가 없다.

"병력을 움직이기 전에 먼저 사법부와 연계를 해야 하지 않겠습니까?"

일단 나는 최소한 사법대신이 움직일 시간을 벌어 주기 위해 장인어른을 말려 봤다. 내가 보기엔 아무런 협의도 없이 움직였다가는 사법대신도 크게 당황할 것 같은데. 그러나 장인어른은 가당치도 않다는 듯이 묵살했다. 이건 무슨 러시아식 속전속결이냐?

"미하엘, 사위를 데리고 먼저 가서 슬럼 구역을 포위해라. 만약 병력이 부족하다면 경비 병력 중에 놀고 있는 놈들을 몽땅 데려가라."

"경비 병력은 사법부 관할인데요? 그건 월권……."

"지원해 달라면 지원해 주겠지! 어서 가라! 난 이대로 공왕전하를 뵙겠다."

완벽한 선 조치, 후 보고다.

아무리 장인어른이라지만 군무대신이 저래도 되는 거야?

결국 나와 미하엘이 먼저 슬럼으로 향했다. 힐다는 절대로 위험한 짓은 하지 말고 부하들을 지시하는 데 전념하라고 내게 신신당부하면서 샤텐을 빌려줬다. 나는 한스와 테드, 오스카를 데리고 미하엘과 합류했다. 물론 플레이트 아머와 붉은 망토도 걸쳤다.

"갑옷과 망토 덕분에 매제가 총대장처럼 보이는데?"

"힐다가 챙겨 준 겁니다. 질풍의 기사라는 이명에 어울려야 한다면서요.”

“약혼이 정해지자마자 오빠는 신경도 쓰지 않는군.”

미하엘은 장인어른보다 덜 급하고 성격이 소탈한 편이다. 그래서 미하엘과는 잘 지낼 수 있을 것 같았다. 그가 군무대신의 뒤를 잇는다면 호전적이던 군부가 조금은 안정적으로 변하지 않을까? 아무튼 200명이라는 대병력이 움직이자 공도에선 난리가 났다.

“뭐야? 전쟁이라도 터진 거야? 공국군이 갑자기 왜 움직여?”

“어? 저분은 질풍의 기사님이다!”

“오! 나 서임식에서 본 적이 있어!”

보통 군대가 지나가면 평민들은 이를 굉장히 껄끄럽게 여긴다. 외부의 군대는 더했다. 사실 군대의 대부분이 지나가는 마을을 보고 약탈을 하지 않는 것 자체가 엄정한 군기가 잡혀있다는 소릴 듣는 판국이다. 사람들이 이렇게 몰려드는 것은 순전히 내 명성 때문이다.

“명성을 가지면 여러모로 피곤해지지. 매제는 톡톡히 수업을 치르고 있는 셈이야.”

“하아, 이대로라면 슬럼 놈들에게 군이 출동한다고 광고를 하는 건데요.”

“광고? 재미있는 표현이군. 그럼 선행을 보내서 포위하도록 하지.”

미하엘은 부장들에게 명령을 내려 내가 알려 준 라펠의 구역으로 150명의 병력을 급파했다. 오오, 저게 장군의 모습이구나. 내 병력은 고작해야 3명이지만 나도 부대장이라는 신분으로 이 군대의 두 번째 상급자였다. 그래서 내 부하들의 표정이 한껏 고무되어 있다.

"슬럼을 포위하긴 쉽지만, 주민들 중에 적과 아를 가려내기가 쉽지 않아."

"그건 제게 맡겨주시죠. 보도를 통해 대략적인 명단을 확보해둔 상태입니다."

"오, 그래? 이거 매제의 도움을 많이 받겠군. 판별은 매제가 해 주시게."

보도를 통해서 명단을 확보했다는 건 당연히 거짓말이다. 아무리 보도가 영리해도 그 정도까지 일을 진척시키기에는 시간과 인적 자원이 부족했다. 내가 말하는 인적 자원은 양이 아니라 질적인 것을 말하는 거다. 관리자 스카우터를 통해 판별할 생각이다.

일단 미하엘에게 라펠의 구역에 있는 놈들을 모조리 잡아들이라고 말했다.

반항한다면 어쩔 수 없이 진압하겠지만 일단 순순히 체포된다면 적어도 다짜고짜 라펠 조직원으로 몰리지 않도록 신경을 쓸 생각이다. 관리자 스카우터는 판별이 가능하니까.

"명령하신 대로 해당 구역을 모두 봉쇄하였습니다!"

"좋아. 이제부터 구역 안에 있는 놈들을 모두 체포한다. 반항하는 자는 죽여도 좋다."

죽이는 건 좀 너무하지 않을까 생각했지만, 어차피 충돌이 벌어지는 것은 필연이었고 이런 임무에 잔뼈가 굵은 미하엘에게 현장 일을 맡기는 것이 정답이었다. 실제로 라펠의 구역을 포위한 이후 작은 충돌이 산발적으로 일어났다.

— 보병 방패를 앞세워라!

— 궁수 조준! 발사!

— 대열을 유지하고 전진하라!

그러나 이 슬럼을 제 구역처럼 활보하던 슬럼조직이라도 실전부대가 투입된 이상 무사하기 어려웠다. 충돌이 산발적으로 벌어지는 동안 진압군은 한 명도 죽지 않았다. 부상자가 다섯에 불과하지만, 라펠의 조직원은 10명 이상이 죽었다. 스카우터를 통해 판별한 상태다.

"통과. 통과. 체포해."

덜덜 떨며 순순히 협조한 슬럼 주민들 중에 조직과 연관이 없는 자들은 석방했고 조금이라도 연관된 자가 있으면 포박하도록 했다. 귀신같이 분류해내는 통에 내 명령을 받고 있던 공국병사들의 눈이 휘둥그레진 상태다. 그런데 한스, 왜 네가 뿌듯해하는 거냐.

"저 두 놈도 체포해."

"제기랄!"

태연하게 주민을 가장하고 통과하려던 라펠의 조직원들은 저항하다가 순식간에 포위되어 난자당했다. 저항하지 않았다면 포박으로 끝났을 텐데. 하긴, 얌전히 포박을 당했어도 사법부에서 잔혹한 고문을 받겠지. 내가 보기엔 사법대신은 고문을 좋아하는 인간이다.

아무튼, 순조롭게 라펠의 조직원들을 골라내던 도중 시체는 점점 늘어났고 공국군도 사상자가 조금씩 누적됐다. 군대를 동원하면 슬럼조직을 조지는 게 이렇게 쉽다. 슐랑에도 제때 조졌으면 일이 그렇게 흘러가지 않았을 텐데.

조지는 것 자체는 어렵지 않지만, 이후가 어렵다. 슬럼을 제대로 통제한다면 범죄조직이 쉽게 발생할 수 없겠지만 그게 제대로 될 리가 없다. 분명히 또 비슷한 놈들이 튀어나오겠지.

그러니 통제할 수 있는 슬럼조직으로 묶어두려고 했는데 이놈들이 주제도 모르고 사고를 너무 쳤다. 그러니 결과적으로 군대가 출동한 것이고 트레펜을 제외하곤 붕괴한 것이나 마찬가지다. 트레펜은 나중에 어떻게 처리할지 궁금하긴 했다. 어차피 슬럼 조직이니까.

그나저나 내가 직접 롱소드를 들고 설치는 일 없이 이렇게 쉽게 일 처리가 가능하다는 것이 고무적이었다. 역시 귀족에겐 확실한 배경이 있어야 한다. 나는 명성 이외에도 군무대신가의 사위라는 타이틀을 가지고 있었기 때문에 웬만한 귀족도 함부로 시비를 걸지 못한다.

일단 무력차이가 어마어마하니까.

"이 구역의 주민들에게 고한다. 얌전히 조사를 받는다면 폭력 사태가 일어나지 않을 것이다. 다시 한번 권고한다. 건물에 숨어 있지 말고 얌전하게 조사를 받아라."

미하엘을 비롯해 다른 통로를 봉쇄 중인 부장들이 비엔나소시지처럼 줄줄이 체포해서 데리고 오는 횟수가 점점 뜸해졌다. 이제 더 자발적으로 투항하는 주민은 없다고 봐도 무방했다. 그래서 나는 이번엔 수색자 스카우터를 발동시켰다.

내 수색자 스카우터는 공간을 찾아내는데 탁월하다.

이제부터는 집중적으로 건물을 수색하면 됐다.

라펠 조직원들의 저항이 워낙에 거세서 포박한 자는 소수에 불과했는데 간부급은 한 명도 없었다. 어딘가에 숨어 있거나 우리가 포위하기 전에 도망쳤을 것이다. 뭐, 사실상 라펠은 붕괴한 것이나 다름없으니 일단 증거품과 서류를 찾아야 했다.

"문 열어!"

"이봐! 그냥 부숴버려!"

이미 피를 본 공국병사들은 매우 거칠어졌다.

문이 잠긴 곳은 직접 부수고 들어갔다. 그리고 안에서

여자들의 비명이 들려왔다. 응? 여자들의 비명? 내가 안에 있는 여자들을 끌고 나오라고 지시했다. 여자들 대부분은 거의 헐벗은 채였다. 병사들에게 쓸데없는 행동을 하지 말라고 못을 박았다.

그런데 한스가 어떤 여자를 알아보고 깜짝 놀란 것 같다.

누구지? 엉망인 몰골인데 딱히 아는 얼굴이 아니다.

"……마틸다?"

응? 설마 그 로즈마리의 마틸다?

한스가 좋아해서 오스카를 보내 혼담을 추진했지만, 기사와 언약을 맺었다는 그 여자가 떠올랐다. 프리실라와 한스를 맺어준 이후 기억 속에 사라졌었는데 여기서 보게 될 줄은 몰랐다. 역시 보도의 말대로 그런 식으로 야반도주하는 여자는 대부분 불행해지는 것 같다.

"하, 한스? 제발 도와주세요!"

"볼프강 님! 마, 마틸다예요! 오, 하느님 세상에!"

쯧, 마틸다가 있는 것만으로도 이 여자들이 피해자라는 것을 알 수 있었다. 나는 즉시 베이언 교구에 사람을 보내 사제님과 수녀님들을 모셔오게 했다. 그리고 이 여자들이 비열한 라펠의 범죄에 피해를 본 가엾고 불쌍한 피해자들이라고 설득했다.

"그동안 모진 고초를 겪으셨습니다. 기사님, 이 자매님들을 우리가 보살피겠습니다."

"감사합니다. 그리고 이건 개인적인 헌금입니다. 자매님들을 잘 보살펴주십시오."

"아아, 이렇게나 많이! 역시 기사님은 그리스도의 신실한 전사입니다."

가지고 있는 은화가 20닢이라 모두 헌금했다. 고마워할 필요는 없는데. 어차피 미하엘에게 청구해서 활동비로 돌려받을 생각이다. 어쨌든 이 정도로 내가 성의를 보였다면 교회와 수녀회도 피해자들을 잘 돌봐주겠지. 내 측은지심은 딱 여기까지다.

그렇게 건물을 집중적으로 뒤졌다. 나는 건물마다 숨겨진 공간을 조금씩 찾아내 짭짤한 수입을 챙겼다. 스카우터 앞에서 숨겨진 공간 따윈 무의미했다. 이렇게 합법적으로 건물을 뒤지면서 금전을 챙길 수 있다니.

중요한 단서나 장물 같은 것은 넘겨야 하겠지만 그런 건 가지고 있어 봐야 내겐 쓸모없다. 그렇게 나는 10채의 건물을 뒤지면서 은화 30닢을 챙길 수 있었다. 예전에 룸펜의 관을 뒤졌을 때보다 수입이 적다니. 실망이군.

다행히 다른 건물에서 숨겨진 가죽 주머니들이 나왔다.

이야, 동화가 엄청나게 많은데? 은화도 묵직하군. 그리고 보물지도 한 장.

라펠의 구역을 대부분 뒤졌지만, 성과는 피해 여성들을 구출한 것 외엔 없었다.

여기서 말하는 성과는 증거물과 단서를 말하는 것이다.

나는 총 은화 58닢과 동화 1,485닢을 전리품으로 챙겼다.

그리고 근무수당도 따로 챙겨야 인지상정인 법.

공국군은 미하엘이 알아서 챙겨주겠지만 내 부하들을 챙겨 줄 수 있는 건 나뿐이다. 그래서 고생한 한스, 테드, 오스카에게 각각 은화 5닢씩 챙겨 줬다. 엄청난 성과금에 부하들의 입이 찢어졌다. 특히 마음고생이 심했던 테드는 더 기뻐했다.

이런 짭짤한 부수입도 있어야 인생이 즐거운 게 아니겠는가?

아무튼 간부나 보스의 정체를 알 수 있다면 수색자 스카우터를 통해 단서를 추적할 수 있다. 그때까지 이 주변을 봉쇄하거나 혹시 있을지 모르는 변수에 대비하는 것이 좋다.

"슈트라이트 경, 다음 투항자들입니다."

"수고했다. 이쪽으로 인수해."

"네! 빨리 움직여라!"

다른 구역에 있던 부장이 내게 한 무리의 투항자들을 데리고 왔다. 다 끝난 줄 알았는데 투항자가 아직 남아 있었나? 어디보자, 너희들 중에 라펠 소속은 누구냐? 그런데 스카우터에 비춰진 것은 이들 중에 3명이 프랑스 첩자라는 것을 알려 주고 있었다.

프랑스 첩자?

프랑스와 신성로마제국은 예로부터 반갑다고 칼질을 하고 기분 좋아도 칼질하는 그런 관계였다. 국지전은 소소한 문안 같은 것이다. 제국의 변경백인 베렌은 독일의 서남부와 이탈리아를 지키는 관문지기로서 오랫동안 프랑스의 방문을 받아왔다.

프랑스의 부르고뉴 공작은 마인강을 중심으로 베렌 공국과 로텐 공국의 영유권을 주장해 왔다. 백년전쟁이 한창이던 프랑스 정부와 적대하던 부르고뉴는 잉글랜드의 지원을 받고 베렌 공국과 로텐 공국을 침략했다. 프랑스가 잉글랜드에게 질 것이라고 생각했기 때문이다.

이 전쟁에서 활약한 것은 아돌프 리터 폰 슈타인호프로 단독으로 100기병을 이끌고 지휘부를 급습하여 프랑스의 몽페랑 백작을 전사시킨 무용담은 전설로 회자했다. 그러나 전황은 여전히 부르고뉴에게 유리했다.

부르고뉴를 물러나게 만든 것은 뜻밖에도 위대한 프랑스의 성녀, 잔 다르크가 등장해 왕을 잃고 지휘부가 흔들렸던 잉글랜드를 연달아 격파했기 때문이다. 부르고뉴마저 격파한 후 프랑스는 잉글랜드를 몰아낼 수 있었다. 이게 20년 전의 전쟁이었다.

그리고 가장 최근의 전쟁은 5년 전, 국지전에서 시작된 불씨가 크게 번진 전쟁으로 이 전쟁에서 아버지와 콘스탄츠 남작이 전사했다. 부르고뉴 공작은 끊임없이 마인강변의 두 공국을 집어삼키기 위해 부단히 노력했지만 갑작스러운 공작의 죽음으로 전쟁이 끝났다.

그 뒤를 이은 것이 용맹공이라 불리는 샤를 1세다.

미디블나이트의 세계관에서 부르고뉴와 베렌의 전쟁역사는 매우 치열했다. 그렇기에 베렌 공국은 선제후에 버금가는 제국의 변경백으로서 상당한 지위를 누릴 수 있었다.

그러나 미디블나이트의 세계관이 15~16세기 유럽을 다루고 있지만 가상과 뒤섞인 역사라서 사건이 언제든지 달라질 수 있다. 왜냐하면 내가 살아가는 이 세계는 게임을 기반으로 만들어진 세계였지만 명백하게 유기적으로 살아움직이는 별개의 세계였기 때문이다.

물론 시스템이라는 초월적인 도우미가 나를 돕고 있긴 했지만 그건 어디까지나 내 개인에 한정된 능력일 뿐 전체를 바꿀 만한 먼치킨적인 힘은 아닌 것이다. 그런 의미에서 프랑스 첩자들이 적발된 것은 나로서는 상상조차 하지 못한 사건이었다.

"저들을 포위해라!"

그래서 나는 아무도 도망가지 못하게 투항자들을 포위했다.

"기사님! 저희들은 아무 죄도 저지르지 않았습니다!"

"제발 보내주세요! 신께 맹세코 오늘은 절도를 저지르지 않았어요!"

투항자들은 갑자기 병사들이 자신들을 포위하자 당연히 겁에 질릴 수밖에 없었다. 무장한 병력이 둘러싸면 나라도 기겁하겠지. 하지만 첩자들을 한 놈도 놓치지 않기 위해서는 아예 도주로를 봉쇄하는 것이 가장 좋은 방법이다. 프랑스 첩자들은 3명이었다.

"너희들 중에 라펠의 간부가 있는 것이 분명하다. 내가 지목하는 자들만 앞으로 와라."

나는 자연스럽게 프랑스 첩자 셋을 제외한 나머지 투항자들을 석방했다. 그들은 자신들이 호명되지 않자 눈에 띄게 당황한 것 같다. 그러나 방패를 든 병사들이 포위한 상황에서 3명이서 할 수 있는 일은 거의 없다. 아무리 타국까지 잠입한 프로들이라고 해도 말이다.

"난자당한 시체가 되고 싶지 않으면 무기를 버리고 항복해라!"

"기사님! 우리들은 라펠이라는 조직과 무관합니다!"

그야, 그러시겠지. 나는 라펠의 간부를 잡는 게 아니라 첩자들을 잡으려는 거니까. 내가 신호를 주자 미하엘이 병사들을 지휘하면서 순식간에 방패를 앞세운 압박에 들어갔다. 그들은 검을 빼 들며 저항했지만 결국 체포되는 것은 시간문제였다.

— 밀어붙여!

— 무기를 버려!

그것도 겹겹이 둘러싸고 있어서 앞줄이 뚫린다고 해도 뒷줄이 백업해 주기 때문에 절대로 3명에게 포위망이 돌파당할 리는 없다. 나도 저런 식으로 포위당한다면 얌전히 항복하는 것 외엔 답이 없다. 마인호프 사병의 포위망을 순간적으로 돌파했었던 클루겐도 어림없다.

프랑스와 베렌의 관계를 생각한다면 첩자 정도는 인사에 불과했다. 프랑스만 첩자를 보냈다는 생각은 버리는 것이 좋다. 파리에서 태연하게 파리지앵을 연기하는 베렌 측 첩자가 있을지도 모르니까. 그래서 이들의 거주지를 조사해서 프랑스 첩자라는 증거를 찾아냈다.

스카우터로 이놈들의 거주지를 쉽게 찾아낼 수 있었다.

이들은 파리가 아닌 디종에서 온 놈들이다.

즉, 부르고뉴의 첩자라는 의미다.

당연하게도 사법부는 발칵 뒤집혔다. 그래서 사법대신과 독대했다.

미하엘은 라펠의 본거지를 봉쇄해야 하므로 움직일 수 없었다.

그래서 나는 이 첩자 셋을 직접 사법부로 끌고 간 것이다.

나를 바라보는 사법대신은 기가 막힌 듯했다.

"경에 대해 알면 알수록 그 능력의 깊이를 가늠하기 어렵구려."

"과찬이십니다. 그것보다 이 시국에 난데없이 첩자를 적발해서 사법대신님에게 일거리를 늘려버려서 송구할 따름입니다."

"쓸데없는 일거리였다면 화를 냈겠지만, 엄연히 베렌을 위한 경의 공훈이 아닌가."

"슈타이너 가의 미하엘 님과 병사들의 도움이 없었다면 불가능했습니다."

이런 경우에는 공훈을 나 혼자 독식하는 것보다 골고루 나누어 주게 하는 것이 이롭다. 사법대신은 내 뜻을 짐작했는지 그렇게 해 주겠다고 약속했다. 화제를 돌려 사법대신은 오늘 있었던 라펠 소탕작전을 지시한 군무대신의 저돌성에 혀를 내둘렀다고 한다.

"슈타이너와는 오래 알고 지낸 사이지만 여전히 그 저돌성은 본관의 예상을 가볍게 뛰어넘는구려. 경과의 약속대로 이쪽에서도 나름 대응을 했지만 대신회의의 결과는 전적으로 군무대신이 밀어붙이는 대로 결정되고 말았소. 라인펠트(재정대신)가 반발했지만, 별수 없었지."

사법대신과 군무대신의 주장한 명분은 확실히 공왕의 마음을 움직인 것 같다. 행정대신도 결국 재정대신에게서 돌아섰으니 병력 동원에 대한 정당성을 인정받았다. 재정대신이 꼼짝없이 당했다는 말을 듣고 내심 고소했다.

나는 싸우고 싶지 않았으나 하필이면 내 부하를 건드려서 결국 나를 화나게 만들었으니 재정대신의 자충수라고 할 수 있다. 내가 이렇게까지 움직일 줄은 예상하지 못했겠지. 어쩌면 사라진 라펠의 중요 간부와 우두머리를 재정대신이 숨겨주었을 수도 있다.

원래 행정의 짓인 줄 알았는데 재정 내부의 문제였으니까, 어떻게든 은폐를 하려다가 탐지견에 버금가는 내가 나서서 옥죄고 있는 것이다.

"하지만 문제는 역시 부르고뉴 첩자들이 발견된 것이오."

"그게 큰 문제가 됩니까?"

"라인펠트가 곤혹해 하는 모습을 즐기던 공왕전하와 경의 장인어른이 프랑스 첩자 쪽으로 신경이 쏠릴 것이 뻔하기 때문이오. 군무대신에겐 외적의 방어가 최우선적인 문제라오."

아, 그럴 수도 있겠다. 장인어른은 부르고뉴와 총 열다섯 번의 크고 작은 전투를 치렀다고 들었다. 그중에서 가장 첫 대전이 20년 전의 대전이다. 당시 군무대신가의 차남으로 참가한 전투에서 슈타인호프의 전설적인 활약을 두 눈으로 보았다고 했다.

그런데 장남을 대신해 전장을 전전했던 장인어른은 살아남았고 오히려 수도에서 편안하게 있던 장남이 갑자기 병에 걸려 죽으면서 장인어른이 군무대신가의 적법한 상속자가 되었다. 그리고 지금에 이르러 어엿한 베렌 공국의 군무대신으로서 왕성하게 활동하고 있다.

후계자인 장남을 안전하게 지키고 차남을 전쟁터로 내몰았는데 오히려 장남이 먼저 죽다니. 참 아이러니했다. 그런데 그게 남의 일이 아니다. 어느 귀족이든 같은 고민을 가지고 있다. 콘스탄츠나 로드엔 가문처럼 후계가 끊긴 가문은 영원히 사라진다.

그러니 후계자를 잘 키워내는 것이 가주의 숙명이었다. 영아사망률이 대단히 높은 중세시대이기 때문에 자식을 잘 키우는 것 자체가 가주의 능력으로 평가받았다. 그런 의미에서 5남매를 무사히 키워낸 장인어른의 능력은 귀감이 될 만했다.

당연하게도 육아에서는 어머니의 힘은 절대적이었지만 모든 평가는 가주에게 돌아갔다. 어떻게 보면 인정을 받지 못하는 처지였으나 그것에 순응하는 것이 이 시대의 여성이었다. 가부장은 어린 아내를 가르칠 권리가 있었고 소유물로 취급했으니까.

사법대신이 권해 준 차를 마시며 기억도 나지 않는 아버지와 나를 낳고 돌아가셨다는 어머니는 과연 어떤 관계였을까, 가끔 궁금하긴 했다. 일반적인 가부장의 모습이었을까? 아니면 군무대신처럼 가족을 아끼는 다정한 가부장이었을까.

"상인길드를 강제로 조사했지만, 우리 측도 그리 좋은 결과라고 할 수 없소. 라펠과 거래를 맺은 것으로 추정한 길드의 간부가 집에 불을 지르고 자살했기 때문이오."

"불을 지르고 자살했다고요? 그건 엄청난 중죄일 텐데."

"중죄를 두 가지나 저질렀으니 연옥에서 영원토록 고통을 받을 것이오."

분신자살이니 두 가지 중죄(방화, 자살)는 맞다. 하지만 분신자살이 문제가 아니라 강제조사를 진행했음에도 불구하고 사법과 군무에서는 결정적인 증거를 확보하지 못한 것이 컸다. 그 와중에 부르고뉴의 첩자가 튀어나오면서 화제가 분산되게 생겼다.

보고도 못 본 척할 수는 없어서 잡아들였지만 부르고뉴 첩자들의 입장에서는 정말 재수가 없이 걸린 것이다. 내 눈에 걸린 이상 어쩔 수 없다. 사법부에서 나온 나는 미하엘에게 돌아가려고 했는데 누군가가 내게 다가왔다.

"오랜만입니다, 슈트라이트 경."

"당신은?"

놀랍게도 나를 찾아온 사람은 감찰부총감 콘라트 폰 모르트였다.

"서임식 이후에 처음인가?"

모르트를 따라가니 골목에 아델베르트가 기다리고 있었

다. 의외의 장소에서 비밀 접선을 하게 된 셈이다. 왜냐하면, 나는 지금 재정부를 공격하는 중이었으니까. 재정부 감찰총감인 아델베르트의 입장에서는 여러모로 만나기 애매한 위치였다. 그래서 비밀 접선인가.

"지금은 군무와 재정이 전쟁 중입니다."

"알고 있어. 경의 솜씨가 훌륭해서 점점 드러나고 있지."

"그런데 왜 저를 찾아온 겁니까?"

아델베르트는 피식 웃으며 벽에 등을 기댔다.

"잘해 주고 있어. 경 덕분에 아버지가 점점 궁지에 몰리고 있더군."

"혹시 재정부의 내부자가 총감입니까?"

내 질문에 아델베르트는 대답하지 않았다. 그러나 나는 그것으로 충분한 답을 얻었다. 그가 바로 사법부에게 정보를 넘긴 재정부의 내부자였다. 재정부의 이인자가 일인자를 제거하기 위해서 일부로 내부정보를 넘긴 것인가?

"라펠이라는 조직은 간부급부터 가명을 내세워 활동하고 있지. 하수인들을 붙잡아 봤자 알아낼 수 없어. 경이라면 자그마한 단서라도 추적할 수 있겠지? 로키를 찾아보게."

"로키? 신화에 나오는 토르의 동생을 말하는 겁니까?"

"라펠의 상층부는 카톨릭보다 신화를 숭상하지. 경이라면 찾아낼 수 있겠지?"

비록 가명이지만 로키라는 이름으로 활동했다면 당연히

스카우터로 검색 할 수 있다. 그런데 아델베르트가 이렇게 고급 정보를 넘기는 것이 단순히 재정대신을 몰아내기 위함일까? 그렇기에는 너무 위험한 접선이었다. 하지만 나는 그의 정보를 받아들일 수밖에 없었다.

그리고 내 시선은 모르트에게 향했다.

모략으로 나와 뤼디거를 제거하려고 했던 것이 확실한 자다. 성질 같으면 당장에 보복하고 싶었지만 이렇듯 위험한 모략을 즐기는 놈들을 상대로 그런 위험부담을 감수할 수 있을까? 모르트는 내게 더 이상 관심이 없는 것 같았다. 목적을 달성했으니까.

"제 부하를 건드린 건 재정의 누구입니까?"

"테드 마이어 말인가? 공작은 내가 진행했지."

"……뭐라고요? 그런 주제에 내게 거래를 하려는 겁니까?"

"화내지 마시게, 슈트라이트 경. 다 이유가 있으니까."

재정대신은 이미 내부자의 존재를 눈치채고 있었고 당연히 아델베르트를 가장 먼저 의심했다고 한다. 그래서 아델베르트는 가장 위협적인 내 발밑을 건드려 공작을 펴는 척, 재정대신의 의심을 피할 수 있었다고. 모르트의 계략이라고 하는데 당연히 나는 불쾌했다.

"공짜는 없다는 거, 아시겠죠?"

"테드 마이어의 형을 내 밑으로 두겠네. 마이어 형제가 우리들의 연결고리가 되는 것이지. 경도 이 이상 재정과 적대하는 것은 부담스럽지 않은가?"

합의점을 찾자. 아델베르트의 뜻은 분명했다.

스카우터를 통해서도 그는 진실을 말하고 있었다.

나는 군무대신가 사람이지만 재정과 끝까지 싸워야 할까?

재정은 공국의 4부신 중에 하나이며 국가자금을 관리하는 기관이다. 나와 연결고리가 있는 아델베르트가 재정대신으로 승진할 경우 앙숙이었던 군무와 재정의 관계가 개선될 뿐만 아니라 서로 적당한 거래를 털 수 있게 되는 것이다. 정치적인 이점은 분명하게 있었다.

나는 결국 아델베르트의 제안을 수락했다.

그렇게 나와 아델베르트의 비밀 접선은 끝났다.

나는 곧바로 미하엘에게로 돌아갔다.

"매제가 없는 동안 심문을 진행했지만, 예상대로 간부급의 정체를 확실하게 알고 있는 놈은 한 명도 없더군. 내부에서 가명으로 활동하고 있었던 게 분명해."

"전형적인 꼬리 자르기로군요. 몸통을 숨기는 데 능숙한 놈들인 것 같습니다."

체포된 라펠의 조직원들은 정작 자신이 속한 조직에 대해 아는 것이 많지 않았다. 말단들은 간부가 아닌 중간관리자급 인물에게 명령을 받고 있었는데 이는 말단과 간부의 연결고리가 드러나지 않게끔 철저하게 숨겼기 때문이다. 아델베르트가 말한 대로다.

군대를 동원하는 것만으로도 슬럼조직은 간단하게 무력화된다.

라펠은 이를 우려하여 몸통이 드러나지 않게끔 가명을 내세웠고 결과적으로 그들의 전략은 성공한 셈이다. 나와 미하엘이 이끄는 공국군은 말단 하수인들만 체포했을 뿐 몸통에 대한 정보는 전무했다. 라펠이 슬럼조직 중에서 오래 살아남은 이유였던 것이다.

그러나 아델베르트는 이들에 대해 상세히 알고 있었다. 독자적인 파이프가 있을 것이다. 그래서 내게 정보를 제공한 것이고 더욱 더 물어뜯으라고 주문했다. 그것으로 재정대신이 궁지에 몰린다면 감찰총감은 그 상황을 이용할 것이다.

이용당하는 셈이지만 재정대신이 물러나는 것은 내게도 이득이었다. 감히 내 병사의 가족을 건들다니. 그래서 로키라는 가명을 사용하는 자를 우선적으로 체포할 필요성이 있었다. 발자국을 통해 추적이 가능한 단서추적 기능은 현재 유용하게 사용할 수 있는 유일한 해결책이었다.

“처남, 병사를 빌려줄 수 있습니까?”

“당연히 빌려줄 수 있지만 갑자기 왜?”

“현장을 다시 한번 면밀하게 살펴보고 싶습니다.”

나는 미하엘에게 공국군 병사 50명을 지원받을 수 있었다. 내 가신들까지 합치면 53명의 병력을 지휘하게 된 것이다. 무장한 병사들을 이끌고 거리를 누비는 기분은 진짜 끝내줬다. 라펠의 구역은 이미 봉쇄되어 사람의 그림자라고는 찾아볼 수 없었다.

나는 수색자 스카우터를 통해 단서추적을 발동했다. 로키로 추정되는 발자국을 발견하기까지 그리 오랜 시간이 걸리지 않았다. 그래서 슈트라이트 가문의 추적술이라고 불렸다. 나는 슬럼과 매춘거리가 연결된 구역에서 로키의 발자국을 발견했다.

로키라는 가명으로 활동했던 놈의 위치를 찾아낸 것이다.

이놈은 슬럼과 가까운 매춘거리에 숨어 있었다.

라펠이 함정에 빠트린 여자들을 주로 매춘길드로 넘긴다는데 알고 보니 한통속이었다. 원래 매춘길드는 슐랑에와 동업하는 관계였지만 슐랑에가 뤼디거 감찰부총감을 살해한 이후 진압부대가 투입되어 무너졌다.

간부와 우두머리는 광장 사형대에서 처형당한 것으로 기억한다. 슐랑에는 급속도로 세력을 잃은 이후 흩어져버렸고 매춘길드는 팽창한 라펠과 손을 잡고 파수꾼으로 고용했다. 라펠이 매춘길드에 간섭할 수는 없다. 관청에서 관리하기 때문이다.

매춘길드는 막대한 세금을 내기 때문에 언제나 재정부의 주목을 받고 있다. 파수꾼으로 고용한 것은 행패를 부리는 고객으로부터 상품(매춘부)을 지키기 위함이다. 그러니 매춘길드는 라펠과 깊숙한 관계를 맺진 않았을 것이다. 그러나 내부에 사람은 심을 수 있다.

"포위해라!"

나는 매춘길드의 본거지를 병사들로 하여금 포위시켰다. 당연히 매춘길드의 사람들은 갑작스러운 공국기사와 공국군의 출연에 크게 당황했다. 이미 궁수부대가 입구를 조준하고 있고 방패를 든 병력이 건물을 모두 포위했다. 거리를 봉쇄할 때보다 훨씬 수월했다.

"저는 밤의 길드 장을 맡고 있는 뮌스터라고 합니다."

"밤의 길드? 매춘길드가 아니라?"

"밤의 길드입니다, 기사님! 설마 길드 이름을 매춘길드라고 짓겠습니까?"

관료들부터 시작해 대부분의 사람이 매춘길드라고 불러서 나도 이제까지 매춘길드인 줄 알았다. 그러고 보니 매춘거리의 정식명칭이 따로 존재한다고 들었던 것 같다. 매춘을 주업으로 삼는 여성의 집이 우후죽순처럼 늘어나서 별명이 정식명칭처럼 불리게 된 것 같다.

하지만 사회적으로 가장 밑바닥 층에 있는 이 거리를 제대로 부르는 사람은 없다. 그러니 매춘거리, 매춘길드라고 혐오하면서 불렀겠지. 그리고 그것이 정식명칭처럼 정착됐다. 밤의 길드는 내가 알기로는 관청을 대신해 매춘거리를 관리하는 일종의 하청길드였다.

교회에서 그렇게 욕먹고 각종 범죄가 들끓는대도 관청이 매춘거리를 존속시키는 것은 막대한 세금을 걷을 수 있기 때문이다. 그리고 이들은 세금을 걷는 재정의 영향력 아래에 있었다. 사실 공도에 존재하는 대부분의 길드는 재정과 뗄 수 없는 관계라고 보면 된다.

세금을 직접적으로 걷어가는 재정의 영향력이 다른 관청보다 더 클 수밖에 없다.

예외가 있다면 군무와 연결된 용병길드와 행정의 건축길드가 있다. 다만 건축길드는 재정의 입김도 강하게 받고 있어서 애매한 위치였다. 그래서 다른 부처가 재정의 영향력을 감소시키기 위해 이 기회를 이용해 공격하는 것이다.

그리고 그 선봉에는 언제나 예산문제로 으르렁거리는 군무가 있었다.

군무와 재정이 극히 사이가 나쁜 것은 어제오늘 일이 아니다.

군무가 여러 가지 방위계획을 입안하면 재정이 예산을 근거로 번번이 반대해 왔다. 그럴 때마다 공왕의 중재로 어느 정도 합의점을 좁혔지만, 성질이 불같은 장인어른은 재정 관료들을 굉장히 미워했다. 부글부글 끓고 있다가 이번에 제대로 기회를 포착한 것이다.

다른 대신들도 군무의 손을 들어 주면서 공국군이 공도

에서 움직이는데 정당한 명분까지 갖추게 됐다. 활동비는 활동비대로 다 줘야 해서 재정대신 입장에서는 제일 열 받는 상황이었다. 공국군에게 제동을 걸려면 제후들을 끌어들여야 한다.

그러나 대가는 둘째 치고 대응할 시간이 너무 부족했다.

그러니 재정대신은 부랴부랴 내부와 관계된 라펠의 간부급 인사들을 숨긴 것이겠지만 정작 진짜 내부자의 입을 막지 못했다. 아델베르트가 몰래 나와 접선할 수 있었던 것은 재정의 수뇌부가 제대로 대응하지 못하고 있기 때문이다. 그만큼 군무의 공격이 맹렬했다.

"밤의 길드 장. 나는 이곳에서 범죄자를 숨기고 있다는 제보를 받았다."

"범죄자를 숨기다뇨? 우리 길드는 엄연히 관청에서 임명한 정식길드입니다!"

"그것을 증명하기 위해서는 수색을 해야겠는데 협조해 줄 수 있겠나?"

은근히 압력을 행사했다. 재정부의 입김을 가장 많이 받고 있지만, 문제는 나와 공국군이 재정과 상극인 군무소속이라는 점이다. 즉, 우리 앞에 재정의 허락을 받고 오라는 책임회피 같은 방법이 통하지 않는다는 것이다.

내 제안을 거절한다면?

권고가 아니라 집행으로 돌변한다.

“슬럼조직이 하룻밤 사이에 사라진 건 알고 있겠지?”

“그걸 모르는 사람이 누가 있겠습니까?”

“매춘길드도 그렇게 되지 않을 거라는 보장이 있겠는가?”

둘러 싸놓고 협박하는 게 좀 깡패 같았지만, 만약 장인 어른이나 미하엘이었다면 말보다 먼저 뒤집어 놓았을 것이다. 나는 그나마 군무파 중에서 가장 신사 축에 속한다. 뮌스터라고 소개한 길드 장은 주변을 돌아보며 어쩔 수 없다는 듯 체념한 것 같다.

그러는 동안 밤의 길드 장, 뮌스터의 인적 정보를 확인할 수 있었다.

쾨스펠트 공국기사가문 출신이지만 삼남이었기 때문에 기사계급에도 들지 못하고 평민으로 떨어진 귀족이었다. 어쩌다가 밤의 길드 장이 되었는지 모르겠지만, 길드 장이 될 정도라면 꽤 수완이 있었던 모양이다.

라펠과는 거래관계라고 딱 선을 그었다.

뭐, 그러시겠지. 라펠과 한통속이면 이렇게 신사적으로 조사하진 않지.

라펠의 본거지와 영역을 쑥대밭으로 만들어왔다.

“기사님. 협조하는 대신에 약탈만큼은 하지 않겠다고 약속해 주십시오.”

“내가 지목한 자들을 군소리 없이 넘긴다면 약속은 유효할 거다.”

길드 장의 협조로 길드 내부에 있는 직원들과 관련자들을 모두 나오게 했다. 그들은 불안에 떨며 내 지시에 움직였다. 라펠과 직접적으로 관계된 자는 아직까지 발견되지 않았다. 하지만 난 이중에 로키로 위장하고 있는 자가 있다는 것을 확신했다.

그렇게 일일이 조사를 하고 있는데 갑자기 후방에서 비명이 터졌다.

— 막아!

— 으아악!

아무래도 로키로 추정되는 자가 탈출을 시도한 모양이다. 공국군을 모두 동원했다면 물샐틈없이 포위했겠지만 50명이라 한계가 있었다. 나는 즉시 샤텐에 올라타 건물의 뒤쪽으로 병력을 이끌고 갔다. 로키로 추정되는 자가 등에 화살을 맞고 필사적으로 도망치는 중이다.

힐다에게 승마를 배운 이후로 내 숙련도가 눈에 띄게 상승했다. 아직 1단계를 완전히 마스터하지 못했지만, 구보는 자신 있었다. 그러나 천천히 달리는 구보로 사력을 다해 도망치는 놈을 따라잡기 어렵다. 게다가 놈은 골목으로 도망치는 중이다. 그 전에 따라잡아야 했다.

"이랏! 이랏!"

"볼프강 님?!"

나는 위험을 무릅쓰고 샤텐을 빠르게 몰았다.

깜짝 놀란 한스의 외침을 무시했다. 한스도 내 승마 실력을 알고 있다.

당연히 반동이 커지고 무게중심이 앞으로 쏠렸지만 어떻게든 자세를 유지했다.

저 좁은 골목길로 빠져나가면 그대로 놓치게 된다.

물론 스카우터로 지속적인 추적이 가능하겠지만 이왕이면 지금 잡고 싶다.

그래서 롱소드를 빼 들었는데 그 순간 균형을 잃을 뻔했다.

다행히 아직 승마술 교본을 배우고 있는 단계라 위험한 순간에 자세교정이 이루어져 낙마만큼은 면 할 수 있었다. 그러나 자세교정이라는 것이 절대적으로 보호해 주는 것은 아니라서 방심하는 순간 다시 낙마를 할 수 있다.

침착하게 균형을 유지하면서 한 손에는 고삐, 한 손에는 롱소드를 거꾸로 쥐었다. 나는 플레이트 아머로 무장한 상태고 건틀릿을 끼고 있기 때문에 롱소드를 거꾸로 쥐어도 날에 베이지 않아서 아무 문제없었다.

거꾸로 쥐어진 롱소드는 정말 훌륭한 둔기로 둔갑한다.

타이밍에 맞춰 도망치던 로키의 머리를 크로스가드로 후려쳤다.

— 퍽!

"크악!"

물론 면으로 쳤다.

뾰족한 부분으로 쳤다간 머리에 구멍이 났을 것이다.

아직 마상무술을 제대로 배우지 않아서 영 어설펐지만 어쨌든 죽이지 않고 생포할 수 있었다. 뒤이어 달려온 병사들이 로키를 포박했다. 급하게 쫓느라 스카우터로 정체를 파악할 겨를이 없었다. 확인 결과 이놈은 로키라는 가명을 쓰던 놈이 맞다.

그의 이름은 쿠루트 비로였고 라펠의 간부이자 밤의 길드의 간부로서 활동하고 있었다. 이놈이 중간다리 역할을 했던 것 같다. 스카우터가 있으니까 단서를 찾지 못해 막막했던 수사의 활기를 불어넣을 수 있었다. 뮌스터는 붙잡힌 쿠루트 비로를 보고 경악했다.

"한센이 대체 무슨 짓을 저지른 겁니까?"

"한센? 이놈의 이름은 쿠루트 비로다."

"예? 이놈은 한센 비트만이고 길드의 재정을 맡고 있는 녀석입니다만."

그것도 가명일 것이다.

재정을 맡길 정도면 뮌스터는 이 자를 꽤 신뢰하고 있었던 모양이다.

안타깝지만 이놈은 몸속에 숨어 있던 기생충 같은 놈이다.

이것으로 라펠의 간부를 겨우 체포했다.

심문은 미하엘이 전문이니 그에게 떠넘겼다.

"매제는 대체 정체가 뭐야? 어떻게 이리도 쉽게 잡아 올 수 있는 거지?"

"눈썰미와 감이 좋다고 해두죠. 아시잖아요?"

"제기랄, 그 좋은 눈썰미와 감은 왜 내겐 없는 거야!"

"진정하세요, 처남."

크흠, 아무튼 미하엘은 내 능력이 부러웠던 모양이다.

사실 내 능력이기 보다는 시스템의 공로다. 뭐, 결국 시스템은 내게 있어서 도구나 마찬가지니 그 도구를 잘 활용하는 것이 중요했다. 이 살벌한 세계에서 살아남으려면.

가명을 쓰던 놈이 붙잡혔으니 숨어 있는 다른 간부와 보스도 지금쯤 똥줄이 타지 않을까? 밤의 길드 장 뮌스터는 이 쿠루트 비로라는 놈이 라펠과 연결된 중간다리라는 것을 믿지 않았다. 그런데 이놈의 방에서 숨겨진 공간에 아마포로 만들어진 문서를 찾아냈다.

그것은 거래내역(여자)이었다.

정당한 거래가 아니라 장부를 조작하면서 상당한 시세차익을 챙겼다. 즉, 라펠은 여자를 비싸게 팔았고 밤의 길드는 여자를 비싸게 산 것이다. 그리고 장부는 평소의 시세로 기록되어 있으니 돈이 새고 있었던 것이다. 회계장부와 거래내역을 비교한 뮌스터는 화가 머리끝까지 났다. 뒤통수를 무자비하게 처맞은 것이다.

그래서 쿠루트 비로의 밑에서 일했던 자들을 모두 붙잡

아와 군무관저로 넘겨버렸다. 당연히 미하엘의 심문시간은 점점 길어졌다. 나는 공무집행 중에 크게 다친 병사들을 병원에 맡기고 위로비로 은화 1닢씩 쥐여 주었다. 그들은 매우 기뻐했다. 역시 돈만큼 좋은 보상도 없다. 나중에 미하엘에게 받아 내면 된다. 아마 이것도 활동비로 재정에게 청구되겠지.

이제 슬슬 윤곽이 드러나고 있다.

조금만 더하면 재정부를 완전히 박살 낼 수 있을 것 같다.

아델베르트가 원하는 그림이 그려지겠지.

그런데 난데없이 왕궁에서 사자가 왔다.

그리고 나는 지금 알현 장에서 카를루스 공왕의 흥미로운 눈길을 받고 있었다.

이게 대체 어떻게 된 일일까?

왜 나는 공왕을 비롯해 왕세자와 모든 대신이 모인 알현장 한가운데에 서게 된 걸까? 이건 누가 봐도 벌게임인데? 내가 다니던 회사의 임원들 앞에서 브리핑하게 된 말단 사원이 된 것 같은 기분이었다.

나는 조금 전의 일을 떠올렸다.

붙잡은 라펠의 간부 놈을 넘겨주고 군무관저에서 미하

엘과 점심을 먹고 있었는데 의외의 인물이 찾아왔다. 레오폰 베르미어. 왕세자와 어릴 적부터 함께 자란 형제와도 같은 측근이었다. 이 붉은 머리의 소년은 매우 예의가 바르지만 고지식한 면모가 좀 있다.

"오랜만입니다, 미하엘 형님. 잘 지내셨습니까?"

"나야 잘 지내고 있는데…… 네가 여긴 어쩐 일이냐?"

힐다와 베르미어, 왕세자가 어릴 적부터 친구였으니 미하엘도 사적인 친분이 있었을 것이다. 그런데 평상시 왕세자 껌딱지 노릇을 하던 베르미어가 혼자서 찾아온 것은 일반적인 일이 아니라서 미하엘도 의아하게 여긴 모양이다.

"제가 형님을 찾아온 게 이상한가요?"

"이상하니까, 물어보는 거지. 넌 왕세자 저하와 힐다 외엔 선을 긋는 녀석이잖아."

마인호프 궁중백작의 연회에서 베르미어와 힐다가 허물없이 대화를 나눴던 것을 본 적이 있다. 프란츠 왕세자가 마인호프 영애에게 시달리고 있는 걸 도와달라고 했던가? 내게 한창 관심이 있던 힐다가 조금 짜증을 냈던 것으로 기억한다.

"사실 형님이 아니라, 슈트라이트 경에게 볼일이 있어서 왔습니다. 자택에 먼저 방문했더니 이곳에 계신다고 들어서요."

"그러면 그렇지. 매제, 자네 손님이야."

내게 볼 일이 있다고? 베르미어가 개인적으로 내게 용무가 있진 않을 것이다. 힐다를 통해 말 몇 마디 나눠본 것이 전부일 정도로 그와 사적인 친분은 없었다. 그의 표정은 일단 굉장히 밝았다. 기쁨을 주체하지 못하겠다는 그런 감정이 전해져 왔다.

"슈트라이트 경, 지금 즉시 왕궁으로 가셔야 합니다."

야, 인마. 왜 왕궁으로 가야 하는지 설명을 해줘야 할 거 아니야? 밑도 끝도 없이 왕궁으로 가라니? 내 표정에서 그런 감정이 고스란히 드러났나 보다. 자신의 실수를 깨닫고 당황한 베르미어의 눈동자에 동공지진이 일어났는데 미하엘이 그 모습을 보고 낄낄 웃었다.

"죄, 죄송합니다! 프란츠 님의 첫 출정에 관해서 대신님들의 의견이 분분한 가운데 재정대신께서 슈트라이트 경에게 맡기자는 이야기가 나왔습니다. 그래서 프란츠 님의 지시를 받고 제가 경을 모시러 온 것입니다."

"다른 대신도 아니고 그 늙은 너구리가 왜 매제를?"

미하엘의 표정이 떨떠름해졌다. 그건 나도 마찬가지다.

왕세자의 출정이야, 그렇다 쳐도 나를 추천한 사람이 왜 하필 재정대신인가?

난 지금 사법과 함께 재정의 비리를 파헤치는 중인데.

"이 시국에 왕세자 저하의 출정이라니. 너무 공교롭지 않습니까?"

“그것도 매제를 추천하는 형태로 말이야. 뒤에서 무슨 짓을 꾸미는 것 같은데.”

“베르미어 경, 무슨 일인지 상세하게 알려 주실 수 있습니까?”

베르미어의 말에 따르면 왕세자는 평상시에 직접 군을 지휘하여 경험을 쌓고 싶어 했다. 이웃인 로텐 공국의 왕세자가 부르고뉴 공국의 유격대를 격파했다는 소문이 널리 퍼졌기 때문이다. 경쟁 심리 때문에 왕세자는 직접 공훈을 세우고 싶은 것이다.

장인어른은 왕세자를 지지했지만, 문제는 재정과 사법이 반대한 것이다. 재정은 왕세자의 병정놀이에 쓸 돈은 없다며 못을 박았고 사법은 만에 하나 왕세자가 잘못될 경우를 우려하여 반대했다. 행정은 중립을 지켰지만 사실상 반대였다.

그동안 왕세자는 암살위협을 받는 중이었다.

친위대를 창설하여 대비토록 했지만 클루겐을 상대하면서 반이 죽었다.

프랑스 첩자들까지 체포한 마당에 더 이상의 위협은 없다고 생각한 왕세자는 공왕에게 적극적으로 출정에 대한 의견을 어필했고 결국 공왕은 대신들을 소집하여 바로 오늘, 최종 결정을 내리기로 했는데 반대하던 재정대신이 갑자기 나를 추천하면서 지지를 표명한 것이다.

"늙은 너구리가 갑자기 지지를 표명했다니.. 매제, 이거 설마?"

"재정대신이 저를 수도에서 떨어트려 놓으려는 수작 같습니다."

절대로 찾아낼 수 없을 것 같은 라펠의 간부 놈을 적발하고 스카우터를 이용해 차근차근 심장부로 향하고 있었기 때문에 재정대신이 위기감을 느꼈던 모양이다. 역시 아델베르트가 내게 넘긴 정보가 가장 유효했던 모양이다.

이런 식으로 나를 멀리 떨어트려 놓으려는 건가? 그것도 추천이라는 형태로?

나와 미하엘은 생각지도 못한 상황이라 적지 않게 당황했다.

역시 노회한 너구리대신. 쉽게 당하지는 않겠다는 건가?

결국 베르미어와 함께 왕궁으로 향했고 나는 알현 장에서 4명의 대신과 공왕, 그리고 왕세자와 대면하게 된 것이다. 행정대신은 무덤덤하지만 장인어른은 노기를 참느라 얼굴이 울그락불그락 달아오른 상태였다. 사법대신도 난처하기는 마찬가지다.

이 자리에서 웃고 있는 것은 재정대신과 공왕뿐이다.

"이렇게 직접 얼굴을 마주하는 건 처음이군. 질풍의 기사여, 그대의 위명은 많이 들었다. 왕세자를 지켜줘서 고맙다는 인사를 하고 싶었다."

"송구합니다, 전하. 저는 베렌의 기사로서 알트링겐 왕가에게 의무를 다한 것뿐입니다."

"하하하, 요즘 같은 세상에 보기 드문 충성스러운 기사로구나. 왕세자가 경을 마음에 들어 하는 것도 납득이 가는군."

나는 카를루스 공왕에 대해 아는 것이 많지 않다.

장인어른을 통해 듣기로는 공왕은 대신들이 서로 다투는 것을 좋아했고 어느 한쪽이 불리하다 싶으면 교묘하게 이용해서 빚을 만들어 두는데 탁월하다고 했다.

그래서 나는 제일 먼저 공왕을 관리자 스카우터로 확인했다.

그의 심리는 유희였고 성향은 음모(중립)였다.

내게 호의적이며 음모(선)이었던 베르트하임과 달랐다.

유희와 음모라니. 최악의 조합 아닌가? 음모를 재미로 삼는 놈은 절대로 정상적인 놈이 아니다. 절대로 가까이 엮여선 안 되는 타입이다. 공왕은 이 상황이 재미있는지 왕좌에 비스듬히 앉았다. 그것이 신호였는지 재정대신이 내게 말했다.

"프랑스의 암살자로부터 왕세자 저하를 지킨 경이 베렌의 충성스러운 기사라는 걸 누가 의심할 수 있겠는가? 그래서 나는 경에게 저하의 첫 출정을 대리 지휘하는 부대장으로 추천했네. 경은 이 영광스러운 의무를 짊어질 준비가 되어 있는가?"

어디 거부할 테면 거부해 보라는 투로 내게 히죽 웃으며 말하는 재정대신에게 잠자코 참고 있던 장인어른이 불같이 호통을 쳤다. 기차화통을 삶아 드신 것 같다.

"라인펠트 백작! 슈트라이트 경은 종군경험도 전무하고 군을 이끌어 본 적이 없는 애송이인데 감히 왕세자 저하의 첫 출정을 맡길 수 있겠는가?! 말도 안 되는 소리 하지 말게!"

이것은 나를 편드는 것인가, 디스를 하는 것인가?

아니면 힐다를 데리고 간 앙금이 남은 장인어른의 돌려까기?

"저하께서 전쟁을 배워야 한다고 주장했던 건, 자네 아닌가? 나는 자네의 주장대로 지지하는 것으로 돌아섰는데 대체 무엇이 불만인지 모르겠군."

"인선이 잘못되었단 말이다! 인선이! 전쟁경험도 없는 기사에게 고귀한 왕세자 저하를 맡긴다는 게 말이 되는 소린가? 차라리 내 아들에게 맡기는 게 낫지 않은가!"

장인어른의 말이 맞다.

나는 전쟁경험도 없을뿐더러 수도에서 벗어난 적도 없다.

만약 나라면 절대로 실적 없는 기사에게 왕세자를 맡기지 않을 것이다.

공국군을 능숙하게 지휘하며 종군했던 미하엘이라면 모

를까.

미하엘을 보내고 나는 계속 라펠을 조사하는 것이 베스트 아닐까?

"군무대신의 말이 맞소이다. 본관이 생각하기에도 슈트라이트 경에게 맡기는 건 불안요소가 너무 많소. 슈트라이트 경이 유능한 것이야 사실이지만 전쟁은 다른 문제요."

"하지만 처음부터 경험을 쌓는 기사는 없네. 나는 슈트라이트 경에게 기회를 주고자 하는 것일세. 암살자로부터 저하를 지킨 충성스러운 기사에게 기회를 주고자 하는 게 그렇게 반대할 일인가? 게다가 슈트라이트 경을 강력하게 원한 것은 저하일세."

겉으로는 내게 기회를 주는 것처럼 보이겠지만 재정대신은 어떻게든 나를 수도에서 떼어놓으려고 집요하게 대신들을 설득하는 것이다. 사법대신이 장인어른의 편을 들었지만, 재정과 노골적인 충돌을 꺼리는 사람이라 끝까지 대립하지는 못했다.

고문하는 것처럼 열정을 다하지 못할망정.

아무튼 지금의 모양새가 아주 우습게 됐다.

처음부터 왕세자의 출정을 주장했던 장인어른이 반대하고 있고,

처음부터 왕세자의 출정을 반대했던 재정대신이 찬성하고 있다.

그사이에 내가 끼어 있는 것이 아이러니했다.

카를루스 공왕은 지금 대신들의 입씨름을 즐기고 있었다.

아주 그냥 팝콘이라도 뜯을 기세다. 성격이 참 나쁜 것 같다.

잠자코 있던 왕세자가 장인어른에게 말했다.

"군무대신. 그렇다면 대신이 생각하는 인선은 누구지?"

"제 아들이라면 고귀한 저하를 안전하게 보필 할 수 있을 겁니다."

"그럼 백작의 아들을 부대장으로 삼고 슈트라이트 경을 보좌로 붙이는 건 어떤가?"

아무래도 왕세자는 나를 꼭 데려가고 싶은 모양이다.

이거 야단났네. 미하엘과 내가 동시에 부재한다면 라펠의 수사는 누가 하지?

"저하, 제 아들과 슈트라이트 경은 사법부의 요청으로 라펠과 관료의 유착관계를 조사하는 중입니다. 이제 슬슬 성과가 나오고 있는데 둘 다 종군으로 부재한다면 그 뒤를 이어 조사할 인력이 부족해집니다."

"……그래서 재정이 내 출정을 지지하는 건가."

왕세자의 시선이 재정대신으로 향했다.

왜 반대하던 놈이 찬성으로 돌아섰는지 알겠다는 표정이다.

재정대신은 왕세자의 불쾌한 시선을 덤덤히 받아들였다.

"슈타이너 백작. 라펠의 간부를 체포한 것으로 알고 있는데 그렇다면 그 이후의 조사는 사법에 맡기시게. 공국군이 수시로 움직여서 수도 시민들의 불만과 원성이 자자하네. 슬럼조직을 진압한 이상 사법부도 더는 공국군의 도움이 필요 없지 않은가?"

행정대신도 결국 재정 쪽으로 돌아섰다.

공국군을 동원했을 때 장인어른의 편을 들었지만 라펠이 무너진 이상, 이제 공국군이 움직일 명분이 없어졌다며 사법의 일에서 손을 떼라고 군무를 압박하는 것이다. 행정도 재정을 싫어하는 건 마찬가지지만 필요 이상으로 소란스러워지는 것을 원치 않았다.

어제의 적이 오늘의 친구가 되고 오늘의 친구가 내일의 적이 되는 정치사회의 한 단면을 볼 수 있었다. 재정대신을 대할 때와는 다르게 장인어른은 행정대신에게 언성을 높이지 않았다. 행정이 재정으로 돌아섰고 사법도 지지부진한 마당이니 더는 강하게 나갈 수 없었다.

장인어른은 한 발자국 물러서는 것을 선택했다.

"저 망할 라인펠트 놈을 더 공격하고 싶지만 디크마이어 백작의 체면을 세워주겠소. 루케 백작! 이제 자네가 모든 책임을 감당하시게. 우리는 손을 떼겠네."

"……알겠소이다. 군무에게 충분히 도움을 받았으니 본관이 맡도록 하겠소."

결국 일이 이렇게 되는군.

사법부 혼자서 감당이 가능할까?

재정과 충돌하는 것을 꺼리는 사람이?

분명히 중간에 묻힐 가능성이 컸다.

아델베르트는 어떻게 나올 것인가? 어쩌면 이 같은 계략은 아델베르트에게서 나왔을 수도 있다. 재정대신이 이대로 몰락해서 라인펠트가 물러난다면 죽도 밥도 안 될 테니까. 나는 이것이 아델베르트가 내게 보내는 정치적 타협이라고 생각했다.

내 추측이 사실이라면 분명히 아델베르트는 나와 접촉할 것이다.

그때를 기다리는 수밖에 없었다. 그동안 장단에 조금 맞춰 줄 수밖에.

처음부터 끝까지 대신들끼리 설전과 압박이 오갔기에 격과 짬밥의 격차가 엄청나서 감히 끼어들지도 못했다. 왕세자도 지켜보기만 할 뿐 아직 노회한 대신들을 말로 상대하기 어려운 건 똑같았다. 그러니 왕세자가 상대하기 편한 측근에게 의지하는 건 당연했다.

"이제 대신들끼리 합의점을 찾은 건가?"

재미있게 구경하던 공왕이 대신회의를 정리하기 위해 나섰다.

왕세자도 공왕만큼은 아니더라도 저 정도 여유와 싸움

구경 정도는 할 줄 알아야 할 텐데. 베르미어와 둘이서 해결하려는 경향이 강한 것도 납득이 갔다. 단순히 혈기 때문이 아니라 노회한 대신들을 상대하기가 벅찼기 때문이다.

"슬럼과 관료 간의 유착문제는 사법부가 알아서 하고 가장 중요한 왕세자의 출정은 군무에서 공국군을 차출해라. 부대장은 슈타이너의 장남, 보좌는 슈트라이트 경이 맡는 것으로 한다. 재정은 군무가 요구하는 지원비와 보상금을 일체 지원한다. 반대의견은 없는가?"

지원비와 보상금을 일체 지원하라는 것에 승리를 만끽하던 재정대신의 얼굴이 구겨진 것 외에는 아무도 반대하지 않았다. 내가 보기엔 장인어른은 최대한 재정으로부터 많은 돈을 뜯어낼 것 같다. 공왕이 적절하게 조율하면서 서로의 불만을 많이 누그러트린 것이다.

역시 괜히 공왕이 아니다.

"전하. 전장은 어느 곳으로 선정할 생각입니까? 설마 프랑스 국경은 아니겠지요?"

"프랑스 국경으로 보내면 왕세자를 잡겠다고 죄다 몰려오겠지. 그건 너무 귀찮잖아."

"……허면 염두에 두어두신 곳이 어딥니까?"

"마침 재정대신이 적절한 무대를 마련했다."

재정대신을 바라보는 장인어른의 눈동자에서 레이저가 뿜어져 나오는 것 같다. 또 너냐, 이 새끼야? 나는 대신회의라는 것을 처음 겪어보는데 이런 식으로 서로 싸움질을 하면서 회의를 하고 있었던 것 같다. 공왕은 구경이나 하고.

재정대신은 장인어른의 시선을 즐기며 말했다.

"로젠하임에서 얼마 전 대규모 도적무리가 출몰한 일이 있었네. 영지관리인의 보고에 따르면 로덴 공국과 부르고뉴 공국 국경에서 넘어온 유랑민들로 추정하고 있네. 무장상태는 유랑민들이라 빈약한 편이지만 숫자가 많은 것이 문제지. 약 50여명이라고 하더군."

영지관리인에게 군권이 없어서 해당 영지를 소유한 가문에서 직접 병력을 파견한다. 로젠하임은 본래 콘스탄츠 남작가의 영지였으나 콘스탄츠 남작이 전사하면서 단절해 영지는 왕가에 회수된 상태다. 50명의 도적이라면 공국군만으로도 충분히 소탕할 수 있다.

차라리 나 혼자 출정하는 게 낫지, 왕세자를 데리고 가라니?

이건 진짜 벌게임이잖아.

그래서 장인어른은 공국군 150명을 동원하고 로젠하임의 수비군 50명을 합쳐서 200명으로 단숨에 도적을 토벌하는 것이 가장 안전하다고 주장했다. 재정대신이 반박하려고 했지만 이미 공왕이 모든 지원을 하라고 못을 박힌 상태라 울며 겨자 먹기로 받아들였다.

공교롭게도 첫 출정지역이 로젠하임이다.

내가 소유한 저택도 콘스탄츠 가문의 로젠가든이었는데.

장미의 기사와도 박 터지게 싸웠다.

혹시 그 가문과 내가 무슨 인연이 있는 건가?

대신회의는 그것으로 끝이었다.

장인어른과 재정대신은 퇴장하지 않고 서로를 노려보며 으르렁거렸다.

"또 미꾸라지처럼 빠져나가셨군? 운이 좋은 줄 알아라."

"자네야말로 뒤통수 조심하시게. 이번 일은 절대 잊지 않으리다."

여기가 알현 장이 아니었다면 한 대 쳤겠는데?

왕세자를 비롯해 행정대신과 사법대신이 먼저 퇴장하고 나서야 서로 고개를 돌리며 퇴장했다. 나도 돌아가려고 했지만 공왕이 갑자기 나를 불러 세웠다.

"군무와 재정이 으르렁거리는 건 어제오늘 일이 아니니 너무 괘념치 마라."

"그렇습니까? 한데 제게 무슨 볼일이 있으신지요?"

"첩자들을 잡아낸 건 경의 공훈이라지? 그 과정이 상당히 인상 깊었다."

나를 바라보는 카를루스 공왕의 눈빛이 너무 부담스럽다.

마치 나라는 사람을 꿰뚫어 보는 것 같은 느낌이 든다고 할까?

"베르트하임의 평가는 신뢰할 만하지. 슈타인호프와 더

불어 베렌의 미래를 이끌어갈 차세대 인재가 아니겠는가? 개인적으로 정보를 잘 취급하는 경이 왕세자의 부족한 부분을 채워줄 것이라 기대하네. 그 특별한 눈썰미와 감으로 잘 해나갈 수 있으리라 믿는다."

특별한 눈썰미와 감이라…….

시스템과 스카우터의 존재를 모르는 공왕의 입장에서는 그 정도로 생각할 수 있겠다. 특별한 재능 정도로 여기겠지. 공왕이 기대하는 것은 내가 왕세자의 눈과 귀가 되어주길 원하는 것 같다. 나야, 배신하지 않는 이상 왕가를 적대할 일은 없다. 적어도 음모를 재미 삼는 녀석과 적대하는 건 사양이다. 늪 속에 발을 디디는 것과 마찬가지이지 않을까?

하지만 클루겐이 죽을 때 왕실을 믿지 말라는 유언이 각인처럼 남아있다.

콘스탄츠 남작과 장미의 기사, 그리고 왕실의 관계.

베르트하임이라면 분명히 알고 있을 텐데.

"슈트라이트 경, 잘 지냈습니까? 서임 식 이후로는 처음이죠?"

"슈타인호프 경? 여긴 어쩐 일이십니까?"

알현 장에서 나온 나는 의외의 인물을 만날 수 있었다.

왕세자와 함께 나를 기다리고 있던 사람은 피엘이었다.

서임식 때 보았던 동갑내기 기사이자 구국의 영웅, 아돌프 리터 폰 슈타인호프의 손자다.

의외의 인물이 나를 기다리고 있었지만 반가웠던 것도 사실이다.

내 서임식에서 만나 인사를 했었지만 여러 사람에게도 인사를 해야 하는 처지라서 친분을 나눌 시간이 부족했다. 그나마 내가 그에 대해 아는 거라고는 슈타인호프의 손자라는 것과 힐다의 친구와 결혼한 것 정도다. 엘리자베트라고 했던가?

알고 봤더니 그 영애는 내가 클루겐과 싸우고 있을 때 마인호프의 저택을 포위했던 수도방위총감 구스타프 폰 로엔베르트 자작의 딸이었다. 수도방위총감도 군무의 요직이었고 장인어른의 부하였다. 그 덕에 군무와 슈타인호프 가문의 사이가 좋은 편이었다.

"슈트라이트 경, 피엘은 몇 안 되는 또래의 측근 중의 한 명이다. 경까지 포함하면 적어도 유망한 신진기사 4명이 내 휘하에 있게 되는 셈이지."

왕세자는 나와 피엘을 휘하로 삼은 것이 대단히 뿌듯한 것 같다. 왕세자에게 서훈을 받았으니 측근이라고 보이는 것도 무리는 아니겠지만 딱히 왕세자에게 맹목적으로 충성을 하는 입장은 아닌 것이다. 피엘은 어떨지 모르겠지만. 피엘의 성향은 정의(선)이었다.

그런데 신진기사 4명?

"저와 슈타인호프 경, 외에도 2명이나 더 있습니까?"

"그 중 한 명은 부상으로 복귀하지 못한 아이젠나흐고 나머지 한 명은 레오지."

아, 그렇습니까.

아이젠나흐가 친위대장이긴 했지만, 실력이 출중한 것은 아니었고 레오의 실력은 본 적이 없어서 잘 모르겠다. 그럼 왕세자 밑에 있는 네임드는 나와 피엘뿐이다. 나는 왕세자 암살미수사건의 공로와 영웅 만들기의 일환으로 질풍의 검사라는 칭호를 얻게 됐다.

피엘은 칭호를 가지고 있지 않지만 슈타인호프라는 위대한 무가의 명성을 등에 업고 있다. 왕세자 입장에서는 나와 피엘을 측근으로 거느린 것만으로도 상당한 무게감을 가지게 된 것이다. 진실은 노회한 대신들에게 제대로 말 한마디 못하는 처지였지만.

"이번 출정에 피엘도 데리고 갈 생각이야."

"부끄럽게도 슈트라이트 경과 다르게 저는 아직 실전을 겪지 못했습니다."

프랑스 기사들을 짚단 베듯이 썰고 다녔던 아돌프의 손자가 아직 실전경험(살인)이 없다고? 종군은 그렇다 쳐도 실전경험이 없다는 건 상당히 큰 문제다. 실전경험 없이 전쟁을 치른다는 것은 아기보고 걸음마를 떼기도 전에 뜀박질부터 시키는 꼴이다.

"그럼 이번 출정에 많은 것을 배울 수 있을 겁니다."

"그래서 하는 말인데, 시간이 된다면 저와 대련을 해 주시면 안 되겠습니까?"

피엘은 나와 대련하고 싶었던 모양이다. 당연히 바라던 바지만 지금은 화가 머리끝까지 나서 군무관저로 돌아가신 장인어른에게 대신회의에 대한 설명을 자세하게 듣는 것이 우선이다. 그래서 피엘에게 시간이 괜찮을 때, 기별을 넣겠다고 약속했다.

"아쉽군요. 그렇다면 기별이 올 때까지 애타게 기다리고 있겠습니다."

"무슨 사랑에 빠진 영애도 아니고 뭘 애타게 기다려?"

왕세자가 어처구니없다는 표정으로 피엘을 흘겨봤다. 피엘도 자신의 말이 좀 이상했다는 것을 깨달았는지 난처하게 웃었다. 왕세자는 레오와 함께 스승님에게 배운 슈타인호프워 검술을 선보일 기회라며 이번 출정에 대한 기대감을 드러냈다.

"나도 이제 유약한 왕자가 아닌 전장을 경험한 기사로서 성장 할 수 있을 거야."

"유감스럽게도 저하가 직접 검을 들고 싸우는 일은 없을 텐데요?"

"그게 무슨 소리야? 전장에 섰으면 적과 싸우는 게 당연하지 않은가!"

큰일 날 소리를 하고 있네.

왕세자가 직접 적과 싸운다?

생각만으로도 아찔했다.

나는 왕세자의 출정이 확정된 순간부터 절대로 왕세자가 단독으로 적과 싸우는 일 자체를 만들지 않을 생각이다. 당연히 미하엘도 나와 같은 의견일 것이다. 만약 왕세자가 다치거나 죽는다면? 책임은 공왕이 스스로 진다고 했지만 그 여파에 휩쓸릴게 뻔했다.

그래서 장인어른은 4배가 넘는 병력을 준비하려는 것이다. 50명의 유랑민이라면 전투력도 별 볼 일 없을 테고 쉽게 이길 수 있겠지만 그것보다 왕세자를 안전하게 보호하는 것이 제일 중요했다. 그래서 내가 보좌로 붙어 있는 것이다. 왕세자가 경거망동하지 못하게.

미하엘이 지휘하여 적을 상대하는 동안 왕세자가 함부로 움직일 수 없게끔 붙잡는 용도였다. 생애 첫 전장에서 명성을 떨치고 공훈을 세우고 싶은 왕세자의 마음을 이해 못 하는 것은 아니지만 생애 첫 전장인 것은 나도 마찬가지다.

왕세자는 그저 군대가 전장에서 어떻게 운영되는지 배

우는 것만으로도 족했다. 내가 열과 성을 다해 설득한 끝에 왕세자는 불만이 많아 보였지만 나름 납득은 한 것 같다. 왕세자가 싹수가 없는 애송이였다면 나도 이렇게 열성을 다해 설득하진 않았을 것이다.

"저하께서 총명한 분이시니 지금의 불만을 잠시 누그러트리십시오."

넌 총명하니까, 왜 내가 반대하는지 알겠지? 이런 식으로 살살 달래 주자 왕세자는 한숨을 내쉬며 베르미어에게로 시선을 돌렸다.

"하아, 레오. 너도 같은 생각이냐?"

"심적으로는 프란츠 님을 옹호하고 싶지만 냉정하게 판단했을 때 슈트라이트 경의 말씀이 맞습니다. 프란츠 님의 목숨은 절대 가볍지 않으니까요. 이번만 혈기를 가라앉히십시오."

베르미어도 내 의견에 동조해서 결국 왕세자는 자신의 혈기를 억누르게 됐다. 다른 사람이면 몰라도 베르미어의 설득은 꽤 먹히는 편이니까. 아마 힐다도 그렇지 않을까? 왕세자가 만약 독불장군이었다면 상당히 피곤했을 것이다. 그래서 그가 총명한 사람이라 다행이다.

왕세자의 성향은 정의(선)이었으니까.

아버지와는 전혀 다르다. 큰일 날 소리 같지만 혹시 다른 자식은 아니겠지? 부자가 너무 달랐다. 그리고 왕세자를 맹목적으로 따르는 베르미어는 충성(선)이었다. 왕세자가 정의와 선을 추구하는 성향이니 나는 그를 주군으로 모셔도 별 불만이 없는 것이다.

음모(중립)의 공왕과 닮았다면 엄청나게 피곤했을 것 같다.

제발, 공왕만큼은 닮지 마라. 언제나 정의와 선을 추구해줘.

"네가 부럽군, 피엘."

"저도 전장에서는 지휘관의 명령에 따를 생각입니다만."

"그래도 적과 싸울 수 있는 영예가 있잖아."

적과 검을 섞으며 싸운다는 것 자체에 로망이 있는 것 같다. 늘 그렇듯이 낭만은 낭만일 뿐이고 현실은 언제나 시궁창이다. 내 실전에서도 낭만 따윈 없었다. 그저 죽느냐, 사느냐의 문제였을 뿐. 왕세자가 그런 마음가짐을 배울 수 있다면 한 단계 더 성장하지 않을까?

나는 군무관저로 돌아왔다.

어차피 출정 준비는 군무에서 담당하는 것이고 왕세자는 갑옷과 무기를 챙기고 몸만 오면 된다. 군무대신의 집무실로 갔을 때 문 앞에서 서성이는 미하엘을 발견했다. 똥마려운 강아지처럼 왔다 갔다 하는 것 같다. 그런데 안에서 와장창 깨지는 소리도 났다.

— 와장창!

"매제, 지금은 절대 안으로 들어가서는 안 돼."

— 콰직!

장인어른이 설마 집무실 집기를 집어 던지는 건가?

“그…… 장인어른이 가끔 저러십니까?”

“평소에는 탁자를 부수는 정도였지만 오늘은 굉장히 열받으신 것 같은데. 대신회의에서 대체 무슨 일이 있었던 거야? 심문하던 라펠의 간부 놈을 사법으로 넘기라는데.”

“그게…….”

나는 대신회의에 있던 일에 대해서 간략하게 설명했다.

미하엘은 아버지가 왜 그렇게 화를 내는지 이해할 수 있었다.

“재정을 합법적으로 조질 수 있었는데 그 너구리 영감이 수를 썼구나. 어쩐지 왜 매제를 왕세자 출정의 부대장으로 추천했는지 알겠군. 매제가 고생이 많아.”

“왜 남의 일처럼 말하는 겁니까? 처남이 부대장이고 제가 보좌라고요.”

“……뭐?”

내가 모든 책임을 지는 줄 알았던 미하엘은 자신이 부대장으로 선정되었다는 사실에 기겁했다. 아무것도 모르는 귀족들은 영광스러운 자리라며 질시하겠지만 제대로 생각이 박힌 자라면 왕세자를 데리고 출정하는 것 자체에 엄청난 부담을 느낄 것이다. 미하엘은 후자였다.

“아버지가 집기를 좀 남겨놔야 할 텐데.”

“그건 왜요?”

“나머지는 내가 부수게!”

오늘은 군무관저의 모든 집기가 박살나는 날인가 보다.

장인어른과 미하엘이 진정하기까지 기다린 후 안으로 들어가 보니 난장판이었다. 진짜 힘이 굉장히 좋은 것 같다. 책상은 두 쪽으로 갈라져 있고 장식용 조각상은 5등분되어 있다. 혹시 군무대신의 공무수당이 대부분 파손된 집기 값으로 들어가는 거 아니야?

내가 부서진 집기와 조각상을 바라보고 있을 때 장인어른은 어차피 뇌물로 받은 것이 대부분이라 아직 부술 만한 것들이 한참 남았다고 설명해 주셨다. 하긴, 대신자리에 앉아 있다면 각종 뇌물과 선물을 받았겠지.

라펠과 상인길드, 재정과 같은 카르텔을 만들어 부당이익을 취하지 않는 이상 뇌물 받은 것 정도로는 큰 문제가 되진 않는다. 그러나 이 카르텔이 용납할 수 있는 선을 넘어버렸기 때문에 라펠이 박살났고 상인길드와 밤의 길드가 사법에 의해 쑥대밭이 된 것이다.

재정은 위기를 모면하기 위해 왕세자 출정을 지지하면서 화제를 돌리게 했고 관망하던 행정부가 더는 군무에 협조하지 않도록 무슨 수를 쓴 것이 분명했다. 사법이야 처음부터 재정과 충돌하기 꺼려서 군무를 끌어들였기에 이 사건은 흐지부지될 가능성이 컸다.

그리고 그것이 장인어른을 매우 열 받게 만드는 것이다.

"장인어른, 괜찮으십니까?"

"못난 꼴을 보여서 미안하군, 사위. 이제 좀 진정했네."

진정했다던 장인어른은 나와 대화를 하면서 재정대신의 욕을 서른 번이나 한 것 같다. 미하엘과 나는 장인어른 앞에 나란히 앉아 자세한 전말을 들을 수 있었다. 재정대신이 왕세자에게 줄곧 반대하던 출정 기회를 마련해 줄 테니 대신회의를 열어달라고 요청했다는 것이다.

왕세자야 당연히 자세한 전말을 알지 못했으니 공왕에게 대신회의를 요청했다. 재정대신이 찬성으로 돌아선다면 그토록 원하던 출정이 성사될 수 있을 테니까. 대신회의가 소집되었다는 소식에 장인어른은 드디어 재정대신이 항복하려는 거로 생각했는데.

"왕세자 저하의 출정은 미끼에 불과했고 놈의 진짜 속내는 전하를 통해 중재하고 싶었던 거야. 그리고 전하는 재정의 손을 들어 줬지! 행정이 재정의 편에 돌아선 것도 이미 합의가 된 상황일 것이다. 조금만 더 진행했다면 그놈을 끌어내렸을 텐데!"

"한데, 전하께서는 왜 재정의 손을 들어 줬을까요?"

"재정에게 큰 빚을 지워 요긴하게 써먹을 생각이시겠지. 우리에게 책임추궁을 당하기 전에 공왕에게 붙어서 쥐어짜이는 게 낫다고 판단한 거다. 그 늙은 여우같은 놈!"

오늘 봤던 카를루스 공왕이라면 당연히 그럴 만도 했다. 재정대신은 군무가 이대로 들쑤시는 것에 공포를 느꼈고 자리를 보존할 수 있다면 카를루스 공왕에게 빌붙는 길을 선택했다. 그 결과 재정은 최소한의 피해로 그쳤고 왕세자 출정으로 완벽하게 화제를 돌렸다.

왜 처벌을 받지 않을까? 왕과 귀족이니까.

귀족사회는 오로지 이익과 이익의 싸움이다.

장인어른도 정의와 질서를 위해 유착관계로 이득을 챙긴 재정을 공격한 것이 아니라 사사건건 부딪치던 놈을 끌어내리기 위해 공격한 것이다. 재정을 끌어내리고 다른 놈을 대신으로 임명하게 된다면? 군무는 마음껏 예산을 타낼 수 있지 않을까? 이게 다 이익싸움이다.

그리고 그 이익싸움에서 결말을 보지 못하고 무승부에 그쳤기 때문에 장인어른이 마구 화를 냈던 것이다. 귀족사회에서 정의를 논하는 건 매우 순진한 생각이다. 중심부와 가까워질수록 온갖 암투와 모략이 판치는 곳이 왕궁이다.

그래서 나는 아델베르트와 있었던 일에 대해 보고했다.

장인어른의 화가 급속도로 누그러졌다. 미하엘도 의외라는 표정이다.

"그러니까, 사위의 말은 이게 아델베르트가 자기 아버지를 몰아내려는 수작일 수 있다?"

"수작까지는 아니고 그런 식으로 내부적으로 영향력을

넓히려는 것 같습니다."

"그게 그거지! 하여간 부자가 쌍으로 음흉해 빠졌군."

장인어른은 잠시 생각에 빠졌다.

"전부터 느꼈지만 사위는 모략에도 조예가 깊은 것 같은데?"

"저도 모략을 좋아하지 않습니다만 필요에 따라 수단으로 이용할 뿐이죠."

"흠, 좋아. 우리 가문은 무골집안이지만 한 명 쯤 모략에 능한 이가 있는 것도 괜찮겠지. 사위가 전적으로 맡게. 내 자식들은 모략과 거리가 머니까."

그래서 장인어른은 아델베르트와 관련된 일에 대해서는 전적으로 내게 위임했다. 굉장히 귀찮지만 어쨌든 군무대신가의 사위가 된 이상, 군무의 이익을 위해 움직이는 것이 사위된 도리일 것이다. 그리고 재정을 같은 편으로 끌어들일 수 있다면 금상첨화고.

"내 손에서 떠나간 일을 연연하는 것도 이젠 귀찮다. 왕세자 저하의 출정에 맞춰 계획을 짜야 하는데 미하엘, 네가 이 출정의 주장이니 알아서 만들어봐. 나는 관여하지 않을 거고 검토만 할 거다. 그러니까 제대로 한 번 만들어봐!"

"갑자기요? 만약 통과하지 못하면요?"

"통과할 때까지 만들어야지! 당연한 소리 하지 마라!"

장인어른의 모습에서 악마 같은 직장 상사의 얼굴이 겹

쳐 보였다.

집무실에서 쫓겨난 후 망연자실한 표정을 짓던 미하엘이 내게로 시선을 돌렸다.

왜 나를 봐? 이쪽 보지 마.

"왜 시선을 돌리는가, 매제? 매제는 내 보좌잖아?"

너는 물귀신이냐? 죽으려면 혼자 죽든가!

거절하고 싶은 마음이 굴뚝같았으나 나는 공왕으로부터 이번 출정의 한해서 매제의 보좌로 임명되었기 때문에 도울 수밖에 없었다. 즉, 이미 한배를 탄 사이였다.

"……도와드리겠습니다."

"그래야 내 매제지! 힐다가 정말 훌륭한 남편을 골랐다니까."

결국 군무관저에 머물러 미하엘과 온종일 작전 계획서를 만들어야 했다. 미하엘이 큰 틀을 짰다면 나는 세세한 것들을 만들었다. 예를 들면 병력과 무장, 도적에 대한 대응을 미하엘이 만들었다면 나는 그에 필요한 물자와 배분, 비상분 등을 계산했다.

로젠하임은 수도 브라이스부르크와 가까운 곳에 있어서 하루만 행군하면 충분히 도착할 수 있다. 다만 나는 부르고뉴 공국과 로덴 공국의 전쟁으로 발생한 유랑민들이 경계지역을 지나 로젠하임까지 넘어온 것이 조금 의아했다.

이렇게 쉽게 수도 근처까지 올 수 있는 건가?

10명도 아니고 50명이나 되는 인원이다. 그때부터 뭔가 좀 이상하다는 생각이 들었다. 그러나 지금으로써는 재정대신의 정보가 진짜인지 확인할 길이 없어서 일단 미하엘의 출정계획안에 맞춰 여러 가지 보충할 부분을 검토했다.

"처남, 궁금한 것이 있는데 이 유랑민들이 정말 국경에서 넘어온 정보가 맞을까요?"

"재정대신의 정보가 맞지 않는다면 그것대로 좋지. 우린 그걸 빌미로 다시 재공격 할 수 있으니까. 아버지라면 정보가 거짓이길 빌고 있을걸?"

"이 정보가 사실이라면 어떻게 국경 영주들의 눈을 피해서 수도 근처까지 온 거죠?"

미하엘은 잠시 휴식 시간을 가지자며 군무관저에서 일하는 시녀에게 차를 내어오게 했다. 저 시녀의 얼굴도 제법 익숙해졌다. 평범한 외모였지만 눈물점이 매력적이다. 그녀가 타온 따뜻한 허브티를 마시고 있으니 피곤함이 조금 가시는 것 같다.

"매제는 서부 제후들에 대해 아는 것이 별로 많진 않겠지?"

"제후를 만나본 적도 없습니다. 그러고 보니 로젠하임은 3개 제후와 인접한 곳이네요."

"기본적으로 서부 제후들은 지독한 구두쇠들이거든. 왜 구두쇠인 줄 아나?"

거대한 영지를 보유하고 있는 제후라면 현재 내 수입의 수만 배는 되지 않을까? 그런데 미하엘은 프랑스, 부르고뉴 공국과 인접한 제후들의 대부분은 간신히 적자를 면한다고 한다. 국경방위, 노역, 군역 등 프랑스로부터 영지가 짓밟히지 않기 위해 돈을 쏟아붓는 것이다.

이런 마당이니 서부 제후들은 쓸데없는 지출을 막고 효율적으로 돈을 쓰기 시작했는데 수도귀족들이나 동부 제후들이 보기에는 구두쇠처럼 보였던 모양이다. 그러니 국경을 넘어온 유랑민 정도는 마을을 습격하지 않는 이상 그냥 못 본 척하는 경우도 많았다.

"참, 힘들게 살고 있었네요. 제후님들은."

"그래서 서부 제후들은 동부 제후들을 제일 싫어해. 동부는 바이에른 공국과 인접해 있는데 절대 우리 공국을 공격하지 못해. 주변 제후국들도 마찬가지야. 우리가 무너지면 지들이 프랑스와 국경을 접하게 되는데 그거 감당하고 싶겠어?"

게다가 신성로마제국의 변경백이라는 지위에 있으니 베렌 공국을 공격하는 제후국이 있다면 곧바로 개입하는 것이다. 그러니 최소한 프랑스의 침공을 막아내는 동안에는 내부적으로 공격당할 일은 거의 없었다.

그러니 서부 제후들은 동부 제후들을 대전 한 번 제대로 치러본 적 없는 샌님들이라고 무시하는 것이다. 그 갈등이

깊어진 와중에 공작이 동부 제후들을 규합한 것이고 서부 제후들은 이에 대항하여 왕세자에게 힘을 실어 주고 있는 구도다.

만약 내전이 터진다면 동서 전쟁이 될 판이다.

그리고 얌전했던 유랑민들이 도적으로 돌변한 것은 식량이 떨어졌기 때문이다. 나는 미하엘의 경험담과 판단의 근거를 전해 듣고 감탄하지 않을 수 없었다.

"과연, 현장 지휘관이십니다. 존경합니다, 처남."

"이거 왜 이래? 나는 오히려 매제의 눈썰미와 감이 가장 존경스러운데."

"그건 천부적인 영역이라 어떻게 가르쳐 줄 수가 없네요."

아무튼 서류를 만들다 보니 어느덧 저녁이 됐다.

미하엘과 일하다 보니 옛날 관리자로서 서류와 씨름했던 기억이 난다. 현장 관리 외에도 서류 속에 파묻혀 살았는데 그때의 도움 덕분인지 비교적 능숙하게 출정계획안을 만들 수 있었다. 장인어른은 제법 체계적인 출정계획안을 보고 미하엘을 힐끔 바라봤다.

"당연한 질문이지만 너 혼자 만든 것은 아니겠지?"

"물론이죠. 매제가 도와주었습니다."

"내 사위가 서류를 만드는 능력이 있었던 모양이군."

장인어른은 이 출정계획안이 꽤 흡족했던 모양이다. 한 번에 통과되자 미하엘은 기쁨에 괴성을 질렀다가 장인어른에게 혼났다. 매제 앞에서 체통을 지키라고. 아무튼 이것으로 나는 간신히 정무에서 벗어날 수 있었다. 아이고, 요즘 일만 해서 그런지 무척 피곤했다.

"볼프강님, 괜찮으십니까?"

얼굴에 약간 피곤한 기색이 있던 나를 한스가 걱정했다.

프리실라와 혼담이 있고 난 이후 한스는 비교적 의젓해졌다. 이젠 슈트라이트 가문의 문장이 새겨진 방패와 일반 병사들이 입는 가죽갑옷을 걸치고 있는 것이 처음 봤을 때와는 비교조차 할 수 없을 정도로 늠름해졌다.

프리실라가 자격지심이 있던 한스를 잘 보살핀 모양이다.

나는 한스의 어깨를 두드리며 말했다.

"괜찮아. 나를 수행하느라 온종일 대기하는 너희들이 더 힘들겠지."

내 수행원으로 한스 외에 오스카가 있었다.

테드가 이 자리에 없는 것은 집을 지키고 있기 때문이다. 이제 슬슬 나도 병사들의 숫자를 늘릴 때가 된 것 같다. 최근 여러 경로를 통해 전리품을 획득하면서 제법 주머니가 풍성해졌다. 저택경비와 나를 수행하려면 3명가지고는 아무래도 부족했다.

그래서 출정을 나가기 전에 병사 후보들을 뽑을 생각이다.

총 4명의 병사를 뽑으려는데 2명은 오스카와 테드의 인맥으로 뽑고 나머지 2명은 미하엘에게 부탁해서 공국군

중에서 뽑는 것이 어떨까 싶었다. 돈이 좀 들겠지만, 베테랑 지휘관급으로 말이다. 오스카에게 여러 가지를 잘 가르쳐 주는 멘토였으면 좋겠는데.

물론 관리자 스카우터로 인성을 확인하는 것은 필수절차였다.

"그거 아십니까? 오스카에게 관심을 가진 시녀가 있습니다!"

"그래? 군무관저에서 일하고 있는 시녀였나?"

"볼프강님도 아실 겁니다. 미하엘님 밑에서 일한다고 했거든요."

"한스형님, 진정 좀 하시죠?"

한스가 신이 나서 그 시녀에 대한 인상착의를 알려 줬다.

눈물점이 있는 평범한 외모의 시녀라고 하는데 허브티를 내왔던 그 시녀가 분명했다. 신이 난 한스와 다르게 오스카는 담담했다. 사비네를 사이에 두고 신경전을 벌인 것이 엊그제 같은데 내가 굳이 신경 써주지 않아도 알아서 제짝을 찾은 것 같아 흐뭇했다.

"혼담을 추진해도 괜찮겠지?"

"부탁드리겠습니다."

"누구와 다르게 오스카는 결단력이 있단 말이야. 훌륭해."

"볼프강님! 혹시 절 말하는 건 아니겠죠?"

그럼 너지, 누구겠냐?

집으로 돌아가는 길에 남자 놈들의 웃음소리가 끊이질 않았다.

“왕세자 저하의 첫 출정에 기병이 빠진다는 게 말이 됩니까?”

왕세자의 출정까지 이틀이 남는 시간에 한창 논의 중이던 나와 미하엘은 갑자기 군무관저로 쳐들어온 10명의 기사를 보면서 어안이 벙벙했다. 이들은 무려 공국 최정예기병대라 불리는 베렌창기병대 소속의 기사들이다. 미하엘은 상황을 파악하고 물었다.

“그래서 자네들도 참가하고 싶다는 건가? 저하의 첫 출정에?”

“그렇습니다, 미하엘님. 저희도 군무소속인데 왜 부르지 않으신 겁니까?”

“공국군만으로도 충분하다고 여겼지. 자네들을 부를 정도는 아니야.”

“섭섭합니다. 이 영광스러운 자리에 공국 최정예기병대가 빠질 순 없습니다.”

공격력만 따지자면 이 베렌창기병대의 위력은 베렌 최고의 전력이라고 해도 과언이 아니다. 이야기 속에 나오는 아돌프가 이끈 100기병이 바로 이 베렌창기병대였으니까. 그런데 왕세자의 첫 출정에 참여하고 싶다는 건 알겠지만, 상대는 고작 유랑민이다.

닭 잡는 데 소 칼을 쓴다고?

게다가 이들의 출정비도 무시무시했다. 왕세자의 첫 출정에 참여하는 것과는 별개로 출정비를 챙기는 건 당연한 요구였다. 10기나 되는 기사들이 참전한다는 건 엄청난 전력상승이지만 동시에 출정비도 비례하게 올라간다.

그러나 미하엘과 나는 그들의 참여를 반대하지 않았다. 어차피 출정비는 무제한 지원이 가능했고 전적으로 재정이 감당할 문제였다. 출정 편성을 다시 짜야 했지만 미하엘은 근래에 이렇게 예산편성이 쉬운 적은 처음이라며 즐겁게 보고내용을 수정했다.

"미하엘님, 그런데 이 젊은 기사가 혹시 질풍의 기사입니까?"

"맞아. 영광스러운 창기병대도 매제의 소문을 들은 모양이군."

"왕세자 저하를 암살자로부터 지켜낸 무용담은 익히 들어 알고 있습니다."

오오, 베렌창기병대의 기사가 나를 알아봐주다니.

사실 나는 공국이 자랑하는 정예기사들인 공왕친위대와 근위기사단, 베렌창기병대에게 나름대로의 로망을 가지고 있었다. 특히 베렌창기병대는 판타지 영화에 나오는 평원의 기병 돌격을 연상케 할 정도로 영웅적인 전투를 많이 치른 정예기병들이다.

그러나 기쁨도 잠시, 어째 나를 보는 기사의 눈빛이 적대적인 것 같다는 느낌이 들었다. 그것 때문에 인사하려던 나도 주춤했지만, 어쨌든 나보다 선배기사이기에 예의를 지켰다. 뭐야? 왜 나를 저렇게 보는 거지?

이상하다는 생각에 관리자 스카우터로 이놈이 내게 느끼는 감정을 분석했다.

이 기사가 내게 가지고 있는 감정은 명백한 질시였다. 아니, 베렌창기병대 소속 기사면서 왜 나를 질시하는 거지? 부족한 게 뭐가 있다고? 나름대로 호감을 가지고 있던 집단의 기사에게 그런 시선으로 노려봐지니 갑자기 부아가 치밀었다.

미하엘은 분위기가 조금 이상하게 돌아가는 것을 눈치챘다.

"자자, 자네들의 참전은 허락할 테니 인제 그만 돌아가."

"그럼 저희는 그렇게 알고 준비하겠습니다."

"아, 기병대장에게 허락은 받았겠지?"

"왕세자 저하에게 창기병대의 위용을 보여 주라고 말씀하셨습니다."

내가 전에 말했던 베렌 공국이 자랑하는 5명의 강력한

기사 중 한 명이 기병대장이다. 베렌에도 여러 기병대가 존재하지만, 기병대장이라는 명칭은 오로지 그에게만 허락됐다. 마치 고유명사처럼 말이다. 그래서 기병대장이라고 하면 베렌창기병대장으로 알아듣는다.

기사들이 돌아간 후 미하엘이 내게 말했다.

"저놈들, 아무래도 매제를 질투하는 모양이야."

"그런 것 같더군요."

"방금 그 녀석들은 창기병 중에서도 거의 말단에 속한 부류거든. 위에는 쟁쟁한 선배 기수들이 버티고 있으니까 입지를 넓히는 게 쉽지 않았을 거야. 그러다가 저하의 출정 소식을 접했고 참가하면서 뭔가 공훈을 세우면 저하의 눈에 띄지 않을까, 그런 계산을 했겠지."

그것참, 어디든 높으신 분들의 눈에 띄려고 자기 어필을 한다. 왕세자 입장에서는 그런 걸 참 많이 보지 않았을까? 그래서 측근을 뽑는 것에 신중한 것 같다. 베르미어야 항상 곁에 있는 측근 중의 측근이었고 아이젠나흐도 친위대장에 임명할 정도로 신뢰를 주었다.

슈타인호프의 피엘은 명망 높은 검가의 영향력을 의식해서 끌어들인 것이다. 나는 베르트하임 후작의 추천으로 왕세자의 눈에 띈 케이스다. 그 영감님이 평가에 인색한 편이라 그 덕에 왕세자에게 내가 좀 부각이 됐던 모양이다.

암살자로부터 구하기도 했고 최초의 서훈기사이기도 했

다. 그리고 힐다의 약혼자라는 것도 분명히 영향력이 있었을 것이다. 그래서 외부의 시선으로 보자면 나는 명실상부한 왕세자의 측근이라 할 수 있다. 왕세자와의 친분으로 따지자면 조금 미묘하긴 했지만.

"말단기사 주제에 질풍의 기사라는 이명도 얻었고 심지어 군무대신가의 사위가 되었잖아. 기존의 기사들이 질시하는 감정을 가지게 되는 것도 어찌 보면 당연한 수순이겠지."

"저를 통해서 저하에게 접근하려는 무리처럼 말이죠."

영감님이 내게 충고했었지.

이제부터 내 주변에 빌붙으려는 놈들과 질시하는 놈들이 수시로 나타날 거라고. 물론 나를 가족처럼 여기는 미하엘이나 내게 호감을 느끼고 있는 피엘의 경우가 있는 것처럼 무조건 나쁜 일만 있는 것은 아니다. 그러니 다양한 인간관계를 맺어 방어하는 것이 중요했다.

하지만 실망이 큰 것도 사실이다.

나름 창기병대에 대한 호감이 있었는데. 물론 그들만 보고 전체를 평가하는 우를 범할 생각은 없다. 창기병대의 수는 200명이고 저들은 그 말단에 불과했으니까. 하지만 이번 출정이 조금 피곤해질 것 같다. 저놈들이 나를 견제할 것 같다는 예감이 들었기 때문이다.

"참여하는 계기야 어찌 됐든 기병대가 참전하는 것만으로도 이미 전투는 끝난 것이나 다름없지. 유랑민들이 나무

창을 만들어봤자 기병에게 상대가 되겠어? 돌격 한방에 무너질 텐데. 나머지는 결국 의전용 들러리가 되겠지."

상대는 고작 국경을 넘어온 유랑민 무리다. 만에 하나 어딘가의 클리셰처럼 뛰어난 지휘관이 그들을 지휘한다고 해도 기본적인 체급의 차이가 워낙에 압도적이라 절대로 질 수 없는 싸움이다. 게다가 병력도 이쪽이 4배 이상 많다.

다만 기병대의 들러리가 된다는 게 조금 마음에 들지 않았다.

"매제, 자네의 임무는 어디까지나 내 보좌이고 저하를 보필하는 게 맞지?"

"그렇습니다. 임무를 등한시 할 생각은 없으니까, 걱정하지 마세요."

"역시 매제는 말이 통한다니까, 전투하고 싶은 놈들에게 다 떠넘겨. 어차피 왕세자 저하의 공훈이 될 것이고 우리는 그 부하들로서 충분히 평가를 받을 테니까."

그것도 맞는 말이다. 내 가신들이 내 명예를 자신들의 명예라고 생각했듯이 나 또한 왕세자의 명예를 내 명예라고 생각해야 하는 것이 맞다. 내 역할을 전장에서 활약하는 것이 아니라 왕세자가 무사히 전투를 끝마칠 수 있게끔 보좌하는 것이다.

— 히이잉!

— 워, 워!

"승마 실력이 제법 늘었는데요?"

"고귀한 발퀴레께서 가르침을 주신 덕분입니다."

남는 시간에는 무조건 힐다와 함께 왕실 목장으로 가서 승마 레슨을 받았다. 창기병 놈들에게 무시당하지 않기 위해서 열심히 배우는 중이다. 그리고 유의미한 성과가 있었다. 힐다가 옆에 붙어서 엄격하게 가르치니 숙련도가 크게 상승해서 1단계를 마스터한 것이다.

그 덕에 나는 전속력으로 말을 몰 수 있게 됐다. 샤텐은 내가 습보를 마스터하여 전속력으로 달리게 해 주는 것에 만족감을 드러냈다. 가끔 내 어깨를 살짝 무는데 힐다의 말로는 일종의 애교 표시라고 한다. 그만큼 나도 샤텐과 가까워진 것이다.

힐다는 미하엘의 말인 브리제를 타고 나와 함께 나란히 달렸다.

최근 며칠 동안 힐다와 전혀 어울리지 못해서 미안했는데 다행히 승마를 통해서 나름대로 데이트를 즐기게 됐다. 힐다는 예전부터 남편과 함께 이렇게 나란히 승마를 즐기는 것이 로망이라고 했다. 처음에는 낙마할 뻔한 나 때문에 식겁했었지만.

"볼프. 돌아오는데, 어느 정도 걸려요?"

"상황이 어떨지는 모르겠지만 적어도 일주일은 걸리지 않을까?"

"아아, 그렇게 오래 걸리다니. 당신이 그리워서 견딜 수 있을까요?"

그윽한 눈으로 나를 보는 힐다의 시선에 잠깐 심쿵을 했다.

어떻게 힐다는 저런 요망한 말만 할까? 내가 좋아하는 포인트를 너무 잘 아는 것 같다. 아무튼 나는 힐다와 승마 데이트로 오붓한 시간을 보냈다. 그러나 승마만으로 시간을 보낸 것은 아니다. 그다음으로 중요한 것이 마상무예다.

기본적으로 말 위에서는 롱소드를 휘두르기가 어렵다.

그래서 힐다를 통해 새로 구입한 무기가 있었으니 아밍 소드를 개량한 기병검이다. 사실 나는 곡도를 생각하고 있었는데 곡도는 이교도들이 사용하는 무기라고 여겨서 결국 기병검을 고르게 된 것이다. 내가 아는 지식으로는 현재 곡도를 사용하는 나라는 헝가리뿐이다.

그런데 놀라운 것은 힐다는 승마뿐만 아니라 마상무예도 상당한 수준이라는 것이다. 이제 갓 마상무예교본을 적용하여 수련 중인 나는 자세를 유지하며 힐다와 목검으로 마상대련을 벌였는데 부드럽게 균형을 무너트리며 내 공격을 막아내는 힐다의 기술이 일품이다.

기병끼리 난전이 벌어졌을 경우 갑옷에 의해 날붙이 무기로 죽이지 못한다. 그래서 상대의 공격을 무력화시키고 무기를 떨어트리게 만들거나 낙마시키는 것에 중점을 두고 있다. 말을 얼마나 잘 제어하고 다루냐에 따라 기술도 다양하게 변형된다.

그러니 나는 마상싸움에서 힐다의 상대가 되지 못했다. 내가 공격하려고 휘두르려는 순간 힐다는 내 팔꿈치를 손으로 받치며 휘두르지 못하게 봉쇄했고 그 찰나에 등자에 끼어 있던 내 발을 들어 올렸다.

만약 힐다가 완전히 들어 올렸다면 나는 틀림없이 균형을 잃고 낙마했을 것이다. 그리고 플레이트 아머를 입고 있는 상태였다면 상당히 치명적인 공격이었다. 말에 떨어진 기사만큼 좋은 먹잇감도 없으니까. 역시 발퀴레라고 불릴 만했다.

“후후, 볼프. 저는 말 위에서 뭐든지 가능해요.”

“두고 봐, 언젠가 너를 내 말 위로 납치할 테니까.”

“그거 기대되는데요? 그럼 언제든지 납치해 봐요.”

힐다는 내게 도발을 하며 브리제를 몰며 도망쳤고 나도 샤텐을 몰며 그런 그녀를 쫓아갔다. 숨바꼭질은 샤텐과 브리제가 적당히 하라며 엉덩이를 들썩거릴 때까지 계속됐다. 힐다의 도움으로 마상무예의 숙련도가 오른 것은 사실이지만 문제는 기병 창이다.

랜스공격을 익히기 위해서는 상당한 훈련을 쌓아야 하는데 마상무예의 1단계 기초수련은 랜스공격이 아닌 기병검 숙련이다. 아마도 2단계에 랜스공격에 대해서 배우지 않을까? 그러니 지금으로서는 나도 창기병대에 끼어서 랜스공격을 할 수 없었다.

"당신이 무사히 돌아오기를 신께 기도하고 있을게요."

"다녀올게, 힐다. 집을 잘 지켜줘."

출정식이 있는 날, 나는 브라이스부르크 서문에서 힐다와 진한 키스를 나누었다. 얼마 전부터 베르트하임의 집사인 빌헬름 괴링에게 수업을 받기 시작한 다니엘과 사비네, 꼬마 보도, 그리고 남기고 간다는 것에 왕창 서운했던 한스와 프리실라도 배웅을 나왔다.

힐다는 무슨 일이 있어도 나를 꼭 보필해야 한다며 오스카와 테드에게 단단히 당부했다. 내 병사들은 보병에 배치되는 것이 아닌 내 곁을 호위하게 됐다. 그 외에 호위 병력으로는 미하엘의 가신들도 있었다. 나와 미하엘, 그리고 10기의 창기병대는 선두였다.

그리고 중군에는 은빛이 감도는 화려한 플레이트 아머와 금색 테두리와 베렌 공국의 문장을 새긴 붉은 망토를 두른 왕세자가 붉은 깃털을 높게 세운 투구를 들고 있었다. 양옆으로 베르미어와 아이젠나흐 외 4명의 친위대원들이 둘러싸듯이 호위했다.

"왕자님이 너무 멋있는 것 같아."

"정말 근사해. 어쩜 저리도 늠름하실까!"

왕세자의 모습은 굉장히 기사답고 멋있어 보였지만 다

른 한편으로는 이동식 표적으로 보이긴 했다. 그러나 처녀들의 눈에는 영웅적인 기사로 보였던 모양이다. 왕세자의 표정이 덤덤한 것처럼 보이지만 내가 보기엔 상당히 긴장한 것 같다.

그리고 조금 떨어진 뒤쪽에는 피엘과 슈타인호프가의 사람들과 대화를 나누고 있다. 그런데 몸집이 작지만 무언가 위엄이 있는 노인이 피엘의 어깨를 두드리고 있었다. 누구지? 의문은 오래 가지 않았다. 왕세자는 자신에게 다가온 노인을 보고 반색했다.

"스승님! 배웅하러 오신 겁니까?"

"당연하지요. 제자와 손주의 첫 출정이 아니겠습니까?"

저 노인이 아돌프 리터 폰 슈타인호프였군.

플레이 당시에 관련 퀘스트를 받아본 적이 없어서 얼굴을 몰랐다.

백발이 성성하지만, 몸은 굉장히 건강한 것 같다.

현역으로 활동해도 전혀 위화감이 없겠는데?

"슈타인호프 님을 출정식에서 볼 수 있다니 운이 좋은데?"

"저는 저분을 처음 뵙습니다."

"그렇겠지. 웬만해서는 밖으로 나오지 않는 사람이니."

은퇴한 뒤부터는 엉덩이가 굉장히 무겁다고 한다. 그런데 아직도 리터 칭호를 아들에게 물려주지 못한 것은 죽지 않았기 때문이다. 사후 승계가 원칙이라서 그렇다. 그런데 소문으로 듣기로는 아들, 그러니까 피엘의 아버지는 슈타인호프가의 기대치에서 미달이라던데.

“자네가 새롭게 떠오르는 질풍의 기사신가?”

왕세자를 지나 갑자기 내게 다가왔다.

순간적으로 당황했지만, 예의를 차렸다.

“뵙게 돼서 영광입니다, 슈타인호프 님.”

“우리 손주가 경에게 관심이 참 많더군. 아직 부족한 아이지만 경이 잘 지도해 주게.”

“제가 어떻게 슈타인호프의 장손을 지도할 수 있겠습니까?”

“선배기사가 후배기사를 지도하는 것은 당연한 일. 사양하지 말게.”

그러고 보니 피엘은 아직 서훈을 받지 못했다. 나처럼 아버지가 돌아가셔서 사후서훈 승계에 혜택을 받은 것이 아니기 때문에 서훈을 받기 위한 공훈을 세우는 것이 절차였다. 그래서 피엘이 이 출정을 특별하게 생각하는 것도 무리는 아니었다.

그런데 피엘과 대련하기로 약속했었는데 미하엘과 출정에 관한 논의를 하거나 힐다에게 부족한 승마교육과 마상무예교육을 받느라 시간을 내지 못했다. 대련도 중요하지만 일단 내 부족한 실력을 출정 전까지 어떻게든 성장시키는 것이 중요했다.

"왕세자 저하, 이제 말에 오르시지요."

"후우, 알았다. 모두 말에 올라라!"

왕세자의 명령에 기사들은 일제히 말에 올라탔다.

나도 능숙하게 샤텐의 위에 오르며 나를 올려다보는 힐다와 가신들에게 웃어 주었다. 겨우 유랑민 도적들을 토벌하는 출정이지만 첫 출정이기 때문에 긴장한 것은 사실이지만 힐다와 가신들에게 그런 모습을 보일 수는 없다. 가주로서의 권위도 중요했으니.

"출정하라!"

"선두 출발!"

공식적으로 왕세자가 대장이기 때문에 왕세자의 구령에 따라 일사불란하게 움직이며 나와 미하엘, 10기의 창기병대를 선두로 마침내 출발하게 됐다. 가신들도 조심히 뒤를 따랐다. 오스카와 테드도 첫 출정인데 특이한 것은 오스카는 굳었고 테드는 여유가 있었다.

어쩌면 테드는 머리가 부족하지만, 긴장감을 덜 느끼는 타입인 것 같다. 보통 오스카나 왕세자처럼 잔뜩 굳어야 정상일 텐데. 나도 처음에는 긴장했지만 힐다와의 진한 키스가 마법처럼 내 긴장감을 풀어 주었다. 미하엘도 아내의 키스를 받고 힘이 난 것 같다.

선두의 대형을 유지하며 나와 미하엘은 모든 부대를 이끌었다. 그리고 미하엘은 정찰부대를 따로 편성하여 선행으로 보냈다. 공도 근처는 치안이 좋은 편이라 도적이 출몰할 가능성은 적지만 행군의 가장 중요한 기본은 정찰과 경계다.

"매제, 정찰의 중요한 점은 알고 있나?"

"정찰을 보내 지형이나 적의 존재를 파악하는 것은 기본 중의 기본 아닙니까?"

"오, 역시 매제야. 그런 기본적인 것도 모르는 놈들 천지였는데."

나야 군대에서 지겹게 배운 지식이라 알고 있지만 의외로 중세 지휘관들은 정찰보다는 귀족다운 훌륭한 전투를 하는 것에 목적을 두는 경우가 많았다. 기습은 비겁한 행위이며 기사도 정신에 위배되기 때문에 탁 트인 평야에 군대끼리 정면으로 부딪치는 걸 선호했다.

지휘관에 따라 전술이 바뀌긴 했으나 대부분 이처럼 정형화가 되어 있었다. 미하엘은 그런 정형화된 전술을 별로 좋아하지 않는 타입이었다. 기습도 주저하지 않는 실리주의적 전술 관을 가지고 있었는데 당연히 명령을 따르는 기사들은 좋아하지 않았다.

미하엘이 작게 말했다.

"매제. 유랑민 무리를 발견하자마자 저놈들은 지들 멋대로 돌격할 거야."

"네? 처남의 명령을 듣지도 않고요?"

“내가 공왕전하나 슈타인호프 경이었다면 통제에 따랐겠지.”

기사들은 전장에서 잘 통제가 안 된다고 한다. 집단의 승리보다 개인의 명예를 더 중시하는 경향이 강했기 때문이다. 그 때문에 프랑스 왕도 프랑스 기사들을 제어하느라 애를 먹었고 결정적인 순간에 분열된 기사들의 틈을 파고들어 돌진한 것이 아돌프라고 한다.

미하엘에게 그런 설명을 듣고 어처구니가 없었다.

그런데 생각해 보니 맞는 말 같다. 저놈들의 목적은 승리보다는 왕세자에게 잘 보이는 것에 무게를 두고 있었다. 즉, 어떻게 적을 짓밟는가에 초점을 맞춘 것이다. 미하엘이 미리 내게 말한 것은 그런 기사들을 전장에서 많이 보았기 때문이다.

나도 기사지만 되도록 지휘관의 통제에 따르려고 하는데.

내가 생각했던 것보다 기사들은 규율을 중시하는 집단이 아닌 것이다.

“이쯤에서 야영하는 게 좋을 것 같군.”

“그럼 그렇게 지시를 내리겠습니다.

한나절 동안 행군한 끝에 날이 점점 저물기 시작하자 미하엘은 야영 지시를 내렸다. 보병들이 서둘러 왕세자가 쉴 수 있는 천막을 쳤다. 각 기사도 각기 갖춰온 천막을 치면서 밤을 보낼 것이다. 나는 미하엘과 같은 천막을 썼다.

"미하엘은 그렇다 쳐도 볼프, 너는 떨리지 않는 거냐?"

왕세자가 농담을 따먹고 있던 나와 미하엘의 천막에 들어오면서 제일 먼저 한 말이다. 아니, 긴장할 일이 뭐가 있다고 저렇게 초췌해진 건지 모르겠다. 그리고 언제부턴가 왕세자가 나를 슈트라이트 경이 아닌 친밀하게 볼프라고 부르기 시작했다.

힐다가 애칭으로 나를 부르는 것을 보고 따라 한 것이다.

왕세자였으니까 허락한 거지, 다른 놈이었다면 어림도 없다.

"떨릴 일이 뭐가 있습니까? 이제 겨우 로젠하임으로 행군하는 것뿐인데요?"

"나도 그런 마음가짐이었으면 좋겠는데 생각대로 되지 않아."

"그동안 브라이스부르크의 왕궁에서 편하게 지내셨죠?"

미하엘이 피식 웃으며 말하자 왕세자도 동의한다는 듯이 고개를 끄덕였다. 흠, 그래도 왕세자의 그릇이 크네. 미하엘이 명백하게 비꼰 건데 그걸 인정하다니.

"잠이 올 것 같지 않으니까, 나와 좀 어울려줘야겠어."

"베르미어 경이나 아이젠나흐 경하고 어울리시면 안 됩니까?"

"그 둘도 금방 지쳐서 잠들었다. 아이젠나흐는 아직 부상이 낫지 않았으니 이해한다고 쳐도 의외로 레오가 부실

하더군. 나중에 네가 단련을 시켜줬으면 좋겠어.”

아, 상대해 주는 사람이 벌써 뻗었구나.

“그럼 피엘은요?”

“검을 휘두르며 긴장감을 죽이던데?”

이 중에 멀쩡한 사람이 나와 미하엘뿐인 것 같다. 아무튼 우리는 결국 왕세자에게 붙잡혀 그가 궁금해하는 여러 가지 질문을 들어 주며 밤을 보내야 했다. 창기병대가 끼어들고 싶어 하는 눈치였지만 왕세자는 그쪽에게 눈길도 주지 않았다.

그렇게 하룻밤의 야영이 끝나고 다음 날, 로젠하임에 당도했다.

북쪽에서 불어오는 바람

나는 로젠하임에 대해 아는 것이 많지 않았다. 콘스탄츠 남작의 영지였으나 단절되면서 왕실에 회수됐고 영주 기사를 목표로 플레이한 유저들에게 가장 높은 확률로 주어지는 영지라는 것만 알고 있었다.

"매제, 로젠하임에서 가장 유명한 게 뭔지 알아?"

"장미와 포도주 아닐까요?"

"그렇지. 장미 향수가 가장 유명하지. 내 아내가 신신당부했거든. 장미 향수를 꼭 사오라고. 힐다는 별말 안 했나?"

"그저 무사히 돌아오라고만 했습니다."

미하엘은 내 말에 한숨을 내쉬었다. 힐다는 내게 로젠하임산 장미 향수와 와인을 요구한 적이 없다. 참고로 내가 좋아하는 힐다의 향기는 이 고장의 향수로 만들어진 것이다.

"미하엘, 나도 에반젤린에게 장미 향수를 기념품으로 사오라고 압박을 당했다."

"오, 저하도요? 가까운 곳에 동지가 있었군요."

로젠하임과 가까워지면서 왕세자가 선두에 섰는데 미하엘의 말을 듣고 그도 푸념을 늘어놓았다. 에반젤린은 왕세자의 여동생이다. 아직 한 번도 본 적이 없지만 힐다와 제법 친하다고 한다.

"저도 장미 향수를 사달라고 부탁받았습니다."

"저도요."

기혼자인 아이젠나흐와 피엘도 아내들에게 같은 요구를 받았다. 베르미어만 그 주제에 끼어들지 못했다. 미혼에다가 형제였으니까. 나는 왠지 뿌듯한 기분이 들었다. 겨우 장미 향수라니 사모님들의 스케일이 작군.

미하엘이 투덜거리듯 내게 말했다.

"이봐, 매제. 아직 결혼하지 않아서 힐다가 본색을 드러내지 않은 거라고. 나중에 분명히 시달릴걸?"

"힐다는 그렇지 않습니다."

"그거야 두고 볼 일이고."

내가 보기엔 힐다는 장미 향수보다는 세련된 승마복이나 우아한 마갑, 명마에 더 관심이 많다. 만약 내가 영주기사가 되어서 로젠하임을 얻게 된다면 힐다는 분명히 커다란 목장을 세우려고 할 것이다.

장미 향수? 그거 수백 개보다 더한 돈이 나갈 걸?

물론 농담이다.

로젠하임은 도시 수준까지는 아니었으나 마을치고 규모는 상당히 큰 편이다. 미하엘에게 듣기로 인구는 약 800여 명 정도라고 한다. 보통 1,000명부터 소도시로 분류하는데 콘스탄츠 가문이 건재했다면 소도시를 넘어 중도시로 성장했을지도 모르겠다.

"어서 오십시오, 왕세자 저하! 로젠하임에 오신 것을 환영합니다!"

"그대가 로젠하임의 영지관리인인가?"

"다르스 리터 폰 케들더라고 합니다."

다르스라고 소개한 영지관리인은 적극적으로 우리를 환영했다. 아니, 정확히 말하자면 왕세자에게만 환영했다. 왕세자 일행 외에 공국군이 마을 안으로 들어오는 것을 바라지 않는 눈치였다. 당연히 미하엘도 알아차렸다.

"매제, 우리는 병사들과 함께 마을 밖에서 주둔하자고."

"그래야 할 것 같습니다. 마을 안으로 들이면 틀림없이 문제를 일으키는 놈들이 있을 테니까요."

안타깝게도 이 시대의 군대는 아무리 아군이라도 믿을 수 있는 존재가 아니었다. 그것을 이해한 나와 미하엘은 병사들을 데리고 마을 밖에 주둔지를 만들었다. 마을 안으로 들어간 것은 왕세자 일행과 베렌창기병대뿐이다.

"그런데 우리는 도적을 빨리 추적해야 하는 거 아닙니

까? 환영식을 즐길 시간은 없을 텐데요."

"영지관리인 놈은 도적에게 쥐뿔도 관심 없을걸? 저하에게 잘 보이려고 성대하게 환영식만 준비했겠지."

그게 진짜라면 정말 제대로 된 놈이 없다.

"그럼 우리만이라도 추적할까요?"

"일단 병사들에게 휴식을 주고 정찰대를 보내자고."

로젠하임의 주민들이 술과 고기를 가지고 공국군 진영까지 와서 환영해 줬지만, 마을로 들어가지 못한 몇몇 병사들은 내심 불만이 많았던 것 같다. 테드와 오스카를 데리고 주둔지 주변을 순찰하고 있었는데 병사들이 마을 처녀를 희롱하고 있었다.

이 개새끼들이, 명령을 어겨?

나와 미하엘이 사고 치지 말라고 신신당부했는데.

당연하게도 내 눈에 불똥이 튀었고 농민의 딸을 희롱하던 병사들을 제압하여 주둔지 한가운데로 끌고 갔다.

"그래서 그놈들을 잡아 와 병사들 앞에서 처벌했다고?"

"본보기로 조졌을 뿐입니다."

"하여간 몇몇 개자식들이 말을 안 들어. 기어코 사고를 치다니."

"그리고 명령위반자들의 출정비 절반을 삭감했습니다."

"삭감? 그러면 다른 병사들이 반발할 텐데?"

"공훈을 세운 병사에게 포상으로 준다고 했습니다."

출정비에 목을 매는 병사들에게 나름대로 경고와 포상을 함께 내리면서 동기부여를 삽입한 것이다. 미하엘은 제법이라며 충분히 일군을 맡길 만하다고 칭찬했다. 그러나 스스로 생각하기에도 아직 병사들을 지휘하기에는 여러모로 부족했다.

"미하엘 님, 슈트라이트 경. 저하의 소집입니다."

"저하께서 적당한 시간에 환영식을 끊은 모양이군."

베르미어가 나와 미하엘을 데리러 왔다. 미하엘은 부장들에게 병사들 단속을 철저히 하라고 지시한 후 왕세자가 있는 영주의 성으로 향했다. 왕세자의 표정이 굉장히 좋지 못했고 영지관리인 다르스는 땀을 뻘뻘 흘리며 상황을 설명하고 있었는데 오히려 왕세자의 화만 돋운 것 같다.

"도적들이 어디로 사라진 지 모르겠다고? 그게 지금 네 놈의 입에서 나올 소리냐?"

"소, 송구합니다. 저하! 저는 그저 군권이 없는 영지관리인일 뿐입니다! 부, 북쪽으로 이동한 것 외엔 자세히 모릅니다."

"그렇더라도 정찰대를 보내서 우리가 도착할 때까지 위치를 파악하는 것이 당연하지 않은 가! 공국기사인 네놈은 그런 것도 확인하지 않고 환영식만 준비한 거냐! 너 같은 놈이 영지관리인이라니!"

야영하면서 군의 편제와 전술, 운영 방법 등을 끊임없이 질문하며 배웠던 왕세자는 기본적인 정찰을 망각한 다르스를 경멸하며 그를 내쫓았다. 시중을 위해 동원됐던 마을 처녀들이 오들오들 떨자 베르미어가 서둘러 내보냈다.

"돌아가는 데로 행정대신에게 책임을 물을 것이다. 미하엘! 북쪽으로 서둘러 이동한다! 환영식 따위에 너무 시간을 허비했어!"

화를 내는 왕세자에게 위엄이 느껴졌다. 평상시 어수룩하고 순진했던 왕세자가 맞나 싶을 정도로 박력이 전해져 왔다. 역시 왕세자는 왕세자인 모양이다. 베르미어가 흐뭇하게 왕세자를 바라보고 있었다. 미하엘이 말했다.

"저하, 그 전에 로젠하임의 동원병을 소집해야 합니다."

"영지관리인의 수준을 보니 큰 도움이 될 것 같지 않다만."

아무래도 왕세자는 로젠하임을 불신하게 된 것 같다.

"근처 지리에 밝은 자들이 있는 것이 수색에 큰 도움이 됩니다. 감정적인 행동보다는 냉철하게 상황을 파악하는 것이 중요합니다. 무엇이 옳고 그른 것인지 잘 판단하십시오."

"……자네 말대로 하지. 동원병을 소집해라."

"그리고 그 동원병의 지휘는 슈트라이트 경에게 맡기는 것이 어떻습니까?"

뭐? 처남, 이게 무슨 짓인가?

미하엘 없이 나 혼자 병력을 지휘해 본 경험은 라펠의

간부를 수색할 때뿐이다. 그런데 야전 지휘를 나보고 하라고? 왕세자의 시선이 내게로 향했다.

"경이라면 할 수 있겠지?"

"……맡겨주십시오, 저하."

아니요, 라고 말하기에는 왕세자의 눈빛이 너무 진지했다. 평상시 농담 따먹는 분위기가 절대 아니다. 말단기사 주제에 높으신 분들과 얽히다 보니 눈치가 많이 생겼다.

미하엘이 나를 보며 씩 웃는데, 너는 나중에 두고 보자.

아무리 생각해도 귀찮은 일을 내게 떠넘긴 것 같다.

원래 계획은 공국군 150명과 로젠하임 병력 50명을 포함해 200명으로 운영할 생각이었는데 생각보다 준비가 안 되어 있어서 부랴부랴 영지관리인을 닦달해서 모아보니 당장 준비된 동원병은 25명뿐이다. 시간이 충분하면 정원을 채울 수 있지만 왕세자는 지금 즉시 진군을 명했다.

왕세자가 화를 내는 것도 이해가 갔다.

영지관리인 놈은 평상시에 일을 제대로 하는 놈이 아니다. 왕세자가 크게 진노해서 큰일 났다는 것을 직감한 영지관리인은 측근인 내게 왕세자의 화를 풀어 달라며 부탁했다.

"슈트라이트 경, 왕세자 저하의 노여움을 풀어 주게."

"……노력해 보죠."

그전에 내 노여움부터 풀어야 하는 게 순서 아니냐?

선배기사에 영지관리인이면 적어도 나보다 서열이 높아서 나도 속으로만 참을 수밖에 없었다. 하지만 나는 이 일에 대해 빠짐없이 장인어른에게 보고할 것이다. 그럼 장인어른이 현지에서 협조를 전혀 받지 못했다고 행정대신을 갈구겠지.

그럼 행정대신은?

눈앞에 안절부절못하는 영지관리인을 가만두지 않을 것이다. 아무튼 보급부대는 로젠하임에 머물며 보급로를 만드는 것에 집중했고 나머지는 로젠하임 북쪽을 수색하기 위해 출발했다.

나는 미하엘에게 떨어져 나와 로젠하임 병사들을 이끌고 있었는데 무장상태도 공국군보다 한참 부족했지만 사기만큼은 확실하게 좋았다. 로젠하임 병사 중에 대표 격으로 보이는 병사가 내게 말했다.

"저는 로젠하임의 자경단장 구스타프입니다."

"나는 볼프강 리터 폰 슈트라이트다. 제군들의 지휘를 맡게 되었으니 명령에 따르도록."

"기사님의 명령에 따를 것입니다. 저, 실례되는 질문입니다만 허락해 주시겠습니까?"

"허락한다."

"저희에게 지급되는 출정비를 영지관리인에게 맡기는 겁니까?"

"그야 당연하지 않은가?"

"하아, 그분에게 맡기면 저희에게 돌아오는 건 아무것도 없을 겁니다. 동원과 노역의 의무를 다했지만 출정비 지급이 이제까지 제대로 이루어진 적이 없습니다."

응? 이건 또 무슨 소리야?

출정비를 왜 안 줘?

평민에겐 세금, 노역, 동원의 의무가 주어지는데 이 중에 동원은 출정비를 지급하는 것이 일종의 관행이자 불문율 같은 것이다. 그렇지 않으면 영민들이 제대로 동원에 임하지 않기 때문이다. 영지관리인은 영민들에조차 신뢰를 잃은 모양이다.

혹시 재정대신이 로젠하임 영지관리인이 요청한 병력파견을 왕세자 출정으로 이용한 것은 군무의 편을 잠깐 들었던 행정을 조지려는 고도의 모략? 영지관리인은 행정부의 담당이기 때문이다.

그런데 이 모양, 이 꼴이라면 당연히 영지관리인을 임명한 최종 결정권자(행정대신)에게 책임을 물을 수 있다.

혹시나 해서 관리자 스카우터로 상태를 확인해 봤더니 이들은 진실을 말하고 있었다. 목숨을 걸고 동원에 임했는데 대가를 지급하지 않는다면 다음에 그들이 과연 잘 싸우려고 할까? 강제로 동원 할 수 있겠지만 사기는 현저히 떨어질 것이 뻔했다. 그러니 출정비를 챙겨주는 것이다.

"내가 책임지고 그대들에게 출정비를 지급해 주겠다."

"감사합니다! 저희는 기사님의 명령에 복종하겠습니다!"

구스타프라는 자경단장과 병사들의 표정이 밝아졌다. 귀족은 평민에게 함부로 약속하지 않는다. 하지만 나는 좋은 귀족을 지향하는 주의라서 정당하게 지급되어야 할 출정비를 챙겨주는 것 정도야 어려운 일은 아니었다.

그것으로 이들의 마음을 살 수 있다면 충분한 수고였다. 그리고 북쪽 지리에 밝은 자를 5명 선별하여 미하엘에게 보냈다. 나와 로젠하임 병사들은 우익에 배치되었는데 중군과 보조를 맞추어 전진했다.

반나절 동안 북쪽으로 진군하다 보니 어느덧 저녁이 됐다. 미하엘은 전군에 야영 준비를 명령했다. 테드에게 명령을 전달받아 나도 야영 준비를 지시했다. 체력이 좋고 발이 빠른 테드는 훌륭한 전령이었다.

"볼프강 님! 불을 지폈습니다."

"그래, 고생했다."

나는 테드와 오스카의 옆자리에 앉아 불을 쬈다. 이제 슬슬 가을로 접어들어 날씨가 조금씩 쌀쌀해지기 시작했다. 독일 남부의 기후는 여름에 온화한 편이었으나 겨울이 상당히 춥다. 마인강이 꽁꽁 얼어붙을 정도라고 한다.

참고로 지금은 9월이다.

"날씨가 너무 변덕스러워. 벌써 추워지다니."

플레이트 아머의 내부는 가죽으로 되어 있기 때문에 겨울에 입기에는 좀 춥다. 그래서 보통 망토로 몸을 감싼다. 지금의 내 상태가 딱 그렇다. 아직 겨울도 아닌데.

“불을 더 지필까요?”

“아니, 됐어. 그보다 구스타프를 불러와.”

테드가 구스타프를 데려왔다. 나는 구스타프에게 소수의 정찰대를 구성하여 주변을 수색하라고 지시했다. 미하엘이 편성한 정찰대가 수색하고 있겠지만 그 범위는 한정적이다. 그래서 나는 우익 주변을 수색하게 했다.

수색자 스카우트가 특정 다수를 탐지할 수 있으면 좋겠지만 안타깝게도 현재 랭크(E)로는 특정 대상이 아니면 수색이 불가능했다. 그래서 추위에 떨고 야영까지 해가며 북쪽 지역을 뒤지는 중이다.

“볼프강 님, 이게 대체 무슨 고생인가요? 로젠하임에 도착하자마자 전투가 있을 줄 알았는데 숲속에 야영하는 신세가 될 줄은 정말로 몰랐습니다.”

“테드, 전장에는 언제나 예외가 있는 법이야. 배운다고 생각하면 돼.”

그래, 배운다고 생각하면 된다. 오스카도 긍정하는지 고개를 끄덕였다. 아직 나와 가신들은 경험이 너무 적다. 날이 저문 숲속의 추위를 온몸으로 겪고 있으니까.

로젠하임과 브라이스부르크를 연결하는 대로에서의 야

영은 전혀 춥지 않았는데 이번에 여기서 제대로 신고식을 치른다. 그나마 로젠하임 병사들은 이 추위가 익숙한 모양이다.

“그나저나 네가 마음에 든다는 시녀. 처남이 허락했다.”

“그게 정말입니까?”

오스카는 좋은 소식에 무척 기뻐했다. 반면 테드는 자기에게 인연이 없다며 투덜거리며 보존 식 소시지인 란트예거를 먹었다. 미하엘도 내가 항상 데리고 다니는 오스카를 알고 있었으니 시녀를 맡길만하다고 평가하여 혼담을 허락한 것이다.

“한스형님도 정해지고 오스카도 정해지다니. 왜 나만 불공평하게. 볼프강 님, 제발 저 좀 장가보내주세요.”

“그럼, 제 여동생은 어떻습니까?”

정찰을 나갔다가 돌아온 구스타프가 끼어들었다.

테드가 반색하며 물었다.

“여동생이 있어? 예쁘냐?”

“제 눈에는 우리 마을에서 제일 예쁘다고 생각합니다.”

“오오, 좋아! 꼭 소개해줘!”

마을 처녀와 연결하려고?

나중에 어찌 될지 모르니 로젠하임의 자경단장과 연결점을 만들어 주는 것도 나쁘진 않은 것 같다. 구스타프의 보고에 따르면 이 주변에 발견된 것은 아무것도 없었다.

그래서 경계를 서도록 지시를 내렸다.

"숨바꼭질이 따로 없네."

로젠하임의 북쪽에는 부르고뉴 공국과 로덴 공국을 국경으로 두고 있는 외즈 백작의 영지가 나온다. 설마 거기까지 넘어갔나? 만약 그렇다면 수색이 장기화할 가능성이 있었고 준비된 물자도 부족해질지 모른다. 준비한 물자 외에 로젠하임에서도 공수하고 있다지만 한계는 있었다.

왕세자의 영광스러운 첫 출정이 무색하게 엉망이 되어버렸다. 그걸 망친 로젠하임의 영지관리인은 무사하지 못할 것이다. 제대로 조처를 해서 적들의 행방을 알아냈다면 오히려 중용 받았을 수 있었을 텐데.

다음 날, 미하엘로부터 전령이 달려왔다.

"각 부장은 지휘부로 모이라는 명령입니다!"

나는 서둘러 지휘부로 향했다. 지휘부 천막에는 심각한 얼굴의 미하엘과 왕세자가 있었다. 대부분 얼굴이 굳은 상태였다. 그리고 그들 앞에 숨을 고르고 있는 피투성이 남자가 있었다. 나를 발견한 미하엘이 손짓을 했다.

"슈트라이트 경, 놈들을 찾아냈다."

"어디에 있습니까?"

"포이젠. 로젠하임의 북쪽에 있는 작은 마을이다. 이 자는 마을이 습격당해서 도움을 요청하러 로젠하임으로 향하던 중이었다."

미하엘은 피투성이 남자를 바라보며 굳어 있는 왕세자에게 말했다.

"왕세자 저하, 서둘러 진군해야 합니다. 아직도 저항하고 있을 가능성이 크니 앞뒤로 포위해서 섬멸해야 합니다."

"……서둘러 진군한다!"

포이젠이라는 마을이 주전장이 될 것 같다. 나도 서둘러 우익으로 돌아가 야영지를 정리하고 진군할 준비를 했다. 갑자기 급박하게 돌아가는 분위기에 긴장감이 팽팽해졌다.

그리고 빠르게 진군한 끝에 마침내 숲에서 벗어나 공격받는 포이젠을 볼 수 있었다. 자경대가 목책에 의지하여 도적들에게 필사적으로 저항하고 있었다. 곳곳에 연기가 치솟았다. 규모는 작지만 엄연한 공성전이라 장관이었다.

— 두두두두두!

그런데 전군이 대열을 정비하기도 전에 베렌창기병대 10기가 쏜살같이 튀어 나갔다. 목표물을 발견하자마자 전공을 독식하기 위해 나선 것이다. 그런데 반대편 숲에서 20기의 다른 기병이 갑자기 튀어나왔다.

저건 또 뭐야?

어디 기병이지?

"부르고뉴 깃발이다!"

중군에서 누군가가 그렇게 외쳤다.

베렌창기병의 위력은 대단했다.

본대가 대열을 정비하기도 전에 그들은 공성전을 벌이고 있는 도적들을 향해 5m에 이르는 긴 랜스를 앞세우고 일렬을 유지하며 돌격했다. 중기병들이 합류했을 때 미하엘에게서 통제에 따르지 않을 거라고 듣긴 했지만 설마 진짜로 저지를 줄은 몰랐다.

— 두두두두두!

10기라도 말발굽 소리가 일으키는 진동은 상당했다. 저게 수백 기였다면 지진을 일으킬 정도로 그 위용이 엄청났을 것 같다. 기병용 갑옷은 내가 입고 있는 플레이트 아머와는 조금 달랐다. 비교적 가벼웠고 경량화가 되어 있으며 오른쪽 가슴 부위에 창 받침이 있었다.

이곳에 랜스를 걸치는 것이다.

일명 카우치드 방식이라고 하는데 과거의 기병보다 파괴력이 현저히 높아진 기법이다. 창기병은 그대로 도적들의 후방을 급습했다. 그들은 갑작스러운 창기병의 등장에 제대로 대응하지 못하고 무참하게 짓밟혔다.

오스카가 그 모습을 보고 감탄했다.

“기병 돌격을 처음 보는 데 정말 장관이네요.”

“나도 처음 봐. 확실히 대단하긴 해.”

"우리가 나설 필요도 없겠는데요?"

도적의 숫자가 눈에 띄게 줄어들었고 사방으로 흩어져 도망치기 시작했다. 목책에서 방어하던 포이젠의 자경단과 주민들은 우리 군의 등장에 환호성을 질렀다. 베렌창기병들이 모든 공을 독식한 것 같다. 미하엘의 말대로 우린 들러리에 지나지 않았다.

— 두두두두두!

그런데 북쪽 방향 숲에서 웬 기병들이 튀어나왔다.

전혀 생각지도 못한 타이밍에 적 기병이 출현한 것이다. 왜 적 기병이냐면 중군에서 누군가가 큰 목소리로 부르고뉴 깃발이라고 외쳤기 때문이다. 저 4방형 문장은 확실히 부르고뉴의 문장이었다. 그런데 왜 저 프랑스 놈들이 로젠하임 북쪽에 나타난 거지?

"테드! 중군에 다녀와! 지시를 기다린다고 전해!"

나는 서둘러 테드를 중군에 보냈다. 중군의 위치에 맞춰 우익을 움직이고 있었지만, 야전 지휘관의 명령을 따라야 하는 것이 기본이다. 그런데 부르고뉴의 기병이 브라이스부르크와 가까운 로젠하임 북쪽에서 등장했다는 것은 보통 심각한 문제가 아니었다.

로젠하임 북서쪽에는 2개의 영지가 있는데 모두 부르고뉴와 국경을 맞대고 있다. 외즈 백작과 에센바흐 백작령이 자리를 잡고 있는데 그 사이에서 빠져나와 로젠하임까지

진출했다는 것은 북방에서 지금 국지전이 한창 벌어지고 있다는 것을 증명했다.

베렌창기병들도 부르고뉴기병을 발견하고는 대열을 정비했다.

부르고뉴의 기병은 대략 20기 정도로 보인다. 2배 더 많은 숫자였지만 그런데도 베렌창기병들은 물러서지 않았다. 왕세자에게 잘 보이려고 명령을 무시하면서까지 공을 독식했지만 그래도 공국 최정예기병답게 그들은 용감하게 돌진했다.

— 콰직!

— 콰직!

양 측의 기병들이 랜스를 앞세워 충돌했을 때 베렌창기병 2명이 낙마했다면 부르고뉴기병은 5명이나 낙마했다. 부르고뉴기병은 최정예까지는 아닌 모양이다. 베렌창기병들은 쐐기 형태로 돌파하면서 지속해서 부딪쳤다.

"중군 대열에 맞춰 우익을 이동시키라는 명령입니다!"

테드가 명령을 가지고 돌아왔다. 일단 중군에 맞춰 우익을 이동시키라는 것인데 미하엘의 중군이 북서방향으로 대열을 정비하고 있었다. 그렇다면 나도 로젠하임 병사들을 움직여 중군에 맞춰 우익을 움직일 필요가 있었다.

미하엘은 왜 대열을 북서쪽으로 맞춰 변경하는 걸까?

부르고뉴기병과 베렌창기병이 치열하게 싸우고 있는 와

중에 우리 군은 북서쪽을 향해 진영을 만들고 있었다. 그리고 조금 뒤에 그 이유를 알게 됐다. 숲에서 부르고뉴 4방형 문양의 깃발을 든 보병대가 모습을 드러냈기 때문이다.

그 수는 아무리 적게 잡아도 우리 군보다 많았다.

이거 위험하지 않을까? 특히 중군에는 왕세자가 있는데.

로젠하임 병사들도 갑작스럽게 등장한 군대를 보고 긴장했다.

"기사님, 저 군대는 어디의 군대입니까?"

"부르고뉴군으로 추정된다. 이런 곳에서 조우할 줄은 몰랐는데."

"부르고뉴라고요? 국경도 아닌데 프랑스 놈들이 왜 로젠하임 영역에?!"

그건 내가 하고 싶은 질문이다.

구스타프를 비롯해 출정비를 벌려고 합류한 로젠하임 병사들은 불안에 떨고 있는 반면 나는 의외로 담담했다. 그 덕분인지 오스카와 테드도 안정을 되찾았다. 그리고 그런 분위기는 부대 전체에 퍼져 동요가 줄어들었다.

이 부대의 대장인 나만 바라보고 있기 때문에 내가 동요하지 않고 침착성을 유지한 것이 부대 사기를 유지하는데 상당한 도움이 된 것이다. 중군의 이동이 멈추자 우익도 멈춰 세웠다. 중군에서 전령이 달려왔고 나는 지휘부에 합류했다.

"미하엘, 우리 수가 더 열세인데 어떻게 싸울 생각인가?"

"왕세자 저하는 빠져나갈 준비를 하십시오."

"뭐? 부하들을 버리고 도망치라는 소리냐?!"

왕세자가 화를 내고 있었지만 다른 지휘관들은 미하엘의 의견에 동조한 것 같다. 도적토벌 정도라면 위험을 감수하겠지만 문제는 적국 부르고뉴의 군대이며 숫자도 이쪽보다 많았다. 그런 상황에서 왕세자를 데리고 전투를 치를 수 없는 노릇이다.

냉정하게 말하자면 우리가 전멸해도 왕세자는 반드시 무사하게 빠져나가야 한다는 것이다. 물론 나는 절대 죽을 생각이 없다. 최소한 왕세자와 미하엘, 그리고 부하들만이라도 데리고 빠져나갈 방법이 있다면 나는 주저 없이 그 방법을 선택할 것이다.

"다행인 것은 저들도 우리와 조우한 것이 예상 밖이었다는 겁니다."

"왜 그렇게 생각하지?"

만약 우리 군을 기다리고 있었다면 저들은 사방에서 기습을 감행했을 것인데 친절하게 대열을 맞추며 공격을 감행하지 않았다. 우리 군과 마주친 것은 순전히 우연이라는 것이다. 서로 준비가 되질 않았으니 대열을 정비할 시간을 가진 것이다.

그 와중에 베렌창기병과 부르고뉴기병은 박 터지게 싸

우고 있다.

기병은 기병끼리 싸우고 보병은 보병끼리 싸운다. 베렌창기병들이 명령에 따르지 않고 돌진한 것처럼 부르고뉴 기병들도 명령을 따르지 않고 베렌창기병을 발견하자마자 뛰쳐나갔을 것이라고 미하엘은 추측했다. 확실히 타당한 주장이다. 저쪽도 애를 먹고 있을 것이다.

"하지만 문제는 이대로 싸우기에는 우리 쪽의 부담이 너무 큽니다."

"난 절대로 도망치지 않아! 알트링겐 왕가는 대대로 전장을 누비던 가문이다! 그것도 대대로 싸워온 부르고뉴를 상대라면 더더욱 도망칠 수 없어! 왕가의 피를 이은자라면 아무리 불리하고 위험한 상황 속에서도 결코 등을 돌리고 도망쳐서는 안 된다!"

"프란츠 님……."

왕세자의 외침에 미하엘을 비롯한 측근들은 잠시 숙연해졌다.

가까이에서 지켜보고 있던 공국군 병사들이 갑자기 왕세자를 연호하기 시작했다.

"맞습니다! 왕세자 저하가 있는 한 우리는 지지 않습니다!"

"부르고뉴를 상대로 도망친다니! 있을 수 없습니다!"

"알트링겐이 우리와 함께한다!"

"베렌 공국 만세!"

— 와아아!

갑자기 사기충천하는 분위기 속에 굳은 표정으로 왕세자를 바라보던 미하엘의 표정이 풀리며 옅게 미소를 지었다. 나는 그런 미하엘에게 다가가 어깨를 두드렸다. 처남이 고생한다. 상식적으로 불리한 전장에서 왕세자를 돌려보내는 것이 맞지만 그게 무조건 정답일까?

"왕세자 저하께서 많이 성장하셨어."

"어떻게 할 겁니까? 슬슬 저쪽에서 움직일 것 같은데."

"부딪쳐봐야지. 왕세자 저하가 있는 한, 병사들도 쉽게 무너지진 않겠지."

미하엘은 결국 정면대결을 선택했다.

나는 더 좋은 방법이 없을까 고민했는데 갑자기 퀘스트가 생성됐다.

[질풍의 기사! 퀘스트]

[부르고뉴군을 격파하라]

[지휘관 스카우터 임시 지급]

[보상 — 5,000포인트, 은화 50닢(위험수당)]

[가문의 명성 300상승]

[위험등급 ★★★☆☆]

이 상황에 위험등급 별 3개 퀘스트라.

게다가 퀘스트명이 질풍의 기사다. 나를 위한 퀘스트인가.

보상이 무려 5,000포인트라는 것은 둘째 치고 지휘관 스카우터를 주목했다.

관리자, 수색자, 외교관.

지금까지 내가 사용한 스카우터는 이 3가지뿐이다.

그리고 이중에 보유한 스카우터는 관리자와 수색자다.

지휘관 스카우터는 처음 보는 유형이었다.

어떤 기능이 있을까? 기본적으로 2가지 기능이 탑재되어 있다.

사기분석과 전투력이다.

사기분석은 적군과 아군의 사기를 표시해 주는데 간편하게 푸른색이 높은 사기고 노란색이 주의, 붉은색이 위험이다. 붉은색일 경우 도망칠 가능성이 크다는 것이다. 이것은 게임 플레이상에서 볼 수 있는 인터페이스였다. 오랜만에 아는 것이 나와서 내심 반가웠다.

부대 전투력은 부대마다 전투력이 책정되는데 강력할수록 100에 가깝지만 무슨 문제가 있거나 사기의 영향이 갔을 때 수치가 낮아진다. 그러니 낮은 전투력을 가진 부대를 집중적으로 공격하면 좋은 성과를 거둘 수 있지 않을까?

그래서 부르고뉴의 진영을 살펴봤다.

사기는 푸른색이지만 전투력은 약한 편이다.

수가 더 많다는 것을 제외한다면 충분히 싸워볼 만한 군대였다.

아마도 저 군대의 구성원은 대부분 동원병이지 않을까?

반면 이쪽은 로젠하임 병사들을 제외하면 직업군인들이다.

우리 쪽 전투력 수치가 평균 80이었고 부르고뉴 측은 65이었다.

다만 적군의 수가 이쪽보다 2배 정도 많았다.

비교적 낮은 전투력이라서 후방을 교란할 시에 사기에도 큰 영향을 주지 않을까?

소수의 기병으로 급습한다면 충분히 승산 있을 것 같다.

지금 베렌창기병들은 부르고뉴기병과 치고받고 싸우느라 전력에서 논외였으니 일단 말을 가지고 있는 기수는 나를 포함해 아이젠나흐 친위대장과 4명의 친위대, 슈타인호프의 피엘, 베르미어, 그리고 5명의 경기병이 전부다. 총 13기다.

중기병보다는 훨씬 빠르지만, 돌파력은 기대하기 어렵다.

하지만 후방교란에 굳이 돌파력은 필요하지 않지.

왕세자가 싸우기로 결의하여 공국병사들의 사기를 높인 이상 전투는 피할 수 없다.

"뭐? 매제! 그건 너무 위험하지 않나?"

"위험하지만 성공한다면 큰 피해 없이 이길 수 있습니

다. 왕세자 저하, 친위대분들과 베르미어 경, 슈타인호프 경을 이끌 기회를 주시겠습니까?"

왕세자의 측근들을 위험에 빠트릴 수 있다. 그러나 쓸 만한 기병이 부족한 상황에서 친위대와 측근의 전력은 확실히 도움이 된다. 왕세자는 고민했지만 결국 허락했다. 오히려 왕세자가 참여한다는 것을 말리느라 진땀을 뺐다.

"슈트라이트 경의 명령을 내 명령이라 생각하고 따라라!"

그렇게 나는 우익 부대장의 위치에서 내려와 별동대장으로 나를 포함해 13기의 기병을 이끌게 됐다. 사실 이렇게 나선 것은 지휘관 스카우터를 이용해 제때 최적의 판단을 내릴 자신이 있었기 때문이다.

"대장, 선봉은 제게 맡기십시오."

"그 랜스는 어디서 났습니까?"

"우리 슈타인호프가는 항상 랜스를 가지고 다닙니다. 조부님부터 창기병대를 이끌고 다니셨지요. 제게 선봉을 맡긴다면 충분히 제 몫을 해내겠습니다."

게다가 피엘은 카우치드 방식으로 랜스공격에 대한 훈련을 많이 받았다고 한다. 검술과 더불어 슈타인호프가에서 가장 먼저 가르치는 것이 기병 돌격이다. 폭풍의 기사라 불린 아돌프의 명성을 이어나기 위해서 가문 고유의 전통으로 발전한 것 같다.

"대열을 정비해라! 궁수, 위치로!"

미하엘이 명령을 내리며 대열을 정비하면서 마침내 부르고뉴군과 베렌 공국군 사이에 전투가 벌어졌다. 그사이에 나는 기병을 이끌고 몰래 후방으로 빠져나와 숲에 몸을 숨겼다. 나는 말에서 내려 수풀에 몸을 숨긴 뒤 서로 화살 공격을 주고받는 광경을 지켜봤다.

우익은 미하엘의 부장이 지휘하고 있는데 나는 미리 테드와 오스카에게 부장을 나라고 생각하면서 호위하라고 지시했다. 둘이 기병이었다면 내 뒤를 따랐겠지만 일반 병사였기 때문에 함께 할 수 없었다. 그것이 못내 아쉽다.

집으로 돌아간다면 돈이 좀 들더라도

테드와 오스카에게 기병훈련을 시켜봐야겠다.

그게 여의치 않으면 일정이 촉박하여 뽑지 못한 사병후보생 중에서 승마에 능한 자를 먼저 뽑는 것도 좋은 방법이다. 유지비가 비싸겠지만 이럴 때 내 뒤를 받쳐줄 가신 기병이 있다면 굉장히 든든할 텐데. 일단 그건 나중에 생각하고 나는 전장에 집중했다.

궁수의 숫자는 부르고뉴 측이 많았지만, 무장상태는 공국군이 더 좋았다. 중무장한 상태로 화살 비를 온몸으로 견뎌내며 곧바로 반격을 가한다. 그리고 부르고뉴 보병이 먼저 움직이기 시작했다. 그에 맞춰 공국군도 대열을 유지한 채 맞섰다.

— 와아아!

— 와아아!

함성으로 뒤덮인 전장에서 두 군대가 충돌했다.

대열을 유지하며 밀어붙이면서 중보병들 사이에 경보병들이 비수를 들고 상대를 죽였다. 부르고뉴군에서 창병이 한 명도 없다는 게 다행이었다. 1열 중보병을 제외하면 대부분이 경보병들이었다. 로젠하임 병사들과 비슷한 무장 수준이다. 역시 동원병이 틀림없다.

공국군의 전투력은 80에서 75로 떨어졌고,

부르고뉴의 전투력도 65에서 60까지 떨어졌다.

그러나 여전히 수적으로 우세해서 사기가 쉽게 떨어지지 않았다.

부르고뉴의 전투력이 55까지 떨어진 순간, 명령을 내려 일제히 말에 올라탔다.

"베렌의 기병이여, 나를 따라라! 이랏!"

"이랏! 이랏!"

13기의 기병이 수풀을 해치고 부르고뉴군의 측면을 향해 맹렬하게 달렸다.

전투력이 떨어지기를 기다리면서 말에게 휴식을 취하게 했기 때문에 쌩쌩했다.

선두는 랜스를 든 피엘이 맡았다.

— 두두두두두!

점점 적들과 가까워졌다.

부르고뉴 병사들은 갑작스러운 우리들의 등장에 크게 당황했다.

허둥지둥 우리 앞을 막으려고 했겠지만 안타깝게도 너무 늦었다.

"마, 막아!"

— 쾅!

"으악!"

최고속도로 달린 피엘의 랜스가 방패를 들고 막으려던 보병의 몸을 꿰뚫어버렸다. 랜스는 그대로 부러졌지만 피엘은 기병검을 빼 들어 마치 짚단처럼 보병의 머리를 베면서 지나갔다. 강력한 선봉의 역할로 전열이 뚫리자 우리는 일제히 피엘을 따라 그 틈을 파고들었다.

그리고 내가 선봉에 섰다.

— 두두두두두!

나머지 기병들은 내가 움직이는 대로 따라올 것이다.

내가 가장 먼저 노린 목표물은 갑작스러운 기병의 등장으로 사기가 크게 감소한 우익이다. 50까지 떨어진 전투력과 노란색의 사기는 먹음직스러운 먹잇감이었다. 우익을 향해 비스듬히 기병을 이끌고 침투한 나는 기병검을 빼들어 휘둘렀다.

— 촤악!

보병의 머리를 베면서 지나갔다.

그것은 마치 느린 화면처럼 느껴졌다.

그리고 내 뒤를 이어 피엘과 아이젠나흐의 기병검이 휘둘러지면서 보병들이 쓰러졌다. 기병의 속도는 생명이다. 나는 우익의 후방을 교란한 후 곧바로 적군의 중앙으로 달렸다. 베는 것보다 교란하는 것이 우리의 목적이다.

기병검을 휘두르며 보병을 베어 죽이거나 말발굽으로 짓밟아 죽이며 나는 전쟁의 한복판에서 기사로서 적을 도륙하는 영웅적인 행위에 도취할 것 같았다. 그러나 집중력을 놓치는 우를 범하지 않고 끝까지 지휘관 스카우터로 전투력과 사기를 관찰했다.

우익에서 중앙으로, 중앙에서 좌익으로.

내가 이끄는 기병들은 거침없이 적의 후미를 짓밟고 지나갔다.

마침내 부르고뉴군이 무너지면서 통제 불능 상태에 빠졌다.

그 와중에 악을 쓰며 프랑스어로 지휘하는 부르고뉴 기사가 시야에 들어왔다.

방향을 선회한 나는 그 기사를 향해 돌진했다.

공국군과 비교했을 때 상대적으로 무장이 빈약한 부르

고뉴군의 후방을 흔드는 것은 그리 어렵진 않았다. 적의 사기, 전투력 등을 종합적으로 고려하여 효과적인 타이밍으로 공격한다면 쉽게 무너트릴 수 있다. 물론, 이건 내 자랑이다. 아무나 해낼 수 없으니까.

부르고뉴군이 무너지면서 공국군이 밀어붙이기 시작했다.

부르고뉴기병은 그 숫자가 꽤 줄어들어 있었고 본대가 패주하자 그들도 도망치기 시작했다. 10명에서 5명만 남은 베렌창기병들은 부르고뉴기병을 쫓기보다는 도망치는 부르고뉴 보병대의 뒤를 공격했다. 확실하게 전과를 올릴 수 있는 손쉬운 사냥감이기 때문이다.

손쉬운 사냥감인 것은 맞다.

등을 보이며 도망치는 보병의 등을 기병검으로 내리치는 것만큼 쉬운 일도 없었다. 내가 이끄는 기병은 중앙을 집중적으로 공격했다. 정신없이 도망치느라 통제에 따르지 않았고 이제는 지휘관들마저 도망치기 시작했다. 4방형 깃발이 무색하게 땅바닥에 추락했다.

"Putain! 도망치지 말고 대열을 유지해!"

"플레시아 경! 도망쳐야 합니다!"

"Ta gueule! 네놈이 길을 제대로 숙지했어도!"

"죄, 죄송합니다!"

악을 쓰며 지휘하는 프랑스 기사를 발견했다.

그런데 그가 말하는 것을 나는 알아들을 수 있었다.

독일어와 라틴어를 알아듣는 건 그럴 수 있다고 해도 프랑스어까지?

혹시 영어나 스페인어도 알아듣는 건 아니겠지?

아무튼, 지금 중요한 것은 패주하는 적보다 지휘관을 사로잡는 게 중요했다. 나는 피엘에게 신호를 주었고 피엘은 아이젠나흐에게 수신호를 날렸다. 우리는 정신없이 도망치는 부르고뉴군을 내버려 두고 아직 도주하지 않은 지휘부를 향해 돌진했다.

— 두두두두두!

부르고뉴의 기사는 쇄도하는 우리를 발견했다. 그들은 도망치기보다는 맞서 싸우기를 선택한 것 같다. 5기의 기병이 소수임에도 불구하고 우리를 향해 돌진했다. 나는 선두에서 기병검을 휘두르는 기사의 팔을 베면서 지나갔고 뒤이어 피엘의 검에 목을 찔려 낙마했다.

— 챙! 챙!

— 퍽!

삽시간에 13기의 베렌기병이 4기의 부르고뉴기병을 에워쌌다. 기병검이 불꽃을 튀길 듯이 부딪쳤다. 기병 대부분이 플레이트 갑옷이나 기병용 갑옷으로 무장했기 때문에 검으로 벨 수 없다. 그래서 싸움은 주로 누가 먼저 낙마를 하느냐에 따라 판가름이 났다.

"호른스트! 제기랄!"

"양쪽에서 공격해!"

부르고뉴 기사 중 지휘관으로 보이는 기사의 마상무예가 상당히 뛰어났다. 친위대원인 호른스트가 제일 먼저 상대하다가 기병검의 가장 단단한 퍼멀에 맞고 낙마했다. 깜짝 놀란 아이젠나흐와 베이가 덤벼들었지만 그들의 기병검을 능숙하게 쳐 내며 베이마저 낙마시켰다.

"이랏! 이랏!"

정면에서 내 쪽으로 말을 몰고 빠르게 다가오는 부르고뉴 기사의 투구와 목의 틈새를 노려 기병검으로 찔렀다. 그는 기병검으로 비스듬히 막아내면서 내 팔을 휘감으려고 했다. 그러나 샤텐의 배를 두드려 우측으로 돌리게 하면서 자연스럽게 빠져나갔다.

"Salope!"

싸움질하다가 욕이냐?

"Dreckskerl!"

나도 욕으로 되돌려 주면서 다시 충돌했다.

이 부르고뉴 기사의 마상무예 실력은 상당한 수준이었다. 그런데 이놈이 샤텐을 노렸다. 당연히 나는 샤텐을 찌르기 전에 검을 튕겨냈는데 내 목에 팔을 걸고 그대로 고꾸라트리려고 했다. 샤텐을 찌르려고 했던 건 페이크였다. 하마터면 균형을 잃을 뻔했다.

"이거 놔, 프랑스 놈아!"

"더러운 독일 놈! 죽어라!"

서로 낙마시키려고 몸싸움을 벌이는 와중에 나는 그의 허리춤에 있는 아밍소드를 발견했다. 그것을 빼 들어 거꾸로 쥐었다. 건틀릿을 끼고 있기 때문에 칼날에 손이 다칠 일은 없다. 아주 훌륭한 둔기로 둔갑했고 있는 힘껏 부르고뉴 기사의 머리를 공격했다.

퍽! 퍽! 투구가 찌그러질 정도로 검 손잡이의 크로스카드는 뭉툭하고 단단했다.

"크윽!"

— 털썩!

부르고뉴 기사의 힘이 빠지자마자 그대로 잡아당겨 낙마시켰다.

본래 기사는 검 이외의 무기로 창만 인정했다. 그 이외의 무기를 사용하는 자는 기사답지 못하다고 여겼다. 그래서 크로스가드를 이용해 검을 역수로 잡고 둔기처럼 사용하는 기술이 있는 것이다. 나는 아밍소드를 활용해 몸싸움을 걸었던 기사를 쓰러트렸다.

피엘과 다른 기사들의 활약으로 부르고뉴 기사 중에 아직도 버티고 있는 건 지휘관 한명 뿐이다. 죽이지 않고 사로잡으려는 건 전공과 더불어 포로의 몸값 일부를 받을 수 있기 때문이다. 타고 있는 말도 죽이지 않으려고 노력했다. 반면 지휘관은 4명이나 낙마시켰다.

친위대가 전공을 세우기 위해 어떻게든 달라붙었으나 아이젠나흐를 제외하고 죄다 낙마해서 땅바닥을 구르고 있다. 적이 패주했기에 망정이지 한창 싸우는 와중이었다면 낙마한 기사는 보병의 좋은 먹잇감이 될 수 있다. 붙잡아서 투구 사이로 단검을 찌를 테니까.

"독일 놈들 수준이 형편없구나!"

"대장, 제가 왼쪽으로 붙을 테니, 오른쪽으로 붙으세요!"

대답할 사이도 없이 피엘이 왼쪽으로 말을 몰았고 나는 오른쪽으로 몰았다. 굳이 1:1로 싸울 필요는 없다. 일단 저 건방진 부르고뉴 지휘관 놈을 생포하는 것이 중요했다. 피엘이 왼팔을 붙잡자 기병검을 휘두르려는 지휘관의 팔을 아밍소드를 둔기처럼 휘둘러 때렸다.

"크! 비겁한!"

"프랑스 놈이 왜 이곳까지 기어들어 왔지?"

"제기랄, 우리도 길을 잃었다고!"

검을 놓친 지휘관을 붙잡는 것은 손쉬웠다. 피엘과 내가 달려들어 온몸을 붙잡고 낙마시키고 나서야 비로소 생포할 수 있었다. 역시 롱소드를 가지고 싸우는 것이 더 편한 것 같다. 마상무예가 능숙하지 못해서 위험하긴 했지만 어쨌든 이겼다.

지휘관이 붙잡히자마자 도망치지 못한 부르고뉴군은 곧

바로 항복했다. 우리는 기사의 몸을 천이나 옷감으로 단단히 결박해 미하엘과 왕세자가 있는 지휘부로 끌고 갔다. 부르고뉴의 지휘관은 너무 꽉 매서 숨을 쉬기 어렵다며 투덜거렸다.

"포로가 된 마당이지만 귀족에 대한 취급이 너무 미개하지 않은가?"

"시끄러워, 프랑스 놈. 재갈을 물리기 전에 조용히 해라."

"그대는 공용어를 배운 학식 있는 독일기사 같은 데 정말 실망스럽소."

함께 끌고 가던 피엘은 내가 부르고뉴 지휘관과 프랑스어로 대화를 주고받은 것이 신기했던 모양이다. 아차, 프랑스 놈하고 너무 떠들었다.

"대장은 프랑스어도 할 줄 압니까?"

"프랑스 놈에게 욕이라도 해 주려고 배웠습니다."

"정말 대장은 알면 알수록 대단한 사람입니다."

별동대장을 맡은 이후로 피엘은 나를 대장이라 부르면서 나에 대한 이상한 동경심을 드러냈다. 동갑내기라서 더욱 민망했다. 서로 말을 놓자고 해도 기사끼리 예의를 차려야 한다며 거절할 정도로 완고했다. 그래서 나도 말을 놓지 못하고 예를 갖추는 것이다.

그리고 프랑스어를 알고 있다고 신성로마제국에서 책망잡힐 일은 없다. 왜냐하면 프랑스어가 라틴어와 더불어 중세 유럽의 공용어 급으로 널리 사용되었기 때문이다. 의문인 것은 왜 내가 프랑스어를 자연스럽게 말하고 알아듣는 것인가.

독일어와 라틴어는 그렇다 쳐도 프랑스어까지 안다는 것은 혹시 시스템이 내게 번역을 해 주는 것이 아닌가? 시스템에 문의를 해 봤더니 내가 구사 할 수 있는 언어는 독일어, 라틴어, 프랑스어뿐이라고 한다. 이 3가지 언어는 기본사양이라는 것이다. 그리고 다른 언어를 구사하려면 포인트로 구입해야 한다는 답변을 받았다. 흠, 그러면 그렇지.

"부르고뉴의 후방을 뒤흔들었던 별동대원들을 들어라. 그대들의 활약으로 우리는 부르고뉴를 상대로 손쉽게 승리 할 수 있었다. 그대들의 공을 치하하며 브라이스부르크로 돌아가는 데로 그에 합당한 보상이 있을 것이다. 알트링겐 왕세자로서 약속한다."

부르고뉴 지휘관과 사로잡은 기사들을 바라보며 왕세자는 공을 치하했다.

일단 별동대로 적의 후미를 기습하여 무너트린 것을 공적이라 한다면 지휘부를 공격해서 포로로 잡은 것은 개인 공훈으로 기록된다.

나는 기사 한 명과 지휘관을 피엘과 협공하여 생포했다. 피엘은 기사 1명을 생포했고 아이젠나흐도 친위대와 협공하여 기사 한 명을 생포했지만 지휘관에게 고전했다. 베르미어도 경기병과 협공하여 기사 한 명을 사로잡았다. 그래서 기사 5명을 모두 생포한 것이다.

"비록 큰 피해를 입었지만 부르고뉴 기병을 격파한 공은 크다. 그대들에게도 적당한 보상이 있을 것이다. 그때까지 부상자들은 잘 요양하길 바란다."

부르고뉴 기병은 전부 놓쳤지만 15명을 죽였기 때문에 베렌창기병들도 상당한 전공을 세우게 됐다. 그러나 반이 죽어서 그만큼 피해도 컸다. 창기병들에게 공을 치하하는 왕세자의 표정이 조금 굳어 있었던 것은 본래 베렌창기병들을 질책하려고 했기 때문이다.

그런데 미하엘이 질책하는 것을 말렸다고 나중에 들었다.

그래서 왕세자는 의도적으로 우리들의 공을 가장 먼저 말한 뒤 베렌창기병대의 공을 그다음으로 돌린 것이다. 그러니 베렌창기병들의 표정이 어두웠다. 왕세자에게 잘 보이는 건 둘째 치고 최정예기병을 5기나 잃었으니 기병대장이 가만있지 않을 것 같다.

질풍의 기사I가 완료되면서 5,000포인트와 은화 50닢이 수중으로 들어왔다. 나는 5,000포인트가 들어오자마자 지휘관 스카우터를 구입했다. 혹시나 다른 전장에 참여 할 수 있기 때문에 미리 구입한 것이다. 언제든지 병력을 이끌 수 있도록 말이다.

가문의 명성 300점이 추가되면서 슈트라이트 가문명성이 1,050점이 됐다. 그래서 인지도와 통치력이 각각 21%까지 올라갔다. 그리고 새로운 타이틀을 획득했는데 F급 기병지휘관이었다. 돌파20%, 질주20%가 증가하는 이 타이틀은 내가 기병대를 이끌면서 만들어진 것 같다.

이로써 내가 보유한 타이틀은 총 4가지다. F급 관료(관리20%), F급 협상가(설득20%), E급 기사(무력30%, 용맹30%), F급 기병지휘관(돌파20%, 질주20%) 등이다. 우리 군은 포이젠 마을 밖에서 주둔지를 만들었다. 왕세자는 측근을 데리고 마을 안에 들어갔다.

공국군은 포이젠 마을 사람들에게 열렬히 환영을 받았지만, 미하엘은 병사를 안으로 들일 수 없다는 입장을 고수해 주둔지를 따로 만든 것이다. 그래서 포이젠 촌장과 주민들은 공국군이 푹 쉴 수 있게 여러 가지 식량을 나눠주었다. 그래서 지금 우리 군은 쉬는 중이다.

"볼프강 님의 활약을 이 두 눈으로 똑똑히 보았습니다."

"슈트라이트 가문의 병사가 된 것은 제 일생일대의 행운입니다!"

테드와 오스카는 내 활약에 굉장히 고무됐고 감동에 몸을 떨었다. 아니, 그 정도로 감격하면 곤란하지. 앞으로 얼마나 많은 전장을 전전할지 모르는데. 그리고 나는 다시 로젠하임 병사들을 통솔하게 됐다. 자경단장인 구스타프도 두 사람 못지않았다.

"질풍의 기사님 밑에서 싸웠던 것을 저는 평생 잊지 않고 자손들에게 이야기로 전하겠습니다. 용감하게 적진에 돌진하여 적을 무너트리는 그 위대한 무용담을!"

"진정해. 겨우 이정도 공으로 무슨 무용담을 전하려고?"

"무훈시에 나올 만한 멋진 활약이셨는데요?"

그렇게 따지자면 강력한 선봉 역할을 했던 피엘이 어울리지 않을까? 하지만 내 부하들은 오로지 나만이 그 전장에서 빛났다고 한다. 당사자인 나는 전혀 모르는데 지켜본 이들 말로는 굉장한 활약이었다고 하니, 솔직히 말하자면 민망했다.

사실 기병을 이끌고 돌진했을 때는 정신이 하나도 없었다. 그저 스카우터를 통해 전투력과 사기를 파악하여 적절하게 병력을 이끈 기억밖에 없다. 오히려 부르고뉴 기사와의 싸움이라면 선명하게 기억하고 있다. 계속 금칠을 해대서 결국 미하엘의 천막으로 도망쳤다.

"역시 우리 매제는 보통이 아니야. 이 정도 전과를 올릴 줄은 몰랐어."

"……훌륭한 매제를 둬서 다행이지요, 처남?"

"그럼! 매제 덕분에 적은 피해로 이길 수 있었고 이걸로 당당히 브라이스부르크로 돌아갈 수 있게 됐으니까. 힐다가 매제를 선택한 것은 신의 선택이나 마찬가지지."

공국군은 슈타이너 군무대신가가 지휘하고 있기 때문에 피해를 보면 그만큼 전력이 약화된다. 그런 상황에서 내가 별동대를 이끌고 후미를 기습한 덕에 적은 손해로 2배 많은 적을 격파할 수 있었다. 대단히 고무적인 전공인 셈이다.

"처남도 고생 많았습니다. 저하를 곁에 두고 지휘해야 하는 부담이 컸을 텐데요."

"그걸 알아줘서 고맙군. 매제를 제외 하고는 아무도 그런 노고를 모르거든."

"눈에 보이는 것이 중요한 게 아니겠습니까?"

"그렇긴 하지. 저하가 용기를 내신 덕에 사기를 유지할 수 있어서 다행이었어."

사실 미하엘은 적이 수적 우세를 이용해 포위하려고 전진했을 때 하마터면 지릴 뻔했다고 한다. 무서워서 그런 것이 아니라 왕세자가 도망치지 못할까 봐. 그런 순간에 내가 번개처럼 별동대를 이끌고 후미를 기습한 덕에 진형을 무너트릴 수 있었다는 것이다.

그 정도로 급박했나?

지휘관 스카우터로 전투력과 사기를 관찰하느라 그런 건 전혀 몰랐다.

"정말 시기적절했어. 조금이라도 늦었으면 큰일 날 뻔했으니까."

"그럼 브라이스부르크에서 한 턱 사세요."

"당연하지. 배터지게 마시자고. 내 아내와 힐다도 허락할 거야."

어디까지나 돌아갔을 때의 이야기다.

안타깝게도 나와 미하엘은 지금 당장 쉴 수 없었다.

일단 나와 미하엘은 공국군 책임자였고 무엇보다 포로를 너무 많이 잡아버렸다. 항복해서 붙잡은 포로가 80명을 넘었기 때문이다. 그리고 병사들 대부분이 쉬기는커녕 전장으로 달려가서 전사자를 수습하는 한편, 노획에 정신이 없었다.

"처남, 일단 시신을 매장해야 하지 않겠습니까?"

"지금 노획 중이라 매장하려는 병사는 없을걸?"

전장에서 상대의 무기와 장비를 노획하는 것은 승자의 룰이라고 해도 무방했다. 병사들이 노획을 통해 출정비 외의 수입을 올릴 수 있기 때문이다. 참고로 로젠하임 병사들도 그 대열에 끼어들어 노획에 정신이 없었다. 심지어 다툼이 벌어지기도 했다.

나는 테드와 오스카에게 따로 보상해 준다고 약속해서 저 대열에 끼지 않았다. 다만 나는 살아 있는 군마 중에 5필을 요구했다. 가신기병을 키우기 위해서다. 왕세자는 흔쾌히 허락했다. 말을 볼 줄 아는 미하엘이 살아남은 군마 중에 골라서 내게 주었다.

그리고 생포한 기사들의 경우 장비와 그들의 말은 엄격

하게 격리됐다. 차후 협상을 통해 포로의 몸값을 받아낼 수 있기 때문이다. 몸값을 받아 내면 그들의 장비와 말을 돌려주는데 만약 몸값을 지불하지 못하면 장비와 말은 처분하고 기사는 맨몸으로 쫓겨난다.

내가 탐낸 것은 기사의 말이지만 묶여 있기 때문에 어쩔 수 없이 죽은 기병의 말 5필로 만족했다. 피엘도 노획 대신 말을 요구했다. 그도 나를 따라 기병으로서 활동을 하고나니 가신기병에 대한 필요성을 느꼈기 때문이다.

"흠, 길을 잘못 들어서 로젠하임까지 내려왔다고?"

"그 부르고뉴 지휘관이 분명히 그렇게 말했습니다. 정말 놀랍지 않습니까?"

"나는 그것보다 매제가 프랑스어를 할 줄 아는 게 더 놀라운데?"

왕세자도 프랑스어를 할 줄 알지만 왕세자가 직접 심문할 수 없기 때문에 결국 내가 대신 심문하게 됐다. 우리 진영에서 왕세자 외에 유일한 프랑스어 기능자였기 때문이다. 그래서 나는 포이젠 감옥에 수감되어 있는 부르고뉴 기사들을 만났다.

"이보시오. 이따위 죽을 우리보고 먹으라고 내온 거요? 내 시종도 이런 저급한 죽을 먹지 않소. 최소한 하얀 빵과 로덴 산 포도주라도 마셨으면 좋겠는데."

"미안하지만 지금은 부족한 것이 많아서 그대의 바람을

들어줄 수 없다."

"오, 우리말을 할 줄 아는 교양 있는 기사셨군. 그대의 용맹에 경의를 표하오."

부르고뉴 지휘관은 포로가 되었음에도 전혀 주눅이 들지 않았고 오히려 당당하게 귀족의 권리를 요구했다. 그의 이름은 장 드 플레시아라고 하며 브장송의 오래된 기사가문의 일족이라고 소개했다. 그리고 일족이 몸값을 지불할 테니 정중하게 대해달라고 요구했다.

"슈트라이트? 어디선가 들어본 것 같은데."

"플레시아 님. 질풍의 기사인 것 같습니다."

"오, 맞아! 분명히 그랬어! 암살자로부터 왕세자를 구한 영웅이셨군! 그대 같은 명성을 지닌 기사에게 패한 것은 결코 부끄러운 것이 아니요. 질만 한 상대에게 졌을 뿐!"

장이라고 하는 이 부르고뉴 기사는 상상을 초월할 정도로 뻔뻔한 인간이었다.

장 드 플레시아라는 기사는 브장송에서 왔다고 했다. 브장송은 로젠하임의 서쪽에 있는 벨포트 백작령과 인접한 부르고뉴의 영지로 남작가가 다스리고 있었다. 20년 전 전쟁 당시 베렌창기병대를 이끈 아돌프가 몽페랑 백작과 함

께 죽인 것이 브장송 남작이다.

그래서 브장송과 상관없는 서북 방면의 국지전인데도 불구하고 장 드 플레시아와 400여 명의 병력을 파견한 것만으로도 베렌 공국에 대한 원한의 깊이를 알 수 있었다. 문제는 지금 서북 방면의 전황이다. 아마도 지금쯤 공국 정부에게 침공 사실이 알려지지 않았을까?

미하엘과 왕세자가 어떻게 판단을 할지는 모르겠지만 일단 나는 내게 당당히 하얀 빵과 로텐 산 포도주를 요구하는 부르고뉴 기사에게 더 정확한 정보를 캐낼 필요가 있었다. 그런데 문제는 적국의 귀족이며 몸값 문제 때문에 함부로 고문 할 수 없다는 것이다.

그것을 알고 있으니 장은 자신의 권리를 주장하는 것이 아니겠는가? 만약 내가 잉글랜드 국왕 헨리 5세였다면 저런 소리를 절대 할 수 없었을 것이다. 헨리 5세는 지난 백년전쟁 당시 프랑스 기사들을 포로로 잡아 모조리 처형한 전적이 있었다.

몸값보다 돌아가서 다시 자신에게 대항하는 것을 우려했기 때문이다. 프랑스 전역의 약탈과 포로학살 때문에 프랑스와 잉글랜드의 국민감정이 최악으로 치달았다. 반면 신성로마제국과 프랑스의 전쟁은 비교적 신사적이었다. 내가 보기에는 시대에 뒤떨어졌다.

슬슬 총병이 나오는 시기라서 기사의 활약도 언젠가 과

거의 유물이 될 것이다. 지금 내가 활약하는 시기는 기사 시대의 황혼기였다. 적절한 때에 기사 노릇을 할 수 있어서 운이 좋은 것 같다. 만약 전열보병의 시대였다면 내가 활약하는 무대가 적었을 것이다.

"슈트라이트 경. 몸값을 담보로 나는 정당한 귀족의 대우를 요구하는 것뿐이오. 내게서 정보를 얻고 싶다면 이따위 죽보다는 하얀 빵과 고기를 내오시오."

"경의 가문에서 몸값 지급을 거절한다면 어쩌려고 그래?"

"그럴 리는 없겠지만 만약 거절당한다면 내 무구와 말을 팔면 그만이지 않소?"

개인적으로 프랑스 기사와 대화하는 것은 처음이지만 이쪽 동네 기사들은 모두 이런가? 아니면 장 드 플레시아라는 기사만 유별난 건가. 이 기사와 대화를 하다 보면 결국 좋은 빵과 질 좋은 포도주로 귀결된다. 고급 포로라서 고문도 할 수 없으니 좋은 방법이 없을까?

"경이 원하는 빵과 포도주를 준다면 내 질문에 답해 줄 수 있나?"

"브장송에 관한 것만 제외하면 뭐든지 알려 주지. 참고로 나는 브장송의 미식가요."

당연하지만 포이젠이라는 작은 마을에 그런 빵과 포도주가 있을 리 없다. 우리가 가져온 물자도 대부분 건조식품이나 예거 정도인데 장이 원하는 것은 없었다. 그래서 나는 한 가지 꾀를 냈다. 포인트로 빵과 포도주를 구입한 것이다.

"오, 굉장히 냄새가 좋은 빵이오. 그건 무슨 빵이오?"

"브리오슈라는 빵이다. 아마, 경도 알고 있는 빵일 걸?"

"브리오슈라고? 파리에서 유행하는 빵이잖소? 이런 촌구석에서 어떻게?"

흠, 촌구석은 촌구석이지.

딱히 반박은 못 하겠다.

나는 태연하게 그의 앞에서 갓 구운 따끈따끈한 빵의 달콤한 냄새를 풍겼다. 자칭 브장송의 미식가라는 장은 생각보다 격렬하게 반응했다. 버터와 달걀, 설탕이 들어간 브리오슈는 내가 좋아하는 빵 중의 하나였다. 음, 이 부드럽고 달콤한 식감이 참 좋다.

로덴산이 아닌 최고급 로젠하임산 포도주를 마시며 여유롭게 감옥에서 식사를 즐겼다. 달콤한 냄새가 일품이라 장을 비롯해 다른 기사들의 표정이 볼만했다. 입맛을 다시고 있던 장은 내가 전혀 줄 기미를 안 보이자 결국 항복했다. 장은 부드럽게 웃으며 달래듯이 말했다.

"슈트라이트 경. 그대 같은 교양 있는 기사가 설마 먹을 거로 고문하지는 않겠지요? 이런 촌구석에 브리오슈를 보게 될 줄은 몰랐지만 내게 그걸 준다면 성심성의껏 답해 주겠소."

교양 있는 기사라.

프랑스 놈들이 생각하는 교양 있는 사람의 기준은 프랑스어의 구사 여부였다. 프랑스어를 아는 사람은 교양과 학식이 있지만 모르는 사람은 무식하다고 여겼다. 믿을 수 없겠지만 사실이다. 그래서 프랑스인들은 다른 나라사람과 대화할 때 오로지 프랑스어로만 한다.

예외적인 것이 라틴어를 프랑스어와 동등하게 취급했는데 이 라틴어도 귀족이나 교인들을 제외하고는 아는 사람이 많지 않았다. 프랑스에서는 이런 농담도 있다. 잉글랜드인과 독일인이 만나면 프랑스어로 대화한다고. 그만큼 언어의 자부심이 남달랐다.

"오, 세상에! 어떻게 이런 맛이! 내가 살면서 맛본 빵 중에 일품이요!"

"겨우 이 정도 가지고. 나는 이것보다 더 맛있는 빵을 매일 먹고 있지."

"그, 그게 사실이오? 이 브리오슈만 해도 파리를 잊는 맛이거늘!"

장은 꽤 충격을 받은 모양이다.

이 시대의 빵보다 파리바게뜨에서 파는 빵이 더 맛있는 건 당연했다. 나도 가끔 브레첼(롤빵)이 지겨우면 포인트로 빵을 지불해서 사 먹는다. 아침에 주로 먹던 것이 바로 이 브리오슈였다. 그리고 최고급 로젠하임산 포도주도 장을 충격으로 몰아갔다.

"오오, 붉은 벨벳의 들판과 알프스 산맥의 새하얀 봉우리가 보이는구려!"

"알프스가 보인다고? 나는 아무것도 안 보이는데."

"교양 있는 기사여, 시적인 표현이 부족하오. 그래서는 귀부인들이 싫어할 것이오."

이놈과 대화를 하면 할수록 이게 정상적인 대화인가 의구심이 생긴다. 하여간 겨우 50포인트로 구매한 브라오슈와 최고급 로젠하임산 포도주를 마시며 장은 내게서 경계심을 완전히 푼 것 같다. 그래서 슬슬 질문하기 시작했다. 당연히 관리자 스카우터를 발동했다.

"경은 어느 가문을 모시고 있지?"

"브장송 남작가요. 우리 가문은 대대로 남작가를 모시던 기사가문이오."

"브장송 남작에게 어떤 명령을 받았나?"

"남작에게서 에피앙 백작의 군대와 합류하라는 명령을 받았소. 그런데 멍청한 잔느의 기사가 길을 제대로 숙지를 못해서 에피앙이 아닌 레방스 숲 방면으로 들어가게 됐소."

장이 잔느의 기사를 노려보자, 그 기사는 애써 시선을 돌렸다.

"그 이후에 우리와 조우했다는 건가?"

"그렇소. 결국 이렇게 포로가 되었으니 남작님을 뵐 면

목이 없구려."

여기까지는 진실을 가리키고 있었다. 흠, 브장송에서 전장까지는 북쪽방향이다. 그런데 외즈 백작령의 서쪽에는 매우 울창한 숲이 있다. 장은 이 숲에서 헤매다가 가까스로 빠져나왔는데 하필이면 그때 만났던 것이 우리 공국군이었다는 것이다. 그리고 대패했다.

우리는 브장송의 지원군을 격파하면서 도리어 외즈 백작의 숨통을 틔워준 것이다. 이건 나중에 제후를 상대로 제대로 생색을 낼 수 있는 전공이다. 장은 브라오슈와 로젠하임산 포도주에 감명을 받았는지 내가 한 질문에 술술 답했다.

"에피앙 백작이 왜 외즈를 침공했지?"

"정확한 이유는 모르겠소만 경도 알다시피 부르고뉴 공작과 프랑스 왕실은 지금 전쟁을 치르고 있는데 이 와중에 외즈 방면으로 군을 진출시킨 건 결국 간을 보기 위함이 아니겠소?"

프랑스 왕실과 부르고뉴 공작이 내전을?

왜 내가 알고 있을 거라고 생각하는 거지? 교란하기 위한 거짓인 줄 알았는데 그는 놀랍게도 진실을 말하고 있었다. 나는 그것이 이쪽 사정에 어두운 장의 실책이라고 판단했다. 그런데 내전을 치르는 와중에 외즈를 침략할 여력이 되는 건가.

"부르고뉴 공작은 절대로 마인강을 포기하지 않을 것이오. 부르고뉴 사람이라면 누구나 다 알고 있는 사실이지. 우리 위대하신 용맹공께서 언젠가 강력한 군대를 이끌고 이곳으로 오실 것이오. 교양 있는 기사여, 그때가 되면 무사히 살아남으시오."

이건 나를 비꼬는 건가, 아니면 부르고뉴 공작을 비꼬는 건가.

장은 브장송의 봉신이기 때문에 브장송의 주군인 부르고뉴에게 충성하는 기사가 아니었다. 대부분의 봉신관계는 건너뛰는 충성 따윈 없다. 내가 공왕의 기사라도 내 가신들이 공왕의 명령에 따를 이유가 없는 것이다. 물론 공왕의 명령에 따르지 않을 자신은 없겠지만.

20년 전, 5년 전. 그리고 지금. 부르고뉴 공작은 여전히 마인강을 탐내고 있다. 마인강 주변의 제후들은 부르고뉴 공작과 거의 100년에 가까운 투쟁의 역사가 있다. 현 부르고뉴 공작은 네덜란드와 벨기에 지역까지 손에 넣으면서 거의 왕에 준하는 권력자였다.

자신에게 권력을 집중시키려고 프랑스 왕실에 대적해 내전을 일으키는 것이다. 그런데도 다른 전선을 만들 정도로 여유가 있다. 부르고뉴 공작과 단독으로 맞설 수 있는 세력은 거의 전무하다시피 한 상황이다. 프랑스 왕실도 통제 못 하는 무서운 적이 이웃이라니.

그리고 부르고뉴 사람이라면 마인강변을 차지하려는 부르고뉴 공작의 야심을 다 알고 있다는 것도 심각했다. 부르고뉴 공작의 대규모 침공을 예견하는 것이나 다름없다. 베렌 공국은 이런 위협에서 잘 대처할 수 있을까. 100년 넘게 싸워왔던 저력을 믿어야 하나?

"에피앙 백작은 어떤 사람이지?"

"나도 그 사람에 대해 자세히 아는 것은 아니지만 남작님께 들은 바로는 부르고뉴 가문의 사위가 되고 싶어 하는 것 같소. 그래서 실적을 증명하기 위해 부르고뉴 공작의 명령에 따라 외즈를 침공한 것이오."

"그 외에 참가한 귀족은 누가 있나?"

"없소. 내가 알기론 에피앙 백작이 단독으로 침공한 것이오. 남작님이 에피앙 백작만으로는 위험하다고 판단해서 지원군을 파견한 것인데 결국, 이 꼴이 났소."

외즈 백작령 침공에는 에피앙 백작 외엔 없다는 건가? 그러나 장은 계속 진실만 말하다가 거짓을 교묘하게 섞었다. 외즈 침공전에 에피앙 백작만 참여했다는 진술이 거짓이기 때문이다. 나는 계속 관리자 스카우터를 통해 그의 심리를 파악하고 있었다.

"다른 영주들도 참전했다는 건가. 큰 전쟁으로 번질 수도 있겠군."

"에피앙 백작 외에는 참가한 영주는 없소. 내 말을 똑바로 들은 거요?"

"미안하지만 경은 지금 내게 거짓을 말하고 있다. 틀린가?"

내내 포커페이스를 유지하던 장의 눈썹이 가늘게 떨리는 것을 놓치지 않았다. 80%의 진실과 20%의 거짓이라는 것이다. 에피앙 백작이 단독으로 침공했다고 믿고 적당히 대처했다가는 막상 전장에서 섰을 때 열세에 놓일 수 있다.

장은 빵과 포도주에 열광하는 척, 나를 방심하게 유도한 것이다. 그래서 그의 정보를 믿게 만들어 결정적인 싸움에서 수적 열세로 패배하게 만들려는 계략을 쓴 셈이다. 왜 내게 그런 계략을 쓴 걸까? 나는 질풍의 기사라는 명성과 공국군의 중추에 있기 때문이다.

즉, 내 정보는 공국군 수뇌부가 신뢰할 수 있기 때문에 장은 이를 이용한 것이다. 그러나 불행히도 내게는 스카우터가 있었다. 나도 스카우터가 없었다면 정보의 확실성은 둘째 치고 브라우슈와 포도주에 열광하는 얼간이 프랑스 기사라고 믿었을지도 모른다.

역시 브장송 남작이 일군을 맡긴 기사답다.

프랑스 왕실과 부르고뉴 간의 내전을 언급한 실책은 있었지만, 장은 결코 만만한 상대가 아니었다. 내 이런 추측을 들은 장의 표정은 처음과는 사뭇 달랐다. 가볍게 빵과 포도주를 알프스에 빗대던 기사는 더 이상 없었다. 거짓과

의도를 너무 명확하게 짚었기 때문이다.

그의 심리상태는 불안과 초조였다.

"과연, 질풍의 기사라고 불리는 이유가 있었소."

"포로에게 칭찬은 별로 듣고 싶지 않군. 아직 질문이 많이 남았다."

"지금부터는 쉽게 입을 열지 않을 거요."

그래도 상관없다. 나는 여러 가지 질문을 하면서 정황을 추측할 거고 그걸 듣게 되는 장의 심리를 스카우터로 들여다볼 생각이었다. 굳이 대답하지 않아도 머릿속에 긍정을 표시할 테니까. 나는 이 방식으로 생각보다 많은 정보를 장에게서 뽑아낼 수 있었다.

"장 드 플레시아 경. 경의 적극적인 협조에 감사합니다. 남은 브라오슈와 포도주는 출출할 때 드십시오. 경을 위한 나의 배려입니다."

"……."

장을 비롯한 포로로 잡힌 기사들은 굳은 표정을 풀지 못했다. 남은 브라오슈와 알프스가 보인다는 포도주를 넣어 줬는데도 장은 먹기는커녕 나를 노려보기만 했다. 귀족의 대우, 어쩌고 했던 놈이 갑자기 조용해지니까 오히려 어색했다.

나는 이 정보를 지휘부에 알렸다.

"부르고뉴의 에피앙이 외즈를 침공하는 중이라고?"

“아마 지금쯤 공국정부에 외즈 백작의 전령이 도착하지 않았을까요?”

공교롭게도 전령이 도착하는 시기가 묘하게 어긋났다. 이 시대에 통신이 있는 것도 아니고 전령을 통해 정보를 전달하는 것이 최선이었다. 공국군의 지휘부는 내가 가져온 정보를 듣고 깊은 고민에 빠졌다.

“장 드 플레시아를 심문한 결과 에피앙 백작을 선봉으로 여러 영주가 참가한 것으로 추정됩니다. 어떤 영주들이 참가했는지 알 수 없지만 브장송 남작이 지원군을 보낸 것도 이를 증명합니다.”

“끄응, 자칫 큰 전쟁으로 번질 수 있겠는데?”

“큰 전쟁까지는 번지진 않을 겁니다. 현재 프랑스 왕실과 부르고뉴 간에 내전이 발발할 상태입니다. 그러니 필요 이상으로 전선을 확대하진 않을 겁니다.”

“프랑스와 부르고뉴 사이에 내전이 일어났다?”

모두 처음 듣는 정보인 것 같다.

사실 나도 장에게 듣기 전까지는 프랑스에서 내전이 터졌다는 소식을 듣지 못했으니까.

첩자를 파견했어도 그 정도가 도달하기까지 상당한 시간이 걸린다. 장은 프랑스와 부르고뉴의 내전이 프랑스에서 큰 이슈이기에 나도 당연히 알 것이라고 언급한 거지만 그건 정말 고급 정보였다. 물론 공국 정부도 언젠가 알게 될 정보였지만 그래서는 너무 늦는다.

"왕세자 저하, 이쯤 해서 철수하지요."

"지금 북방에서 전쟁이 일어났는데 철수라니?"

"우리 군은 한 차례 전투를 치렀고 그 피해도 적지 않습니다. 게다가 포로를 거느리고 있어서 행군도 어려운 상태고 물자도 부족합니다."

포로가 80명이 넘기 때문에 이들을 데리고 전장으로 향할 수 없다. 몸값을 지불하지 못한 포로들은 대부분 광산으로 보내진다. 영주들은 병사들의 몸값을 지불하는 편이지만 과연 브장송 남작이 몸값을 지불할지는 미지수였다.

왕세자는 미하엘의 말을 경청했다.

"로젠하임을 들쑤셨던 도적도 토벌했고 생각지도 않던 부르고뉴의 지원군도 격파했습니다. 왕세자 저하께서 전과를 훌륭히 세우셨으니 인제 그만 철수할 때입니다."

"슈트라이트 경. 경은 어떻게 생각하나? 슈타이너와 같은 의견인가?"

왜 갑자기 내게 묻는 거야?

왕세자는 진지하게 내 쪽을 바라보고 있었다. 미하엘을 비롯해 여러 기사의 시선이 집중됐다. 내게 결정권이 있는지 모르겠지만 굳이 스카우터로 왕세자의 심리를 살펴보지 않아도 나는 그가 무슨 생각을 하고 있는지 알 수 있었다.

"왕세자 저하께서는 북방에 가고 싶으신 모양입니다."

"솔직히 말하자면 가고 싶다. 알트링겐 왕가가 함께 함으로써 그 북방의 병사들이 더욱 힘을 낼 수 있지 않을까? 나는 이번 전투에서 그 사실을 여지없이 경험했다. 비록 내가 직접 싸울 수는 없지만, 우리 공국을 지키기 위해서라도 나는 무엇이든 할 준비가 되어 있다."

공국을 지키기 위해 무슨 일이든 하겠다.

나보다 겨우 2살 연상의 소년이지만 그의 굳은 의지가 느껴졌다. 주변을 둘러봤을 때 베르미어와 아이젠나흐는 이미 왕세자를 지지하는 쪽으로 기울어졌다. 피엘도 왕세자의 뜻에 따르는 것 같다. 미하엘이 열변을 토해 반대해도 기사들 사이에서 이미 결정이 난 것이다.

왕세자의 의지를 억지로 꺾는 것은 현명한 선택이 아니다.

단지, 내가 가장 미안한 것은 고생하는 우리 처남이었다.

"볼프강 리터 폰 슈트라이트는 왕세자 저하의 의지를 지지합니다."

왕세자의 의지를 믿어보기로 했다. 미하엘은 말리지 못할망정, 지지해서 어쩌자는 거냐며 내게 레이저를 발사했지만, 이 기회가 아니면 왕세자는 앞으로 최대의 적이 될 부르고뉴가 어떤 적인지 배울 수 없다. 이미 전초전은 시작된 것이다.

"외즈 백작에게 전령을 보내라!"

왕세자의 명령에는 활력이 담겨 있었다. 많은 기사가 찬동했다.

결국 미하엘은 더는 반대하지 못했다. 대세가 기울었으니까.

회의가 끝난 직후 나를 자신의 막사로 끌고 갔다.

"매제, 이게 무슨 짓이야? 지금 전공만으로도 충분한데 왕세자 저하를 외즈 백작령으로 보내다니! 지금까지는 괜찮았지만 여기서 잘못되면 대체 누가 책임을 지려고?"

"괜찮을 겁니다. 외즈 백작의 전령을 받은 공국정부가 지원군을 보내지 않겠습니까?"

"하아, 왕세자 저하가 근처에 있으니 당연히 지원군을 신속하게 파견하겠지."

어쩌면 장인어른이 직접 지원군을 이끌고 오실지도 모른다. 부르고뉴의 침략이라면 다른 제후들도 병력을 보낼 것이다. 다만 도착하는 시기가 제각각이어서 어쩌면 전투가 끝난 다음에 도착 할 수도 있다. 그전까지 외즈 백작이 외롭게 버텨야 한다.

그런 와중에 적은 병력이지만 왕세자가 지원으로 나타나면 사기가 높아지지 않을까? 게다가 이는 외즈 백작이 왕세자에게 빚을 지는 것이다. 왕세자 파벌에 속해 있다고 해도 제후들은 이익에 민감했다. 그러니 왕세자에게 제후의 빚은 큰 대가였다.

"이미 결정이 났으니, 반대하는 것도 못 할 짓이야. 매제, 만약 왕세자 저하가 위험하게 된다면 자네가 데리고 도망쳐. 그것만은 약속해 주게."

"약속하겠습니다. 목숨을 걸고 왕세자 저하를 지키지요."

"매제가 저하를 보호해 준다면 나도 한결 마음이 가볍지."

그런 상황 자체가 벌어지지 않길 바란다.

"아 참, 매제에게 소개해 줄 기사가 있는데 만나보겠나?"

"누구죠?"

미하엘은 자경단을 지휘하며 포이젠을 지킨 기사가 있다며 내게 소개했다.

"질풍의 기사를 만나 뵙게 돼서 영광입니다. 아우구스트 폰 아인벨크입니다."

아우구스트라고?

도적으로부터 포이젠을 지켜낸 기사는 놀랍게도 게임상에서 영입이 가능했던 자유기사였다. 그리고 그는 한때 콘스탄츠 남작 밑에서 가신으로 있었던 기사이기도 했다. 베렌 공국을 방랑하는 것으로 알고 있던 그 자유기사가 이곳에 있을 줄은 몰랐다.

아우구스트 폰 아인벨크

미디블나이트를 플레이할 당시 베렌 공국에서 고용이

가능한 자유기사 중의 한 명이었다. 안타깝게도 나는 자유기사를 한명도 영입하지 못했다. 아우구스트의 설정은 로젠하임과 밀접했다. 로젠하임을 다스렸던 콘스탄츠 남작가의 가신이었기 때문이다.

그러나 5년 전, 콘스탄츠 남작이 전사하면서 가문이 단절되고 영지는 왕실에 회수됐다. 그 영향으로 당시 촉망받던 기사였던 아우구스트는 자유기사의 길을 걷게 되며 각지를 방랑한다. 권터 폰 클루겐(장미의 기사)은 같은 가신기사였지만 왕실에게 복수를 선택했다.

나는 아직도 클루겐이 왜 왕실에게 복수하려고 왕세자를 노렸는지 모른다. 스카우터로도 끝내 알아낼 수 없었다. 콘스탄츠와 알트링겐 사이에 무슨 일이 있었다는 것만 짐작하고 있을 뿐이다. 베르트하임 영감님은 그것에 대해 아무것도 알려 주지 않았다.

아무튼, 아우구스트를 이곳에서 보게 될 줄은 생각도 못했다. 관리자 스카우터를 통해 그의 성향은 정의(선)이었고 심리는 나에 대한 존경, 그리고 우호도는 80이었다. 왜 이렇게 내게 호의적인지 모르겠지만 아우구스트는 내게 예의를 지켰다.

"반갑습니다, 아인벨크 경. 경이 포이젠을 무사히 지켜낸 덕분에 우리가 제때에 당도할 수 있었습니다. 그런데 경은 어느 분을 모시고 있습니까?"

“본래는 콘스탄츠 남작님을 모셨던 가신기사였습니다만, 5년 전 돌아가신 이후 지금은 그저 고향을 지키는 자유기사 신분입니다.”

포이젠이 고향이었다니, 그래서 아우구스트가 이곳에 있었구나. 그제야 이해가 갔다. 아마도 방랑을 하다가 고향으로 귀향했을 수도 있다. 주민들이 목책에서 일사불란하게 도적을 막았던 것은 전적으로 그의 지휘가 있었기 때문이다. 그 덕에 포이젠을 무사히 지켜냈다.

“소수의 기병을 이끌고 적의 후방을 기습한 것은 정말 대단한 활약이었습니다.”

“과찬입니다. 기병들이 제 지휘를 잘 따라줘서 성공한 겁니다.”

“하지만 그 기병을 이끌고 지휘한 건 전적으로 슈트라이트 경이십니다. 정말 인상 깊었습니다. 돌아가신 부친께서 지금의 경을 보고 있다면 분명히 기뻐하고 계실 겁니다.”

“……아버지를 아십니까?”

아우구스트는 아버지에 대해 알고 있는 것 같다.

하긴, 아버지와 콘스탄츠 남작은 5년 전 같은 전쟁에 참전했으니 아우구스트가 아버지를 알고 있을 수 있다. 하지만 정작 나는 아버지에 대해서 너무 많은 것을 모르고 있었다.

“남작님 밑에서 끝까지 싸웠던 용감한 공국기사였지요.

죄스럽게도 저는 부상으로 그 전투에 참여하지 못했고 결국 남작님과 경의 부친은 돌아오지 못했습니다."

"……."

콘스탄츠 남작과 아버지가 같은 전장에서 끝까지 함께 싸웠다. 나는 아버지와 콘스탄츠 남작이 함께 전장에 섰는지는 알지 못했다. 막연하게 프랑스 부르고뉴와의 전쟁에서 전사했다는 것밖에 모른다. 마치 퍼즐 조각처럼 아버지에 관한 것이 조금씩 맞춰지는 것 같다.

"매제. 나도 사돈어른에 대해 잘 알지 못하지만, 끝까지 전장에 남아 아군이 퇴각할 수 있게 시간을 번 것으로 알고 있어. 정말 헌신적이고 훌륭한 기사님이시지."

"하지만 의문인 것은 그렇게 희생했음에도 불구하고 고작 서훈 배려가 전부입니까?"

"거기까지 관여하진 않아서 자세히는 모르겠지만, 아버지라면 알고 계실지도 몰라."

장인어른에게 물어본다면 자세히 알 수 있을까? 베르트하임도 알고 있을 것이다. 왜 나는 진작 자세하게 물어보지 않았던 걸까. 아마도 나는 아버지의 죽음과 사후대우에 관한 것을 깊게 생각하지 않았고 그저 내 앞가림부터 우선했기 때문에 무신경했던 것 같다.

그러나 지금은 다르다.

나는 슈트라이트라는 성을 등에 업은 자였다.

비록 그에 대한 기억은 없지만, 진실을 마주해야 할 의무가 있었다.

"이런, 저 때문에 분위기가 무겁게 되었군요."

"아니요. 괘념치 마십시오, 아인벨크 경. 그저 나는 아버지에 대한 기억이 별로 없다는 것이 마음에 걸릴 뿐입니다."

아우구스트는 분위기가 무거워지자 난감한 것 같다. 분위기를 전환하기 위해 아우구스트는 내가 활약한 전장에 대해서 말했다. 나는 스카우터를 통해 사기와 전투력을 관찰하느라 정확히 전황이 어떻게 흘러갔는지 모른다. 그런데 다른 사람이 보기엔 굉장했던 것 같다.

"예전에 제가 모신 콘스탄츠 남작님과 경의 모습이 매우 흡사했습니다. 그래서 오랜만에 남작님에 대한 그리운 추억을 꿈꿨던 것 같습니다. 5년 전에는 정말 찬란하게 빛이 났죠."

콘스탄츠 남작에 대해 아는 것이라고는 로젠하임의 영주였다는 것과 5년 전 전쟁에서 전사하면서 가문이 단절된 정도 밖에 모른다. 지금의 내 집인 로젠가든의 주인이기도 했고. 그런데 기병을 이끌고 후방을 기습하는 모습에서 콘스탄츠와 흡사했다고? 닮은 점이 있었나?

"죄송합니다, 들뜬 나머지 너무 두서없이 말했습니다. 무례를 용서하십시오."

"아닙니다. 그런데 옛날얘기를 하자고 접견을 요청한 건 아닌 것 같은데."

"포이젠도 이제 안정을 되찾은 만큼, 당분간 경의 밑에서 객원기사로 있고 싶습니다."

객원기사란 정식 가신은 아니고 손님 같은 개념이다. 나에 대한 봉헌의 의무는 없지만 객원 신분인 만큼 어느 정도 도움을 받을 수 있다. 즉, 내가 마음에 드니까 당분간 같이 지내면서 모실만한 주군인지 살펴본다는 의미였다.

미하엘이 웃으면서 말했다.

"매제의 격으로는 휘하에 하급기사를 둘 수 없지. 하지만 전쟁이 끝나고 브라이스부르크로 돌아갔을 때 매제의 지위가 격상되지 않겠어? 그때 가신으로 거두지 그러나?"

"그렇기는 하지만 가신기사를 받기엔 내가 줄 수 있는 것은 고용비밖에 없습니다."

보통 가신기사를 고용하려면 내게 토지가 있어야 한다. 예를 들면 내가 로젠하임 영주라면 가신기사를 고용할 시, 그 기사에게 로젠하임의 북쪽 마을인 포이젠을 수여하는 식이다. 가신기사는 마을을 통치하면서 병력을 만들고 내가 치르는 전쟁에 참여하는 의무가 있다.

기본적인 봉건계약의 형태다. 공국기사들도 가신기사를 두는 경우도 있지만 그에 상응하는 고용비를 지출해야 한다. 당연하게도 내가 아우구스트에게 줄 수 있는 건 고용비 밖에 없었다. 그러나 아우구스트가 추구하는 가치는 그런 물질적인 것이 아닌 것 같다.

"괜찮습니다, 슈트라이트 경. 저는 어디까지나 제 마음에 따라 행동할 뿐, 경에게 부담을 주고 싶지 않습니다. 제가 멋대로 따르는 것뿐이니, 부디 내치지만 말아주십시오."

이건 정말 생각지도 못했다. 게임상에서 아우구스트를 영입하기 위해서는 특정 퀘스트가 필요할 정도로 복잡하다고 했는데 역시 사람이 사는 세상이라 그런지, 모든 일이 틀에 박힌 대로 흘러가지 않는다. 각자의 삶이 있다는 시스템의 조언이 떠올랐다.

아우구스트가 나를 따르고 싶어 하는 것은 내게서 콘스탄츠 남작의 모습을 봤기 때문이다. 그렇기에 객원기사로서 내 밑에 있고 싶다는 의지를 나타낸 것이다. 당황스러운 것은 사실이지만 한편으로는 기뻤다. 자유기사가 몸을 의탁할 정도로 나도 성장했구나.

정식 가신기사는 아니지만 나는 처음으로 객원기사를 휘하에 두게 됐다. 그래서 테드와 오스카에게 아우구스트를 소개했을 때 그들의 표정은 경악으로 물들었다. 병사도 아니고 무려 기사 신분의 상전이 새롭게 생긴 것이지만 그만큼 놀랍고 자랑스러울 것이다.

"당분간 슈트라이트 가문에 몸을 의탁하게 된 아우구스트 폰 아인벨크다."

"테, 테드 마이어입니다. 우리 가문에 오신 것을 진심으로 환영합니다!"

"오스카 그라이프스입니다. 환영합니다, 기사님."

"하하, 그렇게 얼어 있을 필요는 없어. 나보다 먼저 가문을 모신 선배님들이 아닌가."

다행히 아우구스트는 허물없이 병사들을 대했다. 테드와 오스카도 처음에는 당황했지만, 아우구스트와 곧 친해질 수 있었다. 나는 오랜만에 아무 일 없이 하룻밤 휴식을 취할 수 있었다. 포이젠은 작은 마을이라 물자가 풍부하지 않아서 보급할 것이 얼마 없었다.

미하엘은 보급품을 강제로 징발하지 않았고 청구서를 만들게 해서 모조리 재정에게 돌릴 생각이다. 본래라면 보급품의 일부는 강제로 징발하겠지만 재정의 폭넓은(강제) 지원으로 미하엘은 마음껏 청구서를 만들 수 있었다. 미하엘은 굉장히 즐거운 것 같다.

"매제, 보이는가? 이 청구서가? 재정을 엿 먹일 수 있다는 건 매우 기쁜 일이야."

"어디 보자, 보급물자가 은화 30닢인데요? 겨우 이거로 재정 엿 먹이기에는……."

"액수가 중요한 게 아니야. 청구서를 마음껏 발행 할 수 있다는 게 중요하지!"

하여간, 재정이 얼마나 빡빡하게 굴었는지 고작 청구서를 다발로 만드는 것만으로도 미하엘이 저렇게 좋아할까.

10년 묵은 체증이 시원하게 내려간 표정이다. 보급을 어느 정도 마친 뒤 모든 공국군과 기사들이 집결했다.

로젠하임의 전사자는 2명, 부상은 5명이었다. 다른 부대와 비교하면 적은 피해였지만 구스타프는 평소 알고 지내던 이웃이 죽었기에 한동안 침울했다. 그래도 그는 내게서 지휘를 받길 원했고 나는 미하엘에게서 로젠하임 병사들을 맡는 것을 허락받았다.

1,050점이 된 가문명성의 영향이 큰 것 같다.

통치력은 영지를 다스리지 않아서 어떤지 모르겠지만 인지도 21%의 영향은 충분히 확인한 것 같다. 자유기사인 아우구스트가 객원기사를 자청했고 로젠하임 병사들은 나와 함께 싸우는 것을 원하고 있다. 그러니 저들의 목숨을 헛되이 하는 일은 없어야 한다.

포이젠을 벗어나 우리 군은 북쪽으로 진군했다. 위풍당당한 베렌창기병을 선두로 내가 이끄는 로젠하임 군은 후미에 위치했다. 여기서부터 외즈 백작령까지는 약 한나절 정도 걸린다고 하는데 문제는 숲길이라서 진군이 더딘 편이다. 어쩌면 그 이상 걸릴 수도 있다.

행군을 시작하면서 나는 나란히 말을 타고 있던 아우구스트에게 콘스탄츠 남작과 아버지에 대해 궁금한 것을 물었다. 다행히 아우구스트는 성심성의껏 대답해 줬다.

"콘스탄츠 남작님은 어떤 분이셨습니까?"

"남작님은 기사 중의 기사였습니다. 정의를 숭상하고 기사도를 실천하시던 그런 분이셨죠. 포이젠의 하급기사였던 저는 그분을 흠모하여 여러 전투에 지원했습니다."

"기사 중의 기사라. 콘스탄츠 남작님은 훌륭한 분이셨군요."

"슈트라이트 님의 아버님도 훌륭한 기사셨습니다."

남에게서 듣는 기억에도 없는 아버지의 이야기는 몹시 흥미로웠다. 콘스탄츠 남작이 기사 중의 기사이며 정의와 기사도를 숭상하는 기사라면 아버지는 의리에 죽고 의리에 사는 기사라고 할 수 있다. 아버지, 아셀도르프는 콘스탄츠 남작에게 상당한 대우를 받았다고 한다.

그리고 가장 중요한 5년 전의 전쟁.

나는 이 전쟁에 대해 자세히 알진 못했지만, 전장이 된 벨포트 백작령으로 부르고뉴의 유격대가 출몰한 것으로 계기로 국지전이 일어났는데 문제는 몽펠리아와 벨포트가 너무 가까웠다. 벨포트의 유격대가 몽펠리아의 곡창지역을 실수로 불태운 것이 계기였다.

하필이면 브장송에 부르고뉴 공작이 방문하던 차였는데 이 같은 소식을 접한 부르고뉴 공작이 불같이 노하며 대군을 동원하면서 삽시간에 큰 전쟁으로 커진 것이다. 그러나 책임론은 의미가 없었다. 어차피 부르고뉴는 곡창지역을 불태우든 말든 침략할 예정이었다.

이 전쟁에는 당시의 왕세자도 참여했는데 지금의 카를루스 공왕이다.

카를루스 공왕이 즉위한 연도는 3년 전이다. 당시 카를루스 왕세자를 비롯해 서부 제후들과 로덴 공국, 스위스 용병들까지 고용해서 대적했는데 유럽 제일의 강군이라 불리는 부르고뉴를 당해낼 수 없었다. 부르고뉴의 종주국은 명목상 프랑스지만 사실상 독립국이었다.

그리고 이 3번째 전투에서 후퇴하는 아군과 카를루스 왕세자를 지키기 위해 콘스탄츠 남작과 그 휘하에 있던 아버지와 여러 공국기사들이 남아 시간을 벌면서 전사한 것이다. 부르고뉴를 무찌른 것은 프랑스 내의 반 부르고뉴 세력이 준동했기 때문이다.

공교롭게도 왜 내부반란이 일어났는지 모르겠지만 결국 부르고뉴의 병력이 쪼개졌고 벨포트 방면에서 악착같이 저항한 끝에 스스로 물러나면서 전쟁이 종결됐다. 나는 아우구스트에게 5년 전의 전쟁을 들으면 들을수록 부르고뉴가 정말 강대한 세력이라는 것을 실감했다.

베렌 공국이 그동안 버틴 것은 여러모로 운이 따랐다는 것을 알 수 있다. 20년 전에는 성녀 잔 다르크의 활약으로 부르고뉴가 물러날 수밖에 없었고 5년 전 전쟁은 내부반란이 일어나 더는 전쟁을 지속할 여력이 없었기에 물러났다.

그럼 이번 서북 방면의 침공은 어떻게 번질까?

다행히 프랑스와 부르고뉴 사이에 내란이 터졌기에 국지전만으로 끝날 수 있다. 그러나 여전히 전쟁 위험성은 컸다. 부르고뉴는 북쪽의 로덴 공국과 베렌 공국을 탐냈으니까. 부르고뉴를 막지 못한다면 나는 결국 부르고뉴에게 충성을 맹세할 수밖에 없을 것이다.

하지만 부르고뉴는 강대한 세력을 믿고 너무 주변에 적을 만들고 있어서 몸담기에는 위험한 세력이다. 지금으로서는 대국적인 선택도 불가능했기 때문에 결국 내가 할 수 있는 것은 주어진 환경에서 최선을 다할 수밖에 없다.

그리고 나는 가장 궁금했던 것을 아우구스트에게 물었다.

콘스탄츠 남작의 가신기사였으니, 왕가와 가문의 비사를 어느 정도 알고 있지 않을까?

"아인벨크 경. 콘스탄츠 가문과 알트링겐 왕가 사이에 무슨 문제가 있었습니까?"

"제가 알기로는 남작님은 왕세자 저하, 그러니까 지금의 공왕전하의 측근이었습니다. 그런데 무슨 이유에선지 측근 자리에서 물러나 한동안 왕성에서 부름을 받지 못하셨죠."

"혹시 무슨 갈등이 있었던 겁니까?"

"남작님께서는 그런 말씀을 거의 안 하셨습니다."

안타깝게도 아우구스트도 자세한 비사를 알지 못했다.

그러나 콘스탄츠 남작이 카를루스 공왕의 측근이었지만 무슨 이유로 사이가 멀어졌다는 것은 확실했다. 그런데도 전쟁에서 아군과 카를루스 왕세자가 후퇴할 수 있게 시간을 벌었던 것은 여전히 충성심이 남아있었던 것이 아닐까?

가문이 단절되더라도 카를루스 왕세자를 지키고 싶었던 것인지 모르겠지만 무슨 이유 때문이었는지는 죽은 본인만 알 것이다. 반나절 가량 행군했을까? 중군대열이 갑자기 멈췄다. 휴식시간도 아닌데 무슨 일인가 싶어서 테드를 보냈다.

조금 뒤에 테드가 헐레벌떡 돌아왔다.

"외즈 백작의 사절이 당도했습니다!"

"전령도 아니고 사절을 보냈다고?"

"왕세자 저하를 환영하기 위해 후계자를 사절로 보낸 것 같습니다."

후계자를 보낼 정도라면 왕세자의 지원을 굉장히 환영한다는 뜻이다. 후계자라는 존재는 매우 귀했고 더구나 외즈 백작처럼 적남이 한 명 밖에 없는 상황이었다. 외즈 백작 입장에서는 왕세자에게 깊은 호의를 표한 것이다. 지체되었던 행군이 잠시 후에 재개됐다.

왕세자의 성격상 사절과 한가하게 담소를 나누는 것보다 서둘러 외즈 백작령에 당도하는 것이 더 중요할 것이다. 왕세자와 백작의 사절 사이에서 스트레스를 받고 있을 미하엘을 생각하니 가슴이 아팠지만, 내가 스트레스받는 것도 아니라서 한편으로는 안도했다.

다시 반나절을 행군한 끝에 마침내 외즈 백작의 성이 보이기 시작했다. 숲길을 가로지르다 보니 행군속도가 느렸지만 그래도 해가 지기 전에 당도한 것이다. 외즈 성은 언덕에 있고 그 앞에는 작은 평원이 있었다. 그리고 숲과 작은 산으로 둘러싸였다.

대규모 전투를 치르기에는 좋지 않은 산악지대였다.

미하엘의 지시를 받아 외즈 성 근처에 주둔지를 세웠다. 왕세자와 미하엘은 외즈 백작의 인도 아래 성으로 들어갔고 나는 주둔지에 남아 미하엘이 지시하지 못한 세세한 것들을 단속하며 공국군이 무질서하게 늘어지는 것을 방지했다.

"보급물자를 확인하고 착복하는 놈이 없는지 엄중히 감시해라. 테드! 중군을 돌면서 부장들에게 통제를 따르지 않는 병사가 있으면 엄격하게 처벌한다고 전해! 오스카, 파견 나온 외즈 관료에게 물자보급을 요청해라. 장작이 가장 부족하니 허락한다면 벌채는 우리가 한다고 해. 협조하지 않는다면 내게 다시 와라!"

바쁘게 움직이면서 나는 필요한 것들을 챙겼다. 우선 우리 공국군은 작전이 장기화할 것이라고는 생각하지 않았기 때문에 그만큼의 보급물자를 추가로 준비하지 않았다. 그나마 이곳까지 오면서 버텼던 것은 로젠하임과 포이젠에서 보급을 지원받은 덕분이다.

외즈 관료를 통해 나머지 보급을 받으면서 일단 급한 불은 껐다. 물론 모든 청구서는 재정이 받을 것이다. 청구서 폭탄을 받게 될 재정대신의 표정이 매우 궁금했지만 그건 나중의 즐거움으로 삼았다. 아우구스트는 열심히 지시를 내리는 나를 보고 감탄했다.

"슈트라이트 님은 기병지휘 뿐만 아니라 행정에도 능력이 있으시군요."

"처남의 일 처리를 보고 배운 덕분입니다. 전시행정을 배울 수 있어서 다행이었습니다."

미하엘 곁에서 전시행정을 배운 것은 사실이다. 보좌로 일하면서 보급물자, 편제, 이동경로 등 유기적으로 맞물리는 상하 관계를 잘 파악하여 미리 계산해 낸다는 것은 결코 쉬운 일이 아니다. 그래서 영지를 가지게 됐을 때 어떻게 군대를 동원해야 하는지 알게 되었다.

그리고 가장 중요한 것은 보급물자와 보급선 관리다.

보급이야말로 군대를 운영하는 데 있어서 기본 중의 기본이었다. 임금을 받고 일하는 노동자처럼 군대도 보급을 받아야 싸울 수 있다. 전술적 순위는 그다음이었다. 전술적으로 승리한다고 해도 보급이 문제가 되면 사기가 떨어져 이기는 싸움도 패배한다.

나는 부르고뉴와의 전초전에서 적의 사기가 낮은 이유를 부족한 보급으로 꼽았다. 길을 잃은 것도 있지만 현지에서 조달할(약탈) 생각으로 보급을 적게 가져갔으니 사기가 낮은 것이다. 반면 우리는 충분한 물자를 챙겨서 이동했다.

결과적으로 높은 사기를 유지한 셈이다.

물론 외즈 백작령까지 이동하면서 보급물자가 아슬아슬해졌지만, 완전히 떨어진 것은 아니라서 장병들의 불만이 터져 나오진 않았다. 그리고 부르고뉴 지원군을 상대로 승리하면서 많은 노획품을 챙겼으니 병사들의 사기는 그 어느 때보다 높았다.

다음 날, 나는 미하엘에게 대략적인 전황을 들을 수 있었다.

부르고뉴가 동원한 병력은 1,500명이었다.

부르고뉴가 동원한 병력이 1,500여 명이라는 미하엘의 말에 처음에는 내 귀를 의심했다. 혹시 내가 전면전을 국지전으로 잘못 알고 있었나? 국지전이라고 하기에는 병력의 수가 너무 많은데? 만약 브장송의 지원군이 무사히 합류했다면 거의 2,000에 육박하는 숫자였다.

“프랑스 왕실과 내전이 터진 시점에서 그 정도 병력을 동원했다는 것은 용병을 고용했다는 것을 의미하지. 매제가 그 이상한 기사 놈을 심문해서 정보를 알아내지 못했다면 우리는 꼼짝없이 수성만 했을 거야."

"동원병보다 용병을 상대하는 게 더 위험하지 않습니까?"

"내전이 터지지 않았다면 그랬겠지."

미하엘이 말하는 것은 부르고뉴로서는 국지전보다 프랑스 내전이 더 중요했기 때문에 질 좋은 용병대를 대부분 내전에 쏟아부었을 것이라는 얘기다. 이쪽 방면에 투입된 용병의 질이 비교적 떨어지리라 추측했다. 용병이라고 다 같은 용병이 아니니까.

"지원 병력이 합류한다면 메리언트 평원에서 부르고뉴군과 회전을 벌일 생각이야."

"……회전을 하고 싶다고 해도 부르고뉴가 응해 줄까요?"

"다른 나라의 군대였다면 어림도 없겠지. 하지만 프랑스 놈들이잖아?"

하긴, 상대는 프랑스였다. 프랑스 귀족은 유독 전장에서도 격식과 예절을 따지는 부류였다. 외즈 백작이 에피앙 백작에게 정중한 서신을 보내 언제, 어느 장소에서 귀족답게 겨루어보자고 요청할 예정이란다. 그들이 응할 확률은 높다. 그러나 변수는 존재했다.

프랑스가 잉글랜드와 백년전쟁을 거치면서 정공법을 쓰다가 잉글랜드에게 번번이 깨져 여러 가지 전술적 변화가 일어났고 무엇보다 잉글랜드를 몰아낸 포병의 존재는 프랑스가 여전히 유럽 최강의 대국이라는 것을 증명해냈다. 예전의 프랑스와 다르지 않을까?

"너무 낙관적이지 않습니까? 그들이 응한다고 해도 정공법을 택한다는 보장은 없습니다."

"낙관할 생각은 없어. 적을 회전으로 끌어내는 것이 중요하지. 외즈 백작이 베렌창기병대를 지원해달라고 요청했거든. 창기병의 지원을 받는다면 전열을 먼저 깨트릴 수 있어."

베렌창기병의 위력은 지난 전투에서도 확인했다. 명령을 무시하고 돌격했지만 20기의 부르고뉴기병을 상대로 용맹하게 싸웠다. 비록 반이 죽었지만, 무려 15기의 부르고뉴기병을 쓰러트렸기 때문에 공국 최정예기병의 수준이 대단히 높다는 것을 실감했다.

"기병대장이 창기병들과 함께 온다면 든든하겠는데."

"기병대장과 면식이 없어서 잘 모르는데 그는 어떤 사람입니까?"

"죽음도 두렵지 않은 용맹한 기사라고 해야 하나? 전장에서는 믿음직하지."

죽음도 두렵지 않은 용맹한 기병대장이라.

기병대장의 이름은 루카스 폰 펜슬러였다.

그런데 미하엘은 뒷말을 덧붙였다. 전장에서는 믿음직하지만, 문제는 성정이 너무 거칠다는 것이다. 고삐 풀린

야생마처럼 거침이 없는 성격이라서 고위 귀족 중에 장인어른을 제외하고는 치를 떨 정도로 싫어한다고.

원래 그는 용병대장이었다. 5년 전에 있었던 전쟁에서 상당한 활약을 했기에 선대 공왕이 베렌창기병대장이 전사하면서 공석이 된 자리에 용병대장을 임명한 것인데 당연하게도 상당한 반발이 있었다. 그러나 장인어른과 선대 공왕이 밀어붙여서 기병대장이 됐다.

백년전쟁 이후, 용병의 가치가 높아졌고 용병대장의 대부분은 하급귀족 출신이다. 루카스 폰 펜슬러는 작센 공국 출신으로 백년전쟁에서 잉글랜드의 용병으로 고용되었다가 백년전쟁이 끝난 후 베렌 공국까지 오게 된 것이다. 부하들도 국지전이 많은 베렌에 정착했다.

그 후로 크고 작은 국지전에서 베렌창기병대를 이끌면서 명성을 떨치게 된다. 그래서 기병대장이라고 한다면 루카스 폰 펜슬러라고 칭할 정도니, 고유명사나 다름없다. 거친 성정임에도 기병대장은 장인어른의 명령만큼은 비교적 잘 따른다고 한다.

"그나저나 내가 없는 사이에 병사들을 잘 단속한 모양이더군. 문제가 별로 없던데?"

"보고 배운 것이 있으니 흉내를 내봤습니다."

"역시, 매제야. 다른 기사 놈들은 죽어라 설명해도 말귀를 못 알아먹던데."

모든 기사가 다 그런 것은 아니지만 용맹과 무력을 믿고 돌격을 즐기는 기사들이 상당수라 미하엘이 스트레스를 엄청나게 받았다. 왜 유럽에 중장기병 위주의 전술이 고착화가 되었냐면 기사들이 돌격밖에 몰라서 그렇게 되었다는 말도 있다.

그러니 나처럼 알아서 병사들을 단속하고 보급물자를 확보하는 지휘관 유형의 기사가 드문 것이다. 원래부터 관리자로 일한 경험이 많았기 때문에 전쟁보다는 관리자 일이 더 쉬운 것은 사실이었다. 지휘관 스카우터가 없었다면 나도 돌진밖에 모르는 기사가 됐을 수도 있다.

미하엘이 차후 계획을 짜는 사이 나는 잠시 쉬려고 막사 밖으로 나왔다. 병사들을 챙기느라 외즈 백작의 성채도시를 제대로 보지 못했는데 이참에 산책하면서 둘러볼 생각이다. 아우구스트와 테드, 오스카가 내 뒤를 자연스럽게 따라왔다.

외즈 성은 예전부터 부르고뉴의 침입을 많이 받았기 때문에 성채도시로 발전한 케이스다. 두 갈래의 길 한가운데에 툭 튀어나온 언덕 위에 지어진 외즈 성은 2개의 이중성벽과 견고한 방어시설로 적의 침입을 막기에는 최적의 성이었다. 언덕 덕분에 성벽이 더욱더 높았다.

외즈 백작이 많은 돈과 인력을 쏟아부어 방어에 공을 들인 것은 잦은 부르고뉴의 침입에 시달렸기 때문이다. 그리고 외즈 성 앞의 작은 평원에는 농가가 있었고 들판에는 소와 양을 방목해서 키우고 있다. 농민을 제외하고는 대부분의 도시민은 성벽 안에서 살고 있다.

이 정도로 성벽을 지으려면 대체 얼마나 많은 사람을 갈아 넣은 걸까? 오랜 세월이 걸렸을 것이고 여기에 들어간 돈도 천문학적일 것이다. 문제는 성벽에 의지하던 시대가 지날 것이라 성벽에 돈을 쏟는 건 낭비였다. 대포가 발전할수록 성벽의 가치는 점점 떨어진다.

지금 당장 성벽이 필요 없다는 건 아니지만 지나치게 의지하는 것도 위험했다. 메리언트에 부르고뉴군이 진을 치고 있다는 소식을 접한 이후 각 마을의 병력과 피난민이 끊임없이 외즈 성으로 몰려들었다. 침공이 있을 때마다 늘 반복되는 피난일 것이다.

외즈의 국경마을은 3개였는데 이 중에 메리언트가 적에게 점령당했고 나머지 2개 마을은 대피령이 떨어진 상태였다. 날이 서서히 어두워지면서 외즈 백작의 병사들이 일사불란하게 움직였다. 날이 어두워졌는데도 왜 이렇게 병사들이 움직일까?

외즈 성으로 피난 오는 영민들이 아직도 있었기 때문에 그들을 보호하기 위해 가도 일대를 순찰하는 것이다. 아우구스트는 영민이 피난하면서 들고 온 짐보다 불태운 식량이 더 많을 거라고 했다. 적이 약탈을 해도 아무것도 얻지 못하게 하기 위한 전략이었다.

특히 용병들의 약탈은 매우 악명 높다.

용병이 휩쓸고 지나간 자리에는 아무도 살 수 없을 정도로 황폐해진다. 그래서 용병을 이용해 적국 마을을 약탈하게 하는 것도 전력을 약화하는 전략이었다. 다행히 부르고뉴는 마인강변 영토를 탐냈기 때문에 용병들에게 정도 이상의 약탈을 허용하진 않을 것이다.

막사로 돌아온 나는 테드와 오스카에게 갑옷을 벗기게 했다. 플레이트 아머는 훌륭한 갑옷이지만 혼자 벗는 것이 불가능했다. 온종일 갑옷을 입고 다니느라 땀에 젖어 냄새가 진동했다. 종자가 없기 때문에 테드와 오스카가 갑옷을 직접 정비한다.

그동안 나는 샤텐과 5필의 말을 살폈다. 샤텐은 힐다가 애지중지하는 군마로 정말 훌륭하게 활약을 해 줬다. 플레이트 아머를 입은 기사를 태웠음에도 경기병들 못지않게 맹렬하게 질주했고 내가 원하는 대로 움직여주었다. 내 최고의 파트너였다.

"정말 훌륭한 말입니다. 이토록 아름답고 잘 관리된 말을 본 적이 없어요."

"제 약혼녀가 아끼는 녀석이죠."

"약혼녀가요?"

아우구스트는 의외인 듯 정말 약혼녀가 기른 말이냐고

재차 물었다. 갑자기 뿌듯해졌다. 그래서 그에게 왕실목장의 발키리라고 불리는 여자라고 설명해 줬다. 아우구스트는 쉽사리 믿지 않았다. 승마를 즐기는 영애들은 있어도 군마를 타고 다니는 영애는 극히 드물었으니까.

내가 알기로는 피엘의 부인인 엘리자베트도 힐다처럼 군마를 타고 다니는 여장부라고 들었다. 공교롭게도 질풍의 기사라고 불리던 나는 힐다와 결혼하게 됐고 슈타인호프가의 기대주인 피엘은 엘리자베트의 남편이 됐다. 그래서 가끔 피엘과 이런 얘기를 한다.

우리는 고결한 발키리들이 선택한 남자들이라고.

피엘은 반쯤 체념이 섞인 푸념 같았지만 내 눈에 힐다는 귀엽고 사랑스러운 여자였다. 그래서 집으로 돌아가면 최대한 빠른 시일 내에 결혼할 것이다. 사망 플래그 같지만, 그까짓 거, 사랑의 힘으로 극복하고 만다. 그리고 내겐 스카우터가 있다.

"그런데 경의 말은 나이가 많은 것 같은데요?"

"15살이 넘었습니다. 주인을 잘못 만나서 고생시킨 것이 미안할 따름이죠."

"전투를 수행하기에는 체력이 문제가 될 테니, 말 한 필을 빌려주겠습니다."

"염치없지만 빌려주신다면 소중하게 다루겠습니다."

아우구스트도 자신의 늙은 말이 전투에 적합하지 않다

는 것을 잘 알고 있기 때문에 말 한 필을 감사하게 받았다. 아직 그는 객원기사의 신분이기 때문에 우리는 서로 언동을 조심하고 있다. 그가 정식으로 가신기사가 된다면 대하기 편해질 것이다.

다음 날, 씻지도 못하고 잠을 자서 찜찜했지만 이젠 일상이 된 아침이라 최소한 세안만이라도 했다. 미하엘을 비롯해 다른 기사들은 내가 이렇게 닦는 것을 이해하지 못했지만 나는 깔끔한 것을 좋아하는 사람이라 하루라도 씻지 않으면 찜찜함이 가시질 않는다.

— 두두두두두!

그런데 어디선가 기마소리가 들려서 잠이 싹 달아났다. 재빨리 막사 밖으로 나갔는데 병사들이 기병무리를 반기고 있었다. 그들은 베렌창기병대였다. 그것도 거의 100여 기에 다다를 정도로 상당히 많은 수였다. 그 외에 경기병도 수십 기가 있었다. 기병이 먼저 도착한 것이다.

"반갑군, 루카스! 생각보다 빨리 왔는데? 엉덩이에 불이라도 붙었냐?"

"군무대신님이 선행으로 보냈다. 미하엘, 외즈 백작에게 나를 안내해라."

"건방진 놈. 위계상으로 보면 내가 너보다 약간 위거든? 감히 나보고 안내를 하라고?"

"애송이 놈. 계급으로는 내가 네놈보다 위라는 걸 잊었나? 잔말 말고 안내해!”

저 사람이 베렌창기병대장이구나.

지휘관 중에 급이 제일 높은 미하엘에게도 저렇게 막말을 하다니.

소문 이상인 것 같은데?

게다가 투구를 벗으며 드러난 얼굴도 험악한 인상이었다.

미하엘과 동갑이라고 하던데, 미하엘보다 훨씬 더 나이 들어 보였다.

그나저나 미하엘과 루카스의 사이가 좋은 건지, 나쁜 건지 모르겠다. 입으로는 거칠게 말해도 눈은 반갑게 웃고 있었다. 말과는 다르게 사이가 좋은 것 같다. 아무튼, 미하엘이 알아서 처리하겠지. 나는 머리나 좀 빗으련다. 그런데 미하엘이 갑자기 나를 불렀다.

“뭐 하는 거야, 매제? 자네도 함께 가자고.”

“매제? 그럼 저 비리비리한 놈이 힐다의 약혼자이자 질풍의 기사라고 불리는 자인가?”

성정이 거칠다고 했는데 진짜 거친 놈이었네. 비리비리한 놈? 내가? 겉으로 보기엔 그렇게 보이기는 하지만 잔근육과 용력을 두루 갖췄다. E급 기사(무력30% 용맹30%) 타이틀도 가지고 있어서 웬만한 기사를 상대하더라도 꿀릴 스펙이 아니었다.

그런데 내가 불쾌하기도 전에 미하엘이 대신 화를 냈다.

"비리비리하다니! 우리 매제는 훌륭한 기병지휘관에 실력 있는 기사라고!"

"훌륭한 기병지휘관? 내 앞에서 감히 기병지휘를 논해?"

"내가 보기엔 우리 매제가 네놈보다 더 나은 지휘관이야. 지켜보라고."

"좋다! 얼마나 훌륭한 지휘관인지, 똑똑히 지켜봐 주지."

아니, 처남. 갑자기 쓸데없는 경쟁을 붙이지 말라고. 미하엘은 나를 변호해 주는 척, 루카스의 속을 긁는 것이 목적인 것 같다. 어쩌다가 처음 본 기병대장에게 경쟁을 받게 되었는지 모르겠지만 나는 미하엘과 함께 외즈 성으로 들어갔다.

외즈 성은 입구에는 도개교가 있었고 입구를 지나 천장을 보면 앞뒤에 내리닫이문이 있어서 도개교를 돌파했어도 이곳에 갇히는 구조였다. 그리고 천장에 여러 구멍이 있는데 이것을 살인공이라고 부른다.

갇힌 적군은 이곳에서 쏟아지는 화살을 막지도 못하고 죽게 되는 구조였다. 그리고 튼튼한 성문에는 여러 잠금장치가 걸려 있었는데 작은 도보문을 통해 안으로 들어갈 수 있다. 미하엘에게 성채의 구조를 어느 정도 듣긴 했지만 실제로 보는 건 전혀 다른 느낌이다.

성채도시 내부는 베렌과 비슷했다. 작은 광장과 우물이 있고 빽빽한 도시민의 주택과 공공시설들이 오밀조밀하게 밀집해 있다. 다만 교회만큼은 넓은 면적을 가지고 있는데 묘지까지 있어서 그런 모양이다. 특이한 것은 피난민의 대다수가 그 묘지에 자리를 잡고 있었다.

"피난민이 묘지에 자리를 잡고 있는 게 특이하군요."

"교회와 가까운 곳에 있어야 죽어도 천국에 가니까, 피난민들이 교회 주변으로 모이는 거지. 매제는 왜 그게 특이하다고 생각하지?"

"……처음 보는 광경이라서 그런 것 같습니다."

"아, 브라이스부르크에서 나온 것이 이번이 처음이랬지?"

중세인들에겐 당연한 방식이었지만 아직 이해가 가지 않는 광경도 있어서 무심결에 질문한 것인데 조심할 필요가 있었다. 미하엘은 대수롭지 않게 넘어갔지만, 만약 사제였다면 꼬투리를 잡힐 수도 있었다.

영주성은 언덕의 가장 높은 곳에 있으며 두 번째 성벽의 보호를 받고 있었다. 건설에 막대한 돈을 쏟아부은 성답게 규모가 대단했다. 내성에 들어가자 낯익은 기사들의 모습이 보였다. 아이젠나흐와 4명의 친위대가 내게 눈인사를 건넸다. 피엘은 보이지 않았다.

외즈 백작은 나이 든 영주였다. 그러나 날카로운 인상만큼 한 지방의 제후로서 왕과 같은 위엄을 가지고 있었다. 그의 옆에 앉아 있는 왕세자는 조금 위축된 것 같다. 서부 제후들의 대부분은 왕세자 파벌에 들어가 있기 때문에 외즈 백작은 왕세자에게 호의적이었다.

직접 후계자를 파견해 왕세자를 영접하게 했을 정도니.

루카스는 당당하게 고개를 들며 외즈 백작 앞에 섰다.

"베렌창기병대의 지원을 요청하긴 했지만 이렇게 빨리 올 줄은 몰랐군."

"왕세자 저하가 이곳에 계시기 때문에 명령을 받은 것뿐입니다. 그렇지 않았다면 내가 왜 외즈 땅에 왔겠습니까? 그렇지 않아도 북쪽은 쳐다보기 싫은데."

"뭣이? 말본새가 아직도 건방지구나, 용병 놈! 외즈를 지배하는 제후에게 할 소리냐?"

루카스를 바라보는 외즈 백작은 불쾌한 감정을 노골적으로 드러냈다. 한 지방의 제후가 내뿜는 위압감은 굉장했는데 그런데도 루카스는 전혀 기죽지 않았다. 역시 거친 성정의 용병출신답게 입도 거칠었다.

"제기랄, 공국기사가 된 지가 언젠데 아직도 용병이라고 부르는 거요?"

"작센 놈이라고 부르려는 걸 참았다. 미천한 용병 놈."

"그 작센 용병 놈에게 지원을 요청한 건 어디에 누굽니까?"

한 마디도 안 밀렸다.

미하엘은 저럴 줄 알았다는 듯이 피식 웃고 있었고 백작의 옆에 앉아 있는 왕세자는 당혹스러운 것 같다. 기병대장하고 국경 영주가 이런 대화를 나눌 줄은 상상도 못 했겠지. 그건 나도 마찬가지다. 나이든 외즈 백작의 이마에 굵은 힘줄이 튀어나왔다.

저러다가 싸움 날 것 같다.

결국 보다 못한 왕세자가 개입했다.

"지금은 아군끼리 다투기보다는 어떻게든 적을 물리칠 지혜를 짜내는 게 중요하오. 쓸데없는 말싸움에 시간을 낭비하고 싶지 않소. 펜슬러 기병대장. 지원군의 규모는 어느 정도지?"

"큼큼, 공국군 550명과 제가 이끌고 온 창기병 100기, 경기병 50기를 긴급 파견했습니다. 그리고 다른 제후들도 지원군을 파견할 예정이니, 그동안 버티라는 명령입니다."

"700명이 일단 지원으로 오는 건가. 그럼 백작군 600명에 내 휘하의 200명을 합치면 현재 부르고뉴군과 동수를 이루겠군."

다행히 공국 정부에서 생각보다 많은 지원군을 파견했다.

모두 모이면 1,500명이 되겠지만 문제는 적들에게도 증원이 있을 가능성이 컸다. 동수인 줄 알고 막상 회전을 벌였는데 2,000명이 넘는다면 위험할 수 있기 때문이다. 그러나 외즈 백작은 지원군이 도착하면 회전으로 적을 상대해야 한다는 입장을 고수했다.

공성하게 되면 외즈 본성에 피해가 막심하기 때문에 외

즈 백작의 입장에서는 회전으로 결판을 내고 싶은 것이다. 게다가 야전에서 최고의 위력을 발휘하는 공국 제일의 베렌창기병대가 무려 100기나 왔다. 그것도 기병대장이 이끌고 온 것이다.

확실히 내가 생각하기에도 어느 정도 승산은 있는 것 같다.

그러나 중요한 것은 적이 기다려주지 않는 것이다.

갑자기 피투성이 전령이 달려 들어왔다.

"급보입니다! 부르고뉴기병이 본성으로 피난 오던 영민들을 공격하고 있습니다!"

"흠, 결국 부르고뉴가 먼저 나섰군. 이제까지 조용했던 것이 이상했는데."

외즈 백작은 별다른 동요가 없었다.

오히려 부르고뉴가 너무 늦게 활동했다고 의아하게 여길 정도였다.

왕세자가 말했다.

"외즈 백작! 서둘러 구원을 해야 하지 않겠소?"

"이미 늦었습니다, 저하. 구하러 간다고 해도 이미 치고 빠진 뒵니다. 기병의 이동이 얼마나 빠르고 신속한지 모르지는 않겠지요?"

그 말이 맞다. 도착하고 난 다음에는 영민들의 시체를 구경하게 되겠지. 기병의 치고 빠지는 전술은 굉장히 빨라서 잡기가 어렵다. 외즈 백작은 이미 본성으로 많은 피난민을 받아들였기에 충분하다고 여기며 방치하려는 것 같다.

하지만 왕세자의 성정은 그것을 용납하기 어려웠다.

"미하엘, 경기병대를 슈트라이트 경에게 맡길 수 있나?"

"……설마 슈트라이트 경에게 피난민들을 보호하라는 명령입니까?"

"그렇다. 내가 믿을 수 있는 기병지휘관은 오로지 슈트라이트 경뿐이다."

왕세자는 나에 대한 믿음이 확고한 것 같다. 미하엘을 비롯해 모두의 시선이 내게 집중했다. 이건 좀 무리한 명령이긴 했는데 지휘관 스카우터나 수색자 스카우터로 적의 위치를 추적할 수 있다면 가능할지도 모르겠다. 기병대장도 의외라는 듯이 나를 보고 있다.

"맡겨주십시오. 왕세자 저하의 기대에 보답하겠습니다."

그제야 왕세자는 옅게 미소를 보여 주었다.

질주하는 늑대 (1)

나는 왕세자의 명을 받들어 경기병대를 소집하기 위해 서둘렀다.

그런데 뒤에서 미하엘이 나를 불러 세웠다.

"매제! 아무리 저하의 명령이라도 그런 위험한 임무를 맡겠다니, 제정신인가?"

"괜찮습니다, 처남. 저도 믿는 구석이 있으니 임무를 받은 겁니다."

"하아, 매제. 자네의 실력이 출중하다는 건 알고 있어도 나는 매제로서 아니, 가족으로서 걱정하지 않을 수 없어. 아직 식도 올리지 않은 힐다를 과부로 만들 셈인가!"

다른 때였다면 미하엘이 나를 믿고 지지해 줬겠지만, 이번 임무는 굉장히 위험했다. 50기의 경기병대를 이끌고 피난민을 학살하는 부르고뉴 경기병들을 상대로 유격전을 벌이는 만큼 피해가 막심할 수도 있다. 하지만 나는 받아들였다.

적의 위치를 먼저 파악하고 사기와 전투력을 측정 할 수 있는 스카우터가 있기 때문이다. 이것을 잘 활용할 수 있다면 오히려 적군에게 악몽을 선사할 수 있다. 그러나 그러한 것을 모르는 미하엘에게는 가족을 사지로 보낼 수 없었다. 그의 마음을 왜 모를까?

미하엘은 이 세계로 와서 내가 마음 놓고 의지할 수 있는 둘 중의 하나다. 다른 하나는 당연히 힐다였다. 그래서 그의 걱정은 나를 기쁘게 했다. 그렇기에 더욱더 용기를 받을 수 있었다. 피난민이 불쌍해서 나서는 것이 아니다. 나는 오로지 목표를 위해 나아갈 뿐이다.

"이번에도 믿어 주십시오. 저는 늘 처남의 상상을 뛰어넘는 매제였습니다."

"하아, 그랬지. 아무래도 매제를 말릴 수 없을 것 같군. 내가 해 줄 수 있는 말은 부디 몸조심해달라는 것밖에 없겠어."

"그렇게 걱정이 되면 내 부장 둘을 붙여주지. 조금이라도 도움이 될 거다."

알현장에서 언제 나왔는지 모르겠지만 기병대장이 갑자기 끼어들었다.

부장을 붙여준다는 말에 미하엘이 인상을 구겼다.

"부장을 붙여준다고? 감시하려는 속셈은 아니고?"

"그것도 있지만, 기병을 지휘하는데 꽤 도움이 될 거다."

기병대장의 부장이라면 베렌창기병대의 간부급이다. 그들은 정식 기사는 아니지만, 기사보다 더 뛰어난 전과와 사선을 넘었던 경험을 가지고 있을 것이다. 기병대장의 호의에 응하는 것이 마땅하겠지만 지휘에 참견하는 것만큼은 선을 그었다.

"제 지휘에 참견하는 건 아니겠죠?"

"내 이름을 걸고 그러지 않겠다고 약속하지."

"그럼, 감사히 빌리겠습니다."

"흐흐, 미하엘보다 훨씬 과감하고 신속하군. 기대하겠다, 질풍의 기사여."

기사대장은 그렇게 나를 지나쳤고 미하엘은 짜증이 가득한 표정으로 기병대장의 뒤통수를 노려봤다. 아무튼, 기병대장이 내게 부장 둘을 지원해 줬고 나는 쉬고 있던 50기의 경기병대를 통솔하게 됐다. 기병은 보통 말을 3필씩 끌고 다니기에 체력이 남은 말로 갈아탔다.

내가 5필의 말을 요구했던 것도 가신기병을 키우기 위함이지만 샤텐이 지칠 경우를 대비해서 여유분의 말이 필요했기 때문이다. 기병대장은 약속대로 부장 둘을 보내 줬다. 용병 출신이라 그런지 얼굴에 자상이 많았다. 그들은 내 통제에 잘 따르겠다고 약속했다.

그리고 내 밑에 부장으로 아우구스트를 두었다. 장비를 정비하고 말에 오르려고 하는데 피엘이 말을 타고 내게 달려왔다. 왕세자의 측근이라서 피엘은 염두에 두지 않았는데 그는 내게 굉장히 섭섭하다는 티를 냈다.

"섭섭합니다, 대장. 저를 빼놓고 가시려고 하다니."

"경은 왕세자 저하의 측근이지 않습니까? 제가 함부로 차출할 수 없지요."

"베르미어 경이나 아이젠나흐 경은 저하를 호종하는 입장이지만 저는 다릅니다. 그러니 다음부터는 부디, 함께 하자고 부담 없이 말해 주세요. 우리는 발키리의 남자들이 잖습니까."

씨익 웃는 피엘에게 나도 덩달아 피식 웃었다. 피엘이 강력한 선봉이라는 것을 저번에 확인했다. 그의 돌파라면 충분히 상대 기병대의 중앙을 분쇄할 수 있을 것이다. 부러졌던 창 대신, 새로운 창을 들고나왔다. 그래서 내 휘하의 부장이 총 4명이 됐다.

부장마다 10기씩 배치했고 나는 부장들에게 지시를 내려 보다 수월하게 기병대를 운영할 수 있을 것이다. 물론 내 지시에 의심을 하지 않고 제대로 따라준다면. 아우구스트와 피엘은 따라주겠지만 기병대장의 부장과 경기병들이 제대로 따라줄지는 지켜볼 일이다.

"기사님! 저도 참여하겠습니다! 제가 위치를 압니다!"

"너는 치료를 받는 것이 먼저 아니냐?"

"괜찮습니다! 부디 길잡이로 부려주십시오!"

백작에게 피난민의 습격을 보고했던 피투성이 전령이 내게 달려왔다. 나는 그의 상처가 우려되어 거절했는데 그는 끝까지 따라가겠다며 매달렸다. 어차피 길잡이는 필요했으니 일단 그의 동행을 허락했다. 그는 외즈의 북쪽 마을 출신이었다.

— 두두두두두!

내가 이끄는 50기의 경기병대가 외즈 성을 지나 북쪽 들판으로 달려갔다. 선두는 나와 전령이 섰고 그 뒤를 쐐기형태로 기병이 따르고 있다. 기병들 처지에서는 신참 지휘관이라 불안하겠지만 평가는 나중에 달라질 것이라고 확신했다. 한참 달린 끝에 현장에 도착했다.

"오, 안 돼!"

안타깝게도 대부분 죽었다. 전령은 살아있기를 바랐지만 애석하게도 생존자는 없는 것 같다. 주변에 적이 없다는 것을 스카우터로 확인했기에 나는 잠시 동안 기병에게 휴식을 부여했다. 일단 가장 중요한 말이 쉬어야 했다. 그 동안 나는 현장을 둘러봤다.

처참하게 짓밟힌 시신이 가득했다. 처음의 나였다면 이 광경을 보고 구토를 참지 못했을 것이다. 그러나 목숨을 걸고 싸움을 거듭하면서 내 멘탈은 단단해졌다. 나는 그저 허망하게 죽임을 당한 이들의 원혼이 부디 천국의 날을 맞이할 수 있도록 빌어줄 뿐이다.

— 으앙!

그런데 희미하게 아이의 울음을 들은 것 같다. 귀를 기울이니 바로 내 앞에 비교적 온전하게 죽은 부부의 시신 아래에 있는 것 같다. 서둘러 샤텐에서 내려 시신을 뒤졌다. 그러자 5살 정도 되는 여아를 발견했다. 아무래도 유일한 생존자인 것 같다.

"괜찮아, 괜찮아. 아저씨가 있으니까, 겁먹지 말렴."

나도 모르게 자신을 아저씨라고 칭했다.

아저씨라고 불릴 비주얼이 아닌데.

부드러운 벨벳 망토로 감싸서 안아주자 겁을 먹던 아이는 차츰 안정을 찾아갔다. 주변을 둘러보던 아우구스트와 피엘은 내가 아이를 발견한 것을 보고 난감한 것 같다.

"슈트라이트 님. 그 아이는 어떻게 하실 겁니까?"

"나도 어떻게 해야 할지 모르겠습니다. 버리고 갈 수도 없고."

그러나 고작 아이 때문에 고민하는 나를 보고 기병대장이 붙여준 부장과 일부 기병은 못마땅한 기색을 보이고 있었다. 아우구스트와 피엘은 정의와 선을 신봉하는 기사로서 내 이런 행동을 이해했지만 치열한 전장에서 구른 기병들에게는 유약하게 보인 것 같다.

"이 아이는 마리아입니다! 오, 주여!

전령은 알고 지내던 부부의 딸이라며 살아있어서 다행이라는 듯 신을 찾았다.

마리아는 꾹 참으며 그렁그렁 거리는 눈망울로 나를 올려다봤다. 망토를 꽉 잡은 두 손에 힘이 들어가 있다. 이 망토를 놓으면 죽는다고 생각했는지, 그 절박감을 이 작은 아이도 느끼고 있었다. 애처롭게 나를 바라보는 눈망울을 나는 결코 저버릴 수 없었다.

그래서 전령에게 말했다.

"자네는 이 아이를 데리고 공국군 주둔지로 가라. 그곳에서 테드, 오스카에게 맡기고 치료를 받아. 전쟁이 끝난 후 어찌 될지는 모르겠지만 이 아이는 내가 보살피겠다."

"감사합니다! 고아가 된 아이를 가엾게 여겨주신 기사님! 신에게 축복을 받으실 겁니다!"

나는 손수 망토를 떼어서 마리아가 다치지 않게 감싸주었다. 황송하게 받은 전령은 마리아를 데리고 돌아갔다. 마리아는 끝까지 내게 시선을 떼지 않았다. 아우구스트와 피엘이 내 어깨를 두드리며 격려했다. 나는 서임식 때의 맹세를 생각했다.

— 그대는 약자를 보호하고 헌신하겠는가?

나는 맹세를 지켰다.

휴식을 취한 뒤, 지휘관 스카우터로 주변을 다시 검색했다. 멀지 않은 곳에서 부르고뉴 경기병이 탐지됐다. 푸른 색의 사기와 65의 전투력. 내가 거느린 경기병대는 75의 전투력을 가지고 있었다. 그리고 적의 숫자는 더 적은 것 같다. 나는 서둘러 말에 올랐다.

"모두 말에 올라라!"

> [질풍의 기사II 퀘스트]
>
> [0/5 피난민을 습격하는 부르고뉴 경기병을 격퇴]
>
> [보상 — 5,000포인트, 은화 50닢(위험수당)]
>
> [가문의 명성 200점]
>
> [위험등급 ★★★☆☆]

퀘스트가 생성됐다.

이제부터가 진짜라는 의미다.

경기병대를 이끌고 언덕 너머로 달렸다. 소수의 적 경기병이 피난민을 공격하고 있었다. 무차별적으로 짓밟히며 베어 죽이는 부르고뉴 경기병을 향해 나는 기병검을 빼 들었다. 선두는 피엘이 맡았다. 그는 우리 기병들 중에 유일하게 창을 가진 기병이었고 선봉장이었다.

"주여, 우리에게 적을 물리칠 힘을 주소서!"

— 두두두두두!

피엘의 창이 당황하여 대응하지 못한 부르고뉴 경기병의 몸을 꿰뚫고 지나갔다. 그리고 일제히 뽑아 든 기병검이 사방에 휘둘러지며 부르고뉴 경기병들을 도륙했다. 십여기에 불과한 부르고뉴 경기병들은 속수무책으로 당할 수밖에 없었다.

나는 도망치던 부르고뉴 경기병의 뒤를 추적했다.

샤텐의 속도는 대단히 빠르다.

— 챙!

"끄륵!"

따라 잡힌 부르고뉴 경기병이 기병검으로 저항했지만 나는 간단하게 칼날을 쳐 내며 궤적을 꺾어 그대로 목을 찔렀다. 피가 뿜어져 나오며 절명한 경기병을 매단 체 말은 달렸다. 순식간에 적 경기병들을 몰살시킨 나는 다음 목표물을 탐색했다.

남은 5,000포인트로 지휘관 스카우터의 기능을 하나 추가했다. 최적의 루트라는 기능이다. 기존에 있던 사기분석과 전투력이 적의 정보와 위치를 보여 준다면 이 최적의 루트는 말 그대로 신속하게 기병을 운영할 수 있는 최적의 길을 보여 준다.

그 길을 따라 나는 경기병대를 이끌었다.

게다가 F급 기병지휘관(돌파20% 주력20%)을 보유하고 있기에 더 빠르고, 더 강력했다. 피난민을 도륙하며 약탈하는

데 정신없는 부르고뉴 경기병들은 우리를 발견하고 재빨리 물러나려고 했지만 나는 그 틈을 허락하지 않았다.

처음보다 적 경기병의 숫자가 더 많았지만, 순식간에 틈을 파고든 우리 경기병대의 공격을 감당하지 못했다. 나는 기병검을 휘둘러 덤벼오는 적을 베어 죽였고 낙마시키기 위해 가까이 붙는 적 기병의 얼굴을 팔꿈치로 가격해서 낙마시켰다. 플레이트로 무장해서 전신이 흉기나 다름없다.

"아악!"

등을 보인 기병의 뒤를 기병검으로 찔러 낙마시킨 후 나는 주변을 둘러볼 수 있는 여유가 생겼다. 그때 넷을 죽인 아우구스트와 선봉으로 적을 분쇄한 피엘이 내게 달려왔다.

"슈트라이트 님! 놈들이 달아납니다!"

"어떻게 합니까? 추격할까요?"

그들은 내 지시를 기다렸다. 살아남은 부르고뉴 경기병이 악착같이 달아나는데 나는 그들이 후퇴하는 경로를 살피다가 깜짝 놀랐다. 구릉지 숲 부근에 매복이 있었기 때문이다. 이놈들은 피난민을 공격할 뿐만 아니라 우리 같은 경기병대를 유인하는 미끼였다.

"부대를 재정비한다! 절대로 쫓지 마라!"

매복이 있다면? 가지 않으면 된다. 만약 스카우터가 없었다면 승리에 고무되어 도망치는 적 기병을 추적하다가 매복에 걸렸을 수도 있다. 하지만 나는 지휘관 스카우터를 통해 높은 사기와 높은 전투력을 지닌 매복자들을 탐지할 수 있었다. 위험을 회피한 것이다.

내 목표물은 오로지 부르고뉴 경기병대 뿐이다.

재정비를 지시한 후, 피해 사항을 부장이 보고했는데 다행히 전사자는 없었고 경상자만 5명 있었다. 즉, 부르고뉴 경기병을 상대로 우리는 훌륭한 전과를 세운 것이다. 그러나 퀘스트는 내게 다섯 곳의 적을 상대하라고 했다. 이제 겨우 두 곳이었다. 아직 끝나지 않은 것이다.

"남쪽으로 간다!"

— 두두두두두!

매복하며 기다리던 부르고뉴군은 닭 쫓던 개가 지붕을 쳐다보는 것처럼 허망할지 모르겠지만 매복을 발견하고도 그대로 돌진하는 머저리 같은 짓을 하지 않았다. 나는 멀지 않은 곳에 피난민을 습격하는 다른 부르고뉴 경기병대를 발견했고 그쪽으로 향했다.

이번 피난민 무리의 규모는 제법 컸다. 짐마차가 많은 것으로 보아 부유한 귀족이거나 혹은 상인일 수 있다. 짐마차를 호송하는 병사들이 부르고뉴 경기병들의 공격을 방어했지만 무너지는 건 시간문제였다. 일부 경기병들은 호화로운 마차를 빙글빙글 돌며 조롱했다.

"기병검을 높이 들어라! 프랑스 놈들을 죽여라!"

다시 한번, 높이 뽑힌 기병검을 들고서 호송하던 병사를 막 죽이려던 부르고뉴 경기병의 목을 찌르고 지나갔다. 피가 공기 중에 흩날리며 뿌려졌고 내 갑옷도 상당 부분 더럽혔다. 그러나 그런 사소한 것에 누구도 신경 쓰지 않는다. 그저 눈앞의 적을 죽일 뿐.

— 아군이 왔다! 힘내라!

— 조금만 버텨!

병사들은 크게 힘을 내며 저항했다.

부장들은 악귀같이 적을 사냥했다.

내 뒤를 따르던 아우구스트와 피엘은 호화로운 마차를 노리던 적과 정면으로 충돌했다. 개중에는 나처럼 갑옷을 입은 기사도 있었다. 모든 기병이 기사는 아니다. 특히 경기병들이라면 용병의 비중이 가장 높았다. 이들은 깃발만 부르고뉴를 상징하는 4방형일 뿐이다.

— 챙! 챙챙!

"나는 에피앙의 클로디스다! 너는 누구냐?!"

"브라이스부르크의 슈트라이트다!"

"네놈을 죽여 에피앙의 기사가 위대하다는 것을 보여 주마! 이럇!"

에피앙의 기사는 자신만만하게 덤벼들었다. 그의 휘하에 기병용 갑옷으로 무장한 기사들도 뒤를 따랐다. 내가 에피앙의 클로디스라는 기사와 충돌할 때 아우구스트와 피엘은 부하 기사들과 맞서 싸웠다. 3:3 기사 싸움이 됐다.

불꽃이 튀길 정도로 격렬하게 부딪쳤는데 나는 에피앙의 기사가 별다른 기교 없이 힘으로 밀어붙이는 것을 파악했다. 있는 힘껏 사선으로 내려쳤을 때 나는 바깥으로 튕겨내면서 동시에 기병검의 뭉툭한 퍼멀(검 끝의 둥근 봉)로 투구를 쓴 기사의 턱을 때렸다.

"크윽, 비겁한!"

큰 타격은 줄 수 없지만, 턱에 충격을 받았기에 에피앙의 기사가 휘청거렸다.

다시 말머리를 돌려 에피앙의 기사에게 접근했다. 에피앙의 기사 다시 세차게 휘두르려고 하자 나는 상대의 팔꿈치를 손바닥으로 들어 올리며 내려치지 못하게 했고 동시에 등자에 걸려있던 그의 발을 들어 올렸다. 힐다가 나를 상대로 능숙하게 낙마시켰던 기술이다.

"으악!"

턱을 맞아 잠시 동안 균형감각을 상실했고 갑옷의 무게 때문에 한쪽으로 몸이 완전히 쏠리자 결국 에피앙의 기사는 낙마했다. 부하들에게 지시하여 포박하도록 했다. 이미 적 경기병 대부분이 죽임을 당하거나 도망쳤고 아우구스트와 피엘도 상대하던 기사를 제압했다.

세 번째 부르고뉴 경기병대를 큰 피해 없이 무찌른 나는 일단 재정비를 지시했다. 말이 쉬지 못해서 지쳤다. 50기의 경기병은 어느새 40기로 줄어들어 있었다. 그러나 처지한 적의 수는 40기가 넘은 것 같다. 짐마차의 주인이 내게 다가왔다.

"구해 주셔서 고맙습니다, 기사님! 위명을 여쭈어봐도 되겠습니까?"

"슈트라이트라고 한다. 그대는 어디의 누구인가?"

"오오, 슈트라이트 님! 저는 스트라스부르크의 상인입니다. 국지전이 일어난 줄도 모르고 외즈로 진입해 왔다가 큰 낭패를 봤습니다. 제 상품과 가족을 지켜주셔서 감사합니다!"

"아직 적 경기병이 남아 있으니 서둘러 남쪽으로 가라."

말이 길어질 것 같아서 남쪽으로 빨리 가라고 말을 끊었다.

상인은 무안했지만 반드시 신세를 갚겠다고 말한 후 상단을 이끌고 황급히 사라졌다. 벌써 정오가 지났다. 건조한 소시지인 예거를 먹으며 허기진 배를 달랬다. 말들에게 휴식을 취하게 한 뒤 나는 언덕 위로 올라가 지휘관 스카우터를 통해서 주변을 둘러봤다.

약 50여 기의 부르고뉴 경기병대를 포착했다.

아무래도 우리를 찾는 것 같았다.

지휘관 스카우터를 통해 적들의 위치를 파악할 수 있었는데 마치 살아 있는 레이더가 된 느낌이다. 부르고뉴 경기병대 50기가 2부대로 나뉘어져 북쪽 들판과 숲을 이 잡듯이 뒤지고 있었는데 유격전이 상당히 효과가 있었던 모양이다. 심지어 매복에도 걸리지 않았다.

그래서 부르고뉴 지휘부에서 우리를 잡기 위해 사냥부대를 푼 것 같다. 하지만 나는 저들과 싸울 생각은 조금도 없었다. 일단 세 곳을 습격하면서 내가 이끄는 경기병대의 수가 40기로 줄어들었고 개별 부대끼리 붙어도 수적으로는 열세였다.

이 상황에 정면으로 붙는다는 것은 미친 짓이다. 우선 주둔지로 돌아가 말을 갈아탄 뒤 흩어진 소수의 적 부대를 집중적으로 공격한다면 상당한 타격을 줄 수 있을 것이다. 병참선이라도 발견하면 금상첨화다. 언덕에서 내려온 나는 부장들을 불러 모았다.

"주둔지로 돌아가 재정비를 한다. 이의 있는가?"

"현명한 판단입니다. 지금 말이 상당히 지친 상태입니다."

부장들도 내 뜻에 동감했다. 에피앙의 기사와 부하기사들을 생포했고 그 외에 주인 없는 말과 장비를 노획한 후 말에 올랐다. 기병마다 말 2필씩 붙잡아서 끌고 갔다. 적 경기병대가 가까워진 것을 확인했다. 다행히 적들은 아직 우리의 위치를 모른다.

지휘관 스카우터의 새로운 기능인 최적의 루트는 공격뿐만 아니라 후퇴에서도 최적의 길을 안내해 준다. 절묘하게 적 경기병대가 눈치 챌 수 없는 길을 따라 언덕을 넘고 숲을 가로질렀다. 뒤따르는 경기병들은 대체 왜 이리 어렵게 가는 것이 이해하지 못하는 것 같다.

“대체 왜 이렇게 이동하는 거지? 길을 따라가면 안 되는 건가?”

“지휘능력이 대단한 건 인정하지만, 정말 종잡을 수 없어.”

천천히 이동하고 있었기 때문에 경기병들의 대화가 다 들렸다. 아우구스트가 주의를 주고 나서야 입을 다물었다. 적 경기병대가 우리를 찾고 있으니 이렇게 도주해야 눈치 채지 못한다고 설명해줘도 이해하지 못할 것이다. 그나마 내 지휘능력만큼은 인정받은 것 같다.

“Zut! 네놈들이 내 즐거움을 다 망쳤어!”

“명색이 기사라는 놈이 약탈하는 게 즐겁나?”

“유지비를 충당하기 위해서는 출정비만으로는 부족하지. 약탈은 필수다!”

“그래서 기습당해 포로로 잡힌 거다, 에피앙의 기사나리.”

에피앙의 기사를 샤텐의 엉덩이에 태웠다. 플레이트를

입은 기사 둘을 태우고 있어서 샤텐에게 부담을 주었지만 돌아간 후 쉬게 해 줄 생각이다. 분노에 찬 에피앙의 기사는 쉴 새 없이 떠들었다. 대부분 나에 대한 욕이었고 비난이었다.

"슈트라이트? 들어 본 적도 없다! 망할 독일 놈!"

"주둥이만 살아있는 놈이군."

— 퍽!

"컥!"

투구를 벗겨냈기 때문에 주둥이를 주먹으로 내리쳤다. 브장송의 미식가와는 다른 유형의 기사였다. 모든 기사들이 예의가 바르고 기사도를 숭상하는 것이 아니기 때문에 입이 거친 놈에겐 거칠게 다뤄줘야 제 맛 아니겠는가? 몇 대 때려주고 나서야 조용해졌다.

내가 이끄는 경기병대는 무사히 주둔지로 귀환했다. 경기병대가 돌아온 것을 본 미하엘이 마중 나왔다. 미하엘은 에피앙의 기사 셋과 여러 전리품을 가지고 온 것을 보고 감탄을 금치 못했다. 내가 왕세자의 명령으로 무리한 출정을 했다고 생각했으니 놀란 건 당연했다.

"이것 참, 포로까지 잡아 오다니. 매제를 걱정한 게 무색할 지경이야."

"다시 북쪽으로 가야 합니다. 포로와 전리품을 맡길 테니 잘 보관해 주세요."

"고생한 자네들의 전리품이니, 당연하지. 착복하는 일이 없도록 잘 감시하마."

에피앙의 기사들과 전리품, 노획한 말들을 미하엘에게 넘겨준 후 잠깐의 휴식을 취한 뒤, 예비마에 올랐다. 내 적갈색마였는데 지금의 네덜란드, 홀란트산 말이라고 한다. 비교적 가볍고 빠른 경종마로 경기병들이 많이 타고 다니는 말이었다.

좋은 말이었지만 오스트리아산 준마 샤텐보다는 떨어졌다.

게다가 성격이 비교적 온순해서 길들이는데 수월했다. 플레이트 아머를 입고 타도 무게를 감당할 수 있을까 걱정했는데 다행히 잘 적응한 것 같다. 당연하지만 마갑을 착용하지 않았다. 경기병들은 속도를 중시하기 때문에 중장기병처럼 말 가슴에 철판을 두르진 않았다.

의외로 중장기병이라고 해도 말의 온몸에 철갑을 두르진 않는다. 말의 속도가 너무 죽어버리기 때문이다. 그래서 최소한의 조처로 말의 가슴만 철판을 다는데 이는 장창 공격을 방어하기 위함이다. 베렌창기병대를 보면 중장기병이라고 하기에는 무장이 간소한 편이다.

망토를 둘둘 말고 있는 마리아를 엉거주춤 안고 있던 오스카가 다가왔다. 오스카가 아이를 어떻게 안을지 몰라서 어색해하는 모습이 퍽 우스웠다.

"아이를 안고 있는 모습이 의외로 잘 어울리는데?"

"하아, 테드가 줄행랑을 치는 바람에 제가 돌보고 있습니다."

"그래? 부모를 잃은 고아니, 잘 보살펴 줘. 믿고 맡기겠다."

오스카는 책임감이 있는 녀석이니, 지금은 어색해도 마리아를 잘 돌봐줄 것이다. 예비마로 갈아탄 경기병대를 모았고 북쪽으로 달렸다. 북쪽 메리언트와 가까운 들판에는 적의 경기병대가 수색을 벌이고 있었기 때문에 나는 전혀 다른 방향으로 경기병대를 이끌었다.

"대장님, 어째서 이쪽으로 가는 겁니까?"

기병대장의 부장이 붙어서 내게 물었다. 천천히 달리고 있었기 때문에 대화가 가능했다. 돌격할 때만 전력질주를 하므로 이동 시에는 비교적 천천히 달린다. 그건 적 경기병대도 마찬가지다. 전력질주를 하면서 수색을 했다간 말이 금방 지쳐버린다.

"북쪽 들판에서 적 경기병대가 우리를 수색하고 있기 때문이지."

"적이 수색을 하고 있다고요? 정찰을 보내지도 않았는데 그걸 어떻게 아셨는지?"

"세 번이나 적 경기병대를 습격했는데 적이 우리의 존재를 알아차리지 못했을 거라고 보나? 당연히 우리를 제거하기 위해 기병대를 파견했을 것이다. 지금 북쪽 들판으로 가는 건 현명하지 못한 판단이다."

본래 스카우터를 통해서 알아차린 것이지만 잘 생각해 보면 충분히 예측할 수 있다.

도망친 적 경기병이 본진으로 가서 우리의 존재를 알렸을 것이고 약탈부대가 연이어 습격을 당해 큰 피해를 보았으니 당연히 유격전을 일삼는 우리를 제거하기 위해 수색부대를 파견하지 않을까?

잔뼈가 굵은 용병 출신이라고 해도 그는 일개 부장이니, 거기까진 생각하지 못한 것 같다. 지휘는 기병대장이 다했겠지. 미하엘에게 언뜻 들었는데 기병대장의 지휘는 일관성이 없다. 정론으로 기병대를 지휘하더라도 가끔 육감을 믿고 과감하게 지휘한다.

그 육감이 기가 막히게 잘 맞아떨어져서 상황을 반전시킨 것이 한두 번이 아니었다.

스카우터에 의지하기 때문에 말로 설명하기 어려운 내 지휘와 여러모로 닮은 점이 있는 것 같다. 예측이 아닌 육감이라고 표현했으면 부장은 기병대장과 나를 비슷한 인종으로 취급하지 않았을까? 기회가 된다면 기병대장의 지휘를 견식해 보고 싶다.

"확실히 일리가 있습니다."

"질문에 대한 답변은 만족하나?"

"예. 무례를 용서하십시오."

부장은 더 이상 내게 질문하지 않았다. 의문이 완전히 풀린 것은 아니겠지만 어느 정도 납득은 한 것 같다. 이들은 귀족이 아닌 용병 출신의 평민으로 같은 부장인 아우구스트나 피엘보다 명백한 하급자였다. 그러나 그들은 베렌 창기병대 소속이었기에 존중을 받았다.

공국 최정예기병대 소속이라는 영예가 그만큼 대단한 것이다.

북쪽 들판의 외곽을 지나 더 북쪽으로 진출했다. 지휘관 스카우터로 확인하면서 레이더망을 가동했는데 작은 마을을 약탈하는 부르고뉴군을 탐지했다. 모든 주민이 퇴거한 상태라서 기병들이 말에 내려, 미처 가져가지 못한 마을의 재산을 약탈하고 있었다.

약탈하느라 정신없는 적군이 눈앞에 있다면?

이보다 더 좋은 먹잇감이 있을까?

혹시나 매복이 있을까 해서 꼼꼼히 살폈는데 다행히 매복은 없었다. 전장인 북쪽 들판보다 더 북쪽이라 겁도 없이 마음을 놓은 것 같다. 그래도 그렇지, 우리가 마을 입구까지 들어섰는데 경계병 하나도 안 세우냐? 일제히 기병검을 뽑았다.

"프랑스 침략자들을 죽여라!"

"주여, 우리에게 힘을 주소서!"

마을로 질주해 들어가는 우리 부대를 보고 전리품을 챙기느라 정신이 없던 적 경기병들이 혼비백산 흩어졌다. 말에 올라타기도 전에 기병검에 베어지거나 찔려 죽는 자들이 속출했다. 그야말로 난장판이었다. 거침없이 마을을 누비며 적을 죽였다.

"빌어먹을, 왜 이곳에 적이?!"

"빨리 말에 올라라!"

가까스로 말에 오른 적들도 있었으나 난전 상황이었기 때문에 그들의 등에 마음껏 기병검을 내리쳤다. 제대로 저항하지 못한 부르고뉴 경기병들을 몰살했다. 잠깐 말을 쉬게 하고 싶었지만, 북쪽에서 이쪽으로 접근하는 부르고뉴 경기병대를 탐지했다.

"전리품을 챙길 때가 아니다! 숲으로 들어가라!"

"예? 갑자기 무슨?"

"시간 없다! 어서 말에 올라! 피엘! 아우구스트!"

전리품을 챙기려던 아군 경기병들은 내가 급히 명령을 내리자 엉거주춤해졌다. 내 명령을 가장 잘 따르는 두 사람을 부르자, 그들은 서둘러 경기병들에게 말에 오르라고 지시했다.

"경기병, 말에 올라라!"

"이놈들, 어서 말에 오르지 못할까!"

부장들이 말에 오르라고 몇 번 호통을 치고 나서야 그들은 황급히 말에 올랐다. 나도 북쪽의 새로운 경기병대가 나타나지 않았다면 전리품을 챙길 시간을 줬겠지만 적을 요격하는 것이 중요했다. 다행히 적 경기병대는 이쪽을 눈치채지 못한 것 같다.

마을 근처의 숲으로 몸을 감췄다.

다행히 울창한 숲이라 충분히 숨을 수 있었다.

매복하기에 더할 나위 없는 환경이었다.

경기병들은 내가 왜 숲에 숨으라고 했는지 이해하진 못했으나 귀신같이 적을 탐지해 습격하는 솜씨를 보여 줬기 때문에 불만을 표출하진 않았다. 그리고 그들은 마을에 접근하는 적 경기병대를 보고 놀라워했다. 다행히 적의 경기병 숫자는 적었다. 20여기 정도 되는 것 같다.

“아우구스트, 피엘! 자네들은 마을 앞쪽을 막아! 나는 뒤쪽으로 가겠다!”

믿음직한 두 기사와 20기를 먼저 보내고 나는 남은 부장과 경기병 18기를 이끌고 마을 뒤쪽으로 진입해 몰살당한 동료들을 보고 크게 당황하고 있던 적을 급습했다. 전속력으로 달리며 기병검조차 뽑지 못한 적을 공격했다.

“후퇴! 후퇴!”

적 경기병들은 귀신을 본 것처럼 혼비백산하며 도망치려고 마을 입구 쪽으로 달렸으나 먼저 보낸 피엘과 아우구스트가 가로막으며 완전히 그물망처럼 포위했다. 앞뒤로 적을 맞이하게 된 부르고뉴 경기병들은 절망적인 기색으로 저항했다.

그러나 결국 몰살을 피하지 못했다.

아우구스트는 너무나 손쉽게 연달아 적을 격멸한 전과에 혀를 내둘렀다.

“대단한 전과입니다. 그런데 어떻게 적이 오는 걸 예측하셨습니까?”

“내 육감이 적의 경기병대가 다가오는 걸 알려 줬거든.”

아우구스트의 질문에 농담으로 대답했는데 부장들의 표정이 기괴하게 변했다. 명백한 전과가 눈앞에 있으니 피엘과 아우구스트는 내 말을 믿었지만 다른 부장들은 믿을 수 없다는 눈치였다. 사실 이건 육감 외에는 말로 설명할 방법이 없다. 그만큼 급박했기 때문이다.

일단 나는 경기병들의 시신을 마을 밖으로 끌어내라고 지시했다. 나중에 마을사람들이 돌아왔을 때 전염병이 창궐하지 않게끔 조처를 한 것이다. 당연히 경기병들은 불만을 터트렸지만, 명령에 따랐다. 쏠쏠하게 전리품을 챙기게 해 줬기 때문이다.

단, 말의 기동성을 저해하는 중량이상은 허용하지 않았다.

경기병은 정찰, 추격, 약탈에 특화되어 있어서 그렇다.

그래서 이들 병과는 전장에서는 주력으로 취급하지 않는다.

전장의 꽃은 여전히 기사였고 중장기병을 앞세워 전열을 붕괴하는 방식이 전장을 지배했다. 그러나 나는 경기병이야말로 모든 작전에 특화된 병과라고 생각한다. 영지를 얻게 된다면 중장기병보다 이런 경기병을 적극적으로 육성하고 싶다.

만약 내가 육성한 경기병이 명성을 떨친다면 이렇게 불리지 않을까?

슈트라이트 경기병이라고. 이것도 내 로망 중의 하나였다.

"대장, 좋은 걸 발견했습니다."

피엘이 어디선가 포도주 두 병을 가지고 왔다. 촌장 집에서 찾아낸 것이라는데 이래서야 오히려 우리가 약탈자 같았다. 경기병에게 중량 이하의 전리품만 챙기라는 지시를 내린 나는 도적대장인가?

안타깝게도 아직까지 군대는 타지역의 민가에서 현지 조달이라는 이유로 종종 약탈을 저지르는 경우가 있다. 부르고뉴군은 당연히 적군이었으니 약탈을 자행하는 것이지만, 아군이 저지르는 것은 상당히 큰 문제다. 이는 영지 간의 분쟁으로 이어진다.

소속 영지가 아닌, 타 영지에서는 약탈을 저질러도 괜찮다는 인식 때문이다.

장인어른이 이런 약탈을 근절하기 위해 노력했고 지금처럼 소개령으로 비운 마을을 터는 것 정도는 허용이 됐다. 그렇기에 경기병들에게 이 지역 민가의 물건을 손대지 말라는 명령을 내려도 씨알도 먹히지 않는다. 어처구니없겠지만 죽이고 약탈하는 것보다 낫긴 했다.

적병이 가지고 있던 무구나 말을 전리품으로 빼앗는 것이 나로서는 마음이 편했다.

"로젠하임산 백포도주입니다."

"오, 좋은 걸 발견하셨습니다."

피엘과 아우구스트는 희희낙락하며 포도주를 마시며 예거를 먹었다. 경기병들이 적의 시체를 대부분 바깥으로 옮겨놔서 그나마 환경이 괜찮았다. 이번 습격으로 나는 질풍의 기사II 퀘스트를 완료했다. 5,000포인트를 획득하면서 다시 10,500포인트가 됐다.

위험수당(10배)을 받으면서 은화 50닢이 수중으로 들어왔다. 당연하지만 말 주머니에 넣어 놨다. 만약 전투 중에 말 주머니가 잘려져 나가면 그대로 잃어버리겠지만 몸에 지닐 곳이 없다. 평상시 퀘스트보다는 전투와 관련된 퀘스트의 보상이 엄청났다.

아무래도 전쟁을 통해 돈을 번다는 것이 퀘스트에도 똑같이 적용된 것 같다. 막대한 돈과 포인트를 벌고 싶다면 전쟁을 해야 하다니, 아이러니했다. 가문 명성도 1,250점으로 증가하면서 인지도와 통치력이 소폭 상승했다. 다만 획득한 타이틀이나 랭크가 상승한 것은 없다.

F급 기병지휘관(돌파20% 주력20%) 덕분에 경기병들을 빠르고 파괴적으로 이끈 것이 컸다. 물론 중장기병과 부딪치면 산산이 조각나겠지만 누가 미쳤다고 중장기병과 부딪칠까. 경기병은 역시 치고 빠지는 게 최적이었다.

그나저나 지휘관 스카우터에 다른 기능을 추가할까? 기능을 추가할 때마다 5,000포인트가 필요한데 구입해도 5,500포인트가 남는다. 과거 프로스트와의 싸움에서 나는 처음으로 의료 서비스를 이용했는데 비용이 5,000포인트였다. 당시에는 엄청난 고가였다.

다행히 포인트가 부족해도 서비스를 이용하는 것이 가능했지만 그 대신, 마이너스가 되기 때문에 나는 최소 5,000포인트 이상을 남겨놓고 있다. 마이너스가 되었다가 정작 중요한 일에 포인트를 사용하지 못하면 낭패였으니까. 나름 계획적이다.

궁리했지만 결국 포인트 사용을 보류했다. 상황에 따라 필요한 기능이 가지각색이라 그때를 위해 보험용으로 남겨두기로 했다. 피엘이 가지고 온 포도주와 예거를 먹으면서 휴식을 취한 후, 나는 매복으로 몰살했던 적 경기병대가 왔던 방향을 주목했다.

혹시 그쪽으로 가면 무언가가 있지 않을까?

말에 오른 나는 경기병대를 이끌고 북쪽으로 달렸다.

지휘관 스카우터를 통해 주변을 경계하며 나아간 끝에

드디어 발견 할 수 있었다.

적의 병참 부대를 말이다.

용병은 백년전쟁의 숨은 주역이라고 해도 과언이 아니다.

백년전쟁으로 전 국토가 유린당한 프랑스는 민병을 동원할 수 없었고 그렇기에 외국 출신의 용병을 대거 고용하면서 잉글랜드에 맞섰다. 아직도 도적 떼 같은 용병대가 가끔 있지만 어쨌든 이를 계기로 용병에 대한 인식이 완전히 달라졌다.

유럽의 역사는 전쟁의 역사나 마찬가지다. 작게는 이웃 영지끼리 전쟁을 벌였고 크게는 백년전쟁처럼 국가 간의 대전쟁이 일어난다. 그래서 누가 더 질 좋은 용병과 많은 숫자를 고용했느냐에 따라 승패가 갈리기에 이르렀다.

그래서 용병 사업은 중세인들이 출세 할 수 있는 새로운 블루오션이 된 것이다.

백년전쟁을 무대로 활약한 용병은 많았지만, 그중에서 가장 유명한 이를 곱자면 잔 다르크의 전우인 에티엔 드 비뇨르라는 귀족 출신의 용병이 있다. 라 이르(La Hire)라고 불린 이 용병은 잔 다르크를 도와 잉글랜드를 격파하는 데

혁혁한 공을 세웠다.

난폭하고 성질이 더럽다는 점에서 기병대장하고 공통점이 있는 것 같지만 사실 용병들 대부분이 순한 성격이 아니기 때문에 성질이 더럽다는 것은 그리 특별한 것이 아니었다. 다만 이 용병은 잔 다르크가 억울하게 화형 당한 뒤 프랑스 대원수 밑에서도 크게 활약했다.

전쟁은 귀족이 일으키고 전투는 용병이 한다. 이러한 기조가 널리 퍼지면서 이제 전장은 용병의 직장이 됐고 무수히 많은 용병대가 만들어지는 계기가 됐다. 그리고 이중에 스위스와 이탈리아 용병을 가장 우수한 용병으로 평가한다.

스위스 용병은 베렌 공국에게 우호적이다. 20년 전이나 5년 전 전쟁에 스위스 용병을 고용해서 프랑스가 자랑하는 중장기병을 막은 적이 있다. 더구나 스위스 용병들은 설사 전멸한다고 할지라도 결코 물러서는 법이 없었다. 그러니 스위스 용병을 최고로 곱았다.

반면, 이탈리아 용병의 평판은 엇갈린다.

전투력 자체는 스위스 용병과 비등한 수준이지만 그놈의 약탈 기질이 문제였다. 자신의 몸을 최고의 자산으로 여기던 이들이 이탈리아 용병이었고 전장은 그들이 많은 돈을 벌 수 있는 기회의 장이라고 생각했기 때문이다.

부르고뉴 경기병대로 이루어진 이 약탈부대도 약탈만 신경을 쏟다가 우리의 접근을 알아차리지 못했고 순식간에 쓸려 간 것은 이들이 약탈의 대명사라고 불리는 이탈리아 출신의 용병이었기 때문이다. 관리자 스카우터를 통해 알아낸 사실이었다.

이들은 전장의 비주류 병과인 경기병들이었기 때문에 전투력은 중장기병보다 떨어졌지만, 약탈과 추적에 특화된 자들이라서 결코 경시할 수 없는 존재들이다. 부르고뉴군의 약탈부대는 이런 전문가들로 구성되어 있었다.

전투가 시작되면 제일 먼저 적의 비어 있는 본진이나 병참을 터는 거로 악명이 높았다. 과거에는 마구잡이식 약탈을 자행하면서 악명이 대단히 높았지만, 백년전쟁 이후로 용병의 가치가 급상승하면서 과거처럼 무자비한 약탈이 사라지는 추세였다.

그렇다고 약탈이 완전히 사라진 것은 아니다.

전투보다 약탈에 더 관심이 있는 용병이었지만 좋은 품질의 무구와 말을 갖추고 있기 때문에 여전히 인기가 좋은 국제적 [상품]이었다. 어처구니없게도 이탈리아의 수출품 중의 하나가 용병이었다. 베렌 공국도 막대한 돈을 들여 스위스나 이탈리아 용병을 고용하기도 했다.

외즈 백작은 말했다. 생각보다 적의 움직임이 늦었다고. 지금에서야 드는 생각인데 아마도 베렌 공국에 고용되는 예도 있으니, 이를 의식해 원한을 사지 않기 위해서 약탈부대가 북쪽 마을 영민들이 대피할 때까지 일부러 기다려

준 것이 아닐까? 이것이 가장 그럴듯했다.

시간을 충분히 줬으니 지금쯤 다 빠졌겠지?

이제 마을에 남은 거 털자!

뭐, 이렇지 않았을까?

텅 빈 마을을 약탈하는 것 정도는 약탈의 범주에도 들어가지 않으니까. 피난이 늦은 영민들이나 하필 그 타이밍에 외즈로 진입했던 상단처럼 재수 없게 걸려서 꼼짝없이 공격을 당했지만 외즈 백작으로서는 생각보다 적은 피해인 것이다.

불행히도 부르고뉴 약탈부대 소속, 이탈리아 경기병대는 약탈품을 챙기고 돌아가지 못했다. 왜냐하면 유격전에 끼어든 내가 공국군 소속 경기병대를 이끌고 이들을 습격하고 다녔기 때문이다. 작은 마을에 매복하여 급습한 것까지 포함해서 5개의 약탈부대가 전멸했다.

그중 1개 부대는 에피앙 기사가 지휘하고 있었는데 바로 그가 약탈부대의 지휘관이었다. 그래서 흩어져 약탈하던 부대가 제대로 된 정보나 지휘를 받지 못했고 내게 연이어 각개격파를 당한 것이다.

뒤늦게 상황을 알아챈 지휘부에서 수색부대를 파견했지만 소 잃고 외양간 고친 격이다.

전장을 최고의 직장이라고 여기며 한탕 챙기려고 몸을 사렸던 이탈리아 놈들에겐 내가 재앙 그 자체였을 것이다.

그러니 50기씩 둘로 나누어 북쪽 들판을 수색하는 것이다. 그러나 나는 서쪽으로 돌아가면서 피해갔고 북쪽으로 진출하면서 후방에 있던 약탈부대를 급습했다.

흠. 이렇게 정리해 보니까, 나는 지금 터무니없는 반칙을 저지르고 있는 것 같다. 예를 들면 혼자 맵핵을 쓰고 있다던가. 적의 위치를 나는 알고 적은 내 위치를 모르니까. 매복에도 걸리지 않았고 수색에도 교묘히 빠져나갔다.

아무튼, 나는 북쪽에서 온 마지막 경기병대가 힌트라고 생각했다. 그들이 왔던 방향으로 가 보면 무언가가 있을 것이라는 예감이 들었기 때문이다. 스카우터를 통해 종합적인 정보를 얻어 내 유추해 지금까지의 성과를 거두었다면 이건 순전히 내 육감이었다.

“대장, 이대로 더 북쪽으로 가면 부르고뉴의 영역으로 넘어가는 게 아닙니까?”

“부르고뉴? 아니, 어쩌면 파리를 눈앞에 두고 있을지도 모르지.”

“하하, 아무리 그래도 파리는 여기서 굉장히 먼 곳입니다.”

피엘은 내 농담에 실소를 터트렸다.

경기병대를 지휘하면서 피엘과 아우구스트에게 예의를 갖추지 못했는데 그들은 오히려 자신들에게 그렇게 명령을 내리는 내 모습이 훨씬 자연스러웠다고 괘념치 않았다.

어차피 이 전쟁이 끝나면 자신들의 상관이 될 것이 틀림없으니 상관없다는 식이었다.

오히려 신경을 썼던 내가 다 민망해졌다.

아우구스트는 현재 객원기사였지만 적 경기병대를 연이어 격파한 나를 높게 평가하면서 슈트라이트의 가신이 되기로 마음을 먹은 상태다. 피엘은 슈타인호프가의 사람이었기 때문에 내 가신이 될 일은 없지만, 함께 싸우고 싶다는 뜻을 밝혔다.

솔직히 말하자면 나를 지지해 주는 기사가 둘이나 있다는 것은 매우 기쁘고 든든한 일이었다. 재정대신에게 휘둘릴 때가 엊그제 같은데, 어쩌다 보니 군무대신가의 사위가 됐고 이제는 이 북쪽 땅에서 동지가 둘이나 생겼다. 겨우 2명이지만 5개월 만에 이뤄낸 성과였다.

"워, 워! 이쯤에서 잠시 쉰다!"

"부대 정지!"

생각보다 멀리 온 것 같다.

말이 슬슬 지칠 때라 잠시 부대를 정지시킨 후 휴식을 명령했다. 적 경기병대의 무구를 챙기느라 말이 짊어져야 할 무게가 늘어난 것은 사실이기 때문에 적당히 휴식을 병행하며 이동하는 것이 중요했다. 말을 쉬게 하는 와중에 나는 스카우터로 주변을 살폈다.

주변에 걸리는 것은 아직 아무것도 없었다. 혹시 내 육감이 틀린 건가? 전장과 멀리 떨어진 엉뚱한 곳으로 부대를 이끈 것인지 갑자기 불안해지기 시작했다. 다행히 기병대장의 부장이 부하 몇 명을 데리고 주변을 살피다가 적의 흔적을 발견했다.

작은 냇가의 건너편에 길을 발견했다.

그리고 그 길에는 수많은 발자국과 수레바퀴 자국이 있었다.

“이 정도 깊이면 상당한 중량을 싣고 간 것이 분명합니다.”

“그것도 시간이 얼마 지나지 않은 흔적 같습니다.”

부장들의 눈이 탐욕으로 물들었다. 누가 용병출신이 아니랄까 봐. 약탈에 있어서 가장 앞장서는 자들이 기병대장의 부장들이었다. 들판을 가로지르는 이 길은 냇가를 따라 서쪽에서 동쪽으로 길게 뻗어 있었다. 병참기지가 이 길 어딘가에 있을 확률이 높았다.

휴식을 끝낸 후 부대를 집결시켰다.

우리는 이 길을 따라 달렸다.

적에게 위치가 노출될 수 있겠지만 나는 이미 지휘관 스카우터로 주변의 적의 유무를 지속해서 탐지했다. 스카우터를 빈번하게 사용했더니 두 가지 일을 처리하는 데 능숙해졌다. 스카우터가 레이더처럼 적을 표시해 주지만, 시야를 가리지 않은 것이 다행이었다.

"부대, 정지!"

"정지하라!"

그리고 어느 순간, 전방의 언덕 너머로 적의 2개 분대를 탐지할 수 있었다. 이 이상 접근한다면 경계병에게 들킬 가능성이 컸다. 그래서 나는 다시 남쪽으로 기수를 돌려 냇가를 건넜다. 외즈 지역은 산과 숲이 많은 지역이라 이처럼 숨을 곳이 많다는 것이 장점이다.

물론 그것은 적에게도 마찬가지였지만 나는 숨겨진 적의 위치를 찾아낼 수 있었기 때문에 대처만 잘한다면 역으로 적을 급습할 수 있다. 반칙 같은 능력이었지만 그렇다고 그것을 사용하지 않는 것은 더 말도 안 되는 짓이었다. 그것도 목숨을 건 전장에서는.

말에서 내린 뒤, 수풀사이를 이동했다. 홀란트산 말은 황무지 일대에서 서식하는 말이라 걸리는 것이 많은 숲을 좋아하지 않아서 푸르릉거리며 불만을 토로했다. 하하, 이 정도 불만은 그냥 애교 수준이다. 몇 번 쓰다듬어 주자 이 온순한 말은 금세 얌전해졌다.

샤텐은 화가 나면 엉덩이를 들썩거리거나 내 머리를 자기 주둥이로 툭툭 친다. 힐다를 가장 높게 대우하고 그다음이 나였는데, 대우 차이가 너무 심했다. 그래도 샤텐은 매우 영리한 말이었기 때문에 내가 움직이는 대로 잘 따랐다.

나는 이 홀란트산 말의 이름도 모른다.

그래서 적갈색을 따서 콩글리시처럼 단순하게 로트브라운이라고 지었다. 아우구스트에게 빌려준 말은 나중에 돌려받을 생각이었지만 그가 정식으로 가신기사가 된다면 선물로 줄 생각이다. 그래서 아우구스트는 자신의 말에다가 고향의 이름(포이젠)을 붙였다.

적 경기병대에게 노획한 말은 모두 작은 마을에 묶어두고 왔다. 병참기지를 습격하고 도망칠 때 그 마을에 들려 말을 가지고 돌아갈 생각이다. 경기병들이 억지로 끌고 가려는 걸 명령으로 막은 뒤에야 놓고 온 것인데 돌아갔을 때 말이 없을까 봐, 노심초사한 것 같다.

하여간, 전쟁을 통해 한탕 하려는 놈들은 용병이나 정규군이나 똑같았다. 아니, 어쩌면 기사들이 더했을 것이다. 나도 퀘스트나 여러 방면으로 은화를 모으지 못했다면 유지비에 허덕여서 저들처럼 한탕 하려고 전쟁을 손꼽아 기다렸을지도 모르겠다. 역지사지니라.

언덕 너머에 있는 적은 2개 부대로 추정했는데 가까이에 접근하니 적의 부대가 4부대가량 모여 있는 것을 확인했다. 하긴, 중요한 병참기지에 경비병이 없다는 건 말이 안 되지. 2개 부대는 43의 낮은 전투력이니 이들이 병참부대고 나머지 두 부대는 경비부대였다.

경비부대의 전투력은 56수준이다. 현재 우리 측 전투력이 75였으니 기습공격을 한다면 큰 타격을 줄 수 있겠지만 적의 숫자가 명백히 더 많았다. 내가 이끄는 경기병대는 처음 출정할 당시에도 부장을 합쳐 54기였는데 지금은 42기로 줄어들었다.

아무리 기습으로 큰 전과를 거뒀어도 죽거나 부상을 막을 순 없다. 사상비율로 보자면 적의 피해가 우리 측 피해보다 10배는 더 많지 않을까? 약탈부대가 약 20기씩 몰려다녔고 그중에서 5부대를 격멸했다. 이제 우리는 4부대가 모여 있는 병참기지를 공격할 참이다.

"피엘, 아우구스트. 너희는 적의 경비병을 집중적으로 공격한다. 부장들은 횃불이나 기름을 찾아내 닥치는 대로 불을 질러라. 분명히 말하지만, 노획은 금지다."

"적의 병참기지는 젖과 꿀이 흐르는 곳입니다만 그걸 포기하는 건……."

"노획할 시간도 없고 설사 약탈해서 도망친다고 해도 그 중량으로는 말이 쉽게 지쳐서 추격을 피할 수 없다. 설마 겨우 재물 때문에 목숨을 걸 생각은 아니겠지?"

용병은 자신의 몸을 최고의 재산이라고 친다. 용병 출신인 두 부장은 내 말뜻을 알아들었다. 이런 면을 보자면 전멸 위기에도 도망치지 않고 싸우는 스위스 용병들이 얼마나 대단한 집단인지 알게 해 준다. 그들은 고용비나 재물보다 신용에 더 큰 가치를 두고 있었으니까.

적의 경계병은 아직 이쪽을 눈치채지 못한 것 같다.

경계는커녕, 둘이 잡담하고 있으니 당연히 모르겠지.

맥아더 장군이 그런 말을 했던가?

작전의 실패는 용서해도, 경계의 실패는 용서할 수 없다고.

맞는 말이다. 지금처럼 경계병이 아무것도 모를 때 기습을 가한다면 말이지.

— 두두두두두!

단숨에 수풀에서 튀어나와 언덕을 주파한 우리 부대의 눈앞에는 병참기지와 늘어져 있는 경비부대, 그리고 밥을 먹으려고 불을 지피던 취사병의 황당한 표정이 있었다. 뭐라고 할까? 양 측 사이로 순간의 적막이 감돌았다. 누구도 적의 등장을 예측하지 못한 것이다.

"부대, 돌격!"

"우와아아!"

언덕 아래를 향해 빠르게 내 달리며 기병검을 높이 든 우리 부대는 멍청하게 서 있는 짚단을 짓밟기 위해 돌진했다. 병참기지를 둘러싼 말뚝은 유명무실했다. 촘촘히 설치한 것이 아니라, 말이 지나갈 수 있는 간격이 있었기 때문이다. 당연히 우리는 쉽게 돌파했다.

"저, 적이다! 으악!"

"Maledizione!"

기병검을 휘두르며 정신을 못 차리고 있는 적을 거침없

이 베면서 지나갔다. 나는 이미 각 분대에 역할을 분담했기 때문에 피엘과 아우구스트의 분대가 마음껏 적을 짓밟는 동안 부장의 분대는 횃불이나 기름을 찾아내 그것을 뿌리며 불을 붙였다.

삽시간에 보급품이 모여 있는 천막과 쌓아놓은 짚에 불이 붙으며 점점 번져나갔다. 경비부대의 숫자가 많았음에도 불구하고 여기저기서 날뛰며 마구잡이로 베어 죽이는 우리 부대의 공격을 당해내지 못하고 도망치기 시작했다. 당연히 병참부대도 난리가 났다.

"개 같은 이탈리아 놈들! 도망치지 말고 싸워!"

욕설을 내뱉으며 도망치는 병사들을 어떻게든 지휘하려고 악을 쓰는 병참부대장을 발견했다. 너의 실수는 형편없는 경계병을 세웠고, 말뚝을 제대로 박지 않았다. 말의 배를 박차며 쏜살같이 달려간 나는 그를 향해 기병검을 휘둘렀다.

— 챙! 챙!

그런데 생각보다 내 공격을 잘 막아냈다. 위에서 내리치는 공격을 힘겹게 막으면서 버텼는데 내리치는 내 팔을 붙잡고 있는 힘껏 잡아당겼다. 당연히 나는 무게 중심이 옆으로 쏠렸고 플레이트의 무게 때문에 균형을 유지할 수 없어 낙마해버렸다.

다행히 안전하게 낙법을 했기에 큰 충격을 받지 않았다.

하지만 충격이 전혀 없지는 않았기에 기침이 터져 나왔다.

마상무예 1단계 수련 퀘스트에는 2가지 단련법이 있는데 가장 기본적인 기병검을 다루는 것과 낙마를 대비한 낙법이 있다. 이 낙법을 익히지 않았다면 위험할 수도 있었다. 꾸준히 적 경기병대를 기습하면서 마상무예와 승마술의 숙련도가 크게 향상했다.

"죽어! 돼지만 처먹는 독일 놈!"

쓰러진 내 몸 위에 올라타 틈새로 단검을 찔러 넣으려는 병참부대장의 팔을 붙잡고 관절을 비틀어버렸다. 내가 레슬링을 틈틈이 익힌 이유가 바로 이런 상황에 대비하기 위해서다. 물론 검술에도 레슬링이 적용되지만 이렇게 무방비하게 쓰러졌을 때도 그 위력을 발휘한다.

"크악!"

"살진 거위 간이나 처먹는 프랑스 놈 주제에!"

"Putain Merde! 우린 거위 간 따윈 안 먹어!"

아, 그래?

팔 관절을 꺾어버리며 그대로 옆으로 밀어 넘어트린 후 이번엔 내가 마운트 포지션을 잡았다. 나는 프로스트와 클루겐을 죽였던 내 단검을 빼 들어 저항하던 병참부대장의 투구 틈새로 찔렀다. 투구 사이로 피가 흘러나왔고 격렬한 저항이 점차 잦아들었다.

"제기랄, 하마터면 큰일 날 번했네."

난전으로 몰고 가, 위에서 내리치는 기병이 무조건 유리한 것은 아니다. 이처럼 말에서 끌어내려 죽이는 방식도 존재했다. 다행히 나는 이에 대비한 덕분에 살아남았다. 곧바로 병참부대장의 천막으로 들어갔다. 지휘관인 만큼 좋은 정보가 있을 가능성이 컸다.

책상에서 총 4장의 서류와 큰 종이를 발견 할 수 있었다. 그것도 일반적으로 사용하는 아마지가 아닌 좋은 재질의 종이였다. 일단 가장 큰 종이에 집중됐다.

"지도?"

병참기지와 메리언트에 있는 적의 위치가 그려진 지도였다.

이야, 이거 대박인데? 월척이구나.

다른 병참기지가 아주 가까운 곳에 있었다.

부르고뉴군의 병참기지가 불타오르고 있었다. 베렌 공국 경기병대를 이끌던 나는 졸지에 방화범이 되었지만 노획할 수 없는 적의 보급품은 불살라 버리는 것이 합리적이었다. 불타오르는 보급품을 보고 부장들과 경기병들이 아까워 죽을 것 같이 보고 있었다.

유격전에 전리품을 가지고 돌아가긴 어렵다. 우선 부피

가 증가하면 말이 쉽게 지칠 것이고 속도를 낼 수 없다. 병참기지가 기습으로 파괴되었다는 것을 적이 알게 된다면 우린 격렬한 추격을 받게 될 것이다. 내가 에피앙 백작이라면 잡아 죽이려고 난리를 치겠지.

약탈부대 사냥한 것과는 비교조차 할 수 없는 어그로를 끄는 것이다.

그런 상황에서 무거운 전리품을 가지고 돌아간다?

그것보다는 말을 가지고 도망가는 것이 합리적이다.

지친 말을 갈아타면서 튀면 되니까.

"부대, 정렬! 우리는 동쪽으로 간다!"

"슈트라이트님, 병참기지를 불태웠는데 어디를 갑니까?"

아우구스트의 질문에 나는 지도를 보여 주었다.

부장들은 그것이 곧 무슨 지도인지 알게 됐다.

"여기서 멀지 않은 곳에 적의 다른 병참기지가 있다."

"이곳까지 왔으니, 그곳도 불태우고 가야겠군요."

"이왕 방화범이 된 거, 남김없이 다 태우고 갑시다!"

방화는 중죄였지만 적 거점을 불태운 것은 훌륭한 공적이다. 그것도 병참기지라면 전쟁의 결정적인 승기를 잡게 되는 것이기에 내가 이끄는 공국군 경기병대는 막대한 보상과 공훈을 약속받은 상황이다. 그래서 우리는 곧바로 동쪽으로 달렸다.

말의 체력이 아슬아슬한 상황이었다.

두 번째 적의 병참기지를 급습했다.

"저, 적의 급습이다!"

"보병, 대열을 갖춰라!"

이번 병참기지는 확실하게 방비가 잘 되어 있었다. 진입하기에 앞서 말뚝을 의지해 방패로 입구를 가로막은 경비부대를 어떻게든 뚫어야 했다. 다행인 것은 적군 중에 창병이 없었다는 점이다. 창병이 밀집해 있었다면 그대로 포기하고 도주를 선택했을 것이다.

내게는 최고의 선봉장인 피엘이 있었다.

격전을 치렀지만, 다행히 피엘의 기병창이 건재했다.

"피엘, 적의 대열을 무너트릴 수 있겠지?"

"맡겨주십시오, 이랸!"

피엘은 우리 중에 유일하게 카우치드(겨드랑이) 기법으로 랜스를 다룰 줄 알며 강력한 선봉의 역할을 수행하던 용감한 기사다. 참고로 저 경비부대는 정예부대가 아니다. 병참이 중요한 것은 사실이지만 막상 이를 지키는 병사들의 질은 가장 떨어지는 것이 현실이었다.

— 쾅!

"으악!"

그러니 기병창을 앞세운 피엘에게 단숨에 대열 중심이 무너졌다. 피엘의 분대를 선두로 나머지 분대들이 차례차례 무너진 곳으로 난입했다. 그 뒤로는? 일방적인 학살과

방화가 이루어졌다. 우리들의 주목적은 적병을 죽이는 것이 아니라, 불살라 버리는 것이다.

"도망치는 놈들은 내버려 두고 불을 붙여라!"

그래서 횃불과 기름을 찾아 온갖 곳에 불을 질렀다. 경비대장과 병참부대장이 나서서 진화를 지시했지만 피엘과 아우구스트가 득달같이 달려들어 죽였다. 그렇게 한창 난리가 나고 있을 때 나는 이 병참기지가 목장도 겸하고 있다는 것을 알게 됐다.

병참기지의 북쪽으로 말 목장이 있었기 때문이다.

13필의 말이 있었다. 그리고 그중에 가장 내 눈을 사로잡는 말이 있었다.

앞 다리를 들어 올리며 격렬하게 저항하는 새하얀 말.

— 히이잉!

빛나는 털과 잘 빠진 몸매, 모든 것이 아름다운 이 백마는 샤텐 못지않게 훌륭한 준마였다. 말을 보는 눈이 없다시피 했지만 샤텐을 타고 다니면서 나도 말을 보는 눈이 높아졌기 때문이다. 로트브라운도 좋은 말이었지만 저 백마와 샤텐과는 비교조차 할 수 없다.

지금까지 살면서 탐욕이라는 것을 느껴본 적이 없다.

그런데 처음으로 나는 저 말을 꼭 가지고 싶다는 욕망에 사로잡혔다.

더구나 적의 병참기지에 있던 말이다.

정당한 전리품이기에 조금도 꺼릴 것이 없었다.

오, 주여. 정의로운 말 도둑놈이 될 수 있게 허락해 주소서! 엘렐루야!

나는 이미 부하들에게 노획물보다 말을 집중적으로 챙기라고 지시를 내렸는데 무거운 노획물에 비해 끌고 다니기가 쉬웠기 때문이다. 게다가 갑주의 대부분은 제값을 받기 어려웠지만 말은 달랐다. 여전히 말에 대한 수요는 유럽 각지에서 넘쳐났다.

백마는 불과 연기 때문에 매우 흥분해서 날뛰고 있었지만 일단 말고삐부터 붙잡고 진정시키려고 했다. 그런데 병참부대의 인부로 보이는 비무장 민간인이 갑자기 튀어나오더니 내 앞을 가로막았다. 적군의 기사 앞을 무기 없이 가로막다니. 보통 용기가 아니다.

그런데 이 민간인은 용기보다는 겁에 질려있었다.

"멈추십시오! 이 말은 에피앙 백작의 말입니다!"

프랑스어가 아닌 남부 독일의 방언인 알레만어로 말했다.

이 비무장 민간인은 베렌 공국 사람이었다. 왜 독일인이 프랑스 놈 밑에 있는 걸까? 하지만 사방에서 불길이 치솟았기 때문에 따질 겨를이 없었다. 나는 민간인을 무시하고 말고삐를 붙잡았다. 그러자 더욱 날뛰었다. 이거 샤텐보다 더 성질이 더러운 것 같은데?

"기사님! 몽블랑을 함부로 다루시면 안 됩니다!"

이 말의 이름이 몽블랑인가?

프랑스어로는 하얀 산이라는 뜻이다.

에피앙 백작은 아주 훌륭한 말을 가지고 있었다.

"네놈은 베렌 사람인 것 같은데 왜 에피앙 백작 밑에 있지?"

"저는 본래 로젠하임 사람이었지만 5년 전 약탈부대에게 포로로 잡힌 이후 줄곧 에피앙 백작의 마구간지기로 일하고 있었습니다! 프랑스 놈 밑에서 일하고 싶지 않았지만 살기 위해서 뭔들 못하겠습니까?"

군인도 아닌 민간인이 잡혀가서 농노나 광노가 되는 것 외엔 별다른 선택지가 없다. 그나마 기술이라도 가지고 있으면 대우가 낫다. 그런데 이 마구간지기가 말을 얼마나 잘 관리했기에 에피앙 백작이 자신의 말을 맡긴 걸까?

저런 훌륭하고 아름다운 말을 아무에게나 맡기지 않을 텐데.

— 화르르!

"도망쳐! 도망치라고!"

"제기랄, 우린 이제 다 죽었다!"

베렌에서 온 방화범들이 훌륭하게 불을 지르고 다닌 덕분에 병참기지의 반 이상이 불타올랐다. 사방천지가 온통 불바다였다. 이 이상 시간을 지체할 수 없다.

나는 마구간지기의 목에 기병검을 들이댔다.

"선택해라. 고향으로 돌아갈 것이냐, 아니면 여기서 타죽을 것이냐."

"기사님, 제가 고향으로 돌아갈 수 있습니까?"

"내 휘하에 로젠하임 병사들도 있다. 전쟁이 끝난 후 해산할 때 함께 돌아가도 좋다. 포로가 아닌, 귀환자로 대우해 주지."

"오오, 감사합니다! 몽블랑은 이제 기사님의 말입니다!"

고향으로 돌아가고 싶었는지, 마구간지기는 냉큼 내게 붙었다. 약탈부대에 의해 포로로 잡혀 왔다가 원치도 않은 프랑스 귀족 밑에서 말이나 관리하고 있었으니 얼마나 고향이 그리웠을까? 마구간지기는 능숙하게 몽블랑이라는 아름다운 백마를 진정시켰다.

"제가 몽블랑을 끌고 뒤따라가겠습니다."

"에피앙 백작에게 도망갈 생각은 아니겠지?"

"그 망할 프랑스 놈 밑으로는 두 번 다시 가지 않습니다! 믿어 주십시오!"

끔찍한 소리 하지 말라는 듯, 그는 정색하며 부정했다. 관리자 스카우터를 통해 그가 진실을 말하고 있다는 것을 이미 확인했다. 그리고 그의 성향은 순응(선)이다. 즉, 어느 쪽에도 붙을 수 있는 성향이지만 선에 머물고 있기 때문에 배신행위는 하지 않을 것이다.

마구간지기는 다른 말에 올라타더니 몽블랑을 이끌었다.

사나운 성질의 말을 진정시키고 안전하게 이끄는 솜씨가 보통이 아닌 것은 분명했다. 어쩌면 몽블랑을 유일하게 잘 다룰 수 있어서 백작이 특별히 마구간지기로 임명했을 수도 있다.

"잘 따라와라, 이랏!"

마구간지기의 협조로 나는 수월하게 몽블랑 외에 12필의 말까지 챙겨서 빠져나갔다. 불길 속에 잿더미로 변해가는 부르고뉴의 병참기지를 뒤로했다. 경기병들은 병참기지에 있던 대부분의 말을 챙겨서 빠져나왔다. 힘이 좋은 짐말이 대부분이었다.

"와하하! 머저리 프랑스 놈들에게 굶주림의 고통을!"

"오, 위대한 용맹공이여! 알레만의 불 맛이 어떠냐!"

유격전이 완전히 끝난 것은 아니지만 두 개의 병참기지를 불태웠다. 그야말로 엄청난 전과였다. 경기병들은 처음에 불타는 보급품을 보고 아까워했으나 지금은 노래를 부르며 승리를 자축하고 있다. 첫 번째와 다르게 이 병참기지에는 중요한 정보가 없었다.

대신, 에피앙 백작의 말을 챙겼다.

유유자적 서쪽으로 빠져나갔고 해가 저물기 시작했을 때 우리 부대는 무사히 작은 마을에 도착할 수 있었다. 지금쯤 부르고뉴 지휘부에서 난리가 나지 않았을까? 병참기지를 불태우는 데 주력했기 때문에 도망친 병사들이 많았으니 분명히 알려졌을 것이다.

다행히 적 경기병에게 노획한 물자와 40여 필의 말이 남아 있었다. 휴식을 취하고 싶지만, 적의 추격부대가 언제 들이닥칠지 알 수 없었기 때문에 말을 갈아탔다. 경기병들은 각자 2필씩 끌고 남쪽으로 달렸다. 구보 수준이라서 지친 말에게 큰 부담을 주지 않았다.

마구간지기는 몽블랑을 잘 끌고 따라왔다.

당연하게도 아름다운 몽블랑의 모습에 아우구스트와 피엘이 관심을 드러냈다. 작전을 수행하고 도망치느라 정신이 없었는데 말을 갈아타고 재정비를 하면서 여유가 생긴 것 같다. 아우구스트는 몽블랑을 유심히 살피며 내게 말했다.

"언제 이런 훌륭한 말을 챙겼습니까? 샤텐과 비교해도 손색이 없는 말입니다."

"불길이 치솟는 와중에 내 눈에 오로지 이 말만 보이더군."

"그런데 이 정도 말이 왜 병참기지에 있었을까요?"

"에피앙 백작의 말이다."

"세상에! 중요한 병참기지가 불탔을 뿐만 아니라, 말까지 잃었으니, 에피앙 백작의 분노가 매우 클 것입니다."

그렇겠지. 앞으로 에피앙 백작으로부터 욕이란 욕을 다 먹을 것 같다. 하지만 이 정도 말이라면 나는 기꺼이 정의로운 말 도둑놈이 될 준비가 되어 있다. 그리고 결정적으로 에피앙 백작은 안타깝게도 나를 잡을 수 없을 것이다.

공격뿐만 아니라 도망치는 것도 기가 막히거든.

지휘관 스카우터를 통해 스카우터 범위가 미치는 곳에서 적의 기병대를 탐지했다. 소수의 인원으로 수십 부대가 온 들판과 숲을 이 잡듯이 뒤지고 있는 것만 봐도 에피앙 백작이 제대로 빡쳤다는 것을 알 수 있다. 남쪽을 제외한 모든 방향에서 적 부대가 탐지됐다.

저렇게 부대를 나눈 이유는 지금 해가 지면서 어둠이 잦아들고 있었기 때문이다. 다행히 내가 이끄는 공국군 경기병들은 야간행군도 능숙했기 때문에 이탈자가 발생하지 않았다. 지휘관이 이 어둠을 뚫고 제대로 인솔할 수 있는 것이 관건이다.

"대장님! 이렇게 어두운데 숲속으로 들어가면 길을 잃기 쉽습니다!"

"걱정하지 말고 나를 따라와라. 내가 길을 정확히 안다."

부장들은 혁혁한 전과와 놀라운 기병지휘를 보여 준 내 능력에 대해 일말의 의구심도 가지지 않았지만, 야간행군은 차원이 다른 문제였다. 최적의 루트 기능을 통해서 안전하게 돌아가고 있는 중이니, 그렇게 불안할 필요는 없다.

당연하지만 더 이상 설명 따윈 없다.

그냥 대장이 가자는 대로 가자, 이 새끼들아.

언덕을 2개 넘고 들판을 한 번 가로지르며 하천을 건넌 끝에 마침내 저 멀리서 불빛이 보이기 시작했다. 외즈 성과 떨어져 있던 공국군 주둔지가 틀림없다. 그런데 어째 규모가 커진 것 같다. 가까이 접근하다가 정찰대를 만날 수 있었다.

"정지! 당신들은 어디의 부대입니까?!"

"브라이스부르크의 슈트라이트다. 임무를 마치고 복귀하는 중이다."

"슈트라이트? 혹시 질풍의 기사라고 불리시는?"

나를 알아보는 눈치였다. 가문의 문장을 확인하고 나서야 부대가 끌고 온 말과 전리품을 보고 눈이 휘둥그레졌다. 정찰대의 호종을 받으며 외즈 성 외곽까지 도달한 끝에 나는 공국군 주둔지가 훨씬 커진 것을 확인할 수 있었다. 이거 보급물자는 어떻게 되는 거야?

약탈부대를 요격하러 나간 사이에 장인어른께서 지원군을 이끌고 도착한 것 같다. 하지만 나는 그보다 앞서 미하엘이 임시로 만들었다는 말 목장에 노획한 말들을 모두 몰아넣었다. 이후 경기병들에게 보상을 하거나, 혹은 말을 원한다면 내주게 될 것이다.

"정말 훌륭한 말입니다!"

마구간지기는 샤텐을 보고 흥분을 감추지 못했다. 샤텐은 갑자기 들어온 새로운 말들을 거들떠보지도 않았는데 마치 운명처럼 몽블랑과 마주했다. 내가 알기로는 샤텐이 대부분의 수말을 굴복시켰다는데 만약 암말이 있었다면 어땠을까?

다행히 마구간지기가 능숙하게 대처해서 말끼리 싸우는 일은 일어나지 않았다. 다만 샤텐이 나를 물끄러미 바라보고 있을 뿐이다. 혹시 지금 나보고 해명하라는 거야?

마구간지기의 이름은 빈터였다. 관리자 스카우터를 통해 이미 알고 있었지만 내게 정식으로 소개하지 않았다는 것을 지금에서야 깨닫고 황급히 이름을 밝힌 것이다. 그나저나 이름이 빈터(겨울)라니. 겨울은 중세인에게 혹독한 계절이라서 결코 좋은 이름이 아니다.

"겨울에 태어나서 빈터라고 이름을 붙인 겁니다. 처음에는 싫었지만 별수 있습니까? 부모가 지어준 이름이니 죽을 때까지 안고 살아야겠죠. 아무튼, 저는 로젠하임의 마구간지기 가문의 차남이었습니다. 어차피 형이 다 물려받기 때문에 저는 집을 나가야 했습니다."

"그러다가 약탈부대에게 포로로 붙잡힌 건가?"

"예. 사실 전쟁이 터지면 마부들의 대부분이 몰래 전쟁터 근처까지 갑니다. 주인 없는 말이 간혹 돌아다녀서요. 그래서 저도 챙길 생각에 가까이 갔다가 포로로 잡혔습니다."

에피앙까지 끌려간 빈터는 노예가 될 뻔했는데 마구간지기가 필요했던 백작가의 목장 관리인이 그를 일꾼으로 부려 먹었다. 그런데 생각보다 말을 잘 관리해서 백작의 말을 관리하게 되었고 지금에 이르렀다는 것이다. 독일인이 말도 통하지 않는 프랑스 놈들 밑에서 욕봤다.

"로젠하임으로 돌아가도 네 형이 다 물려받았다면 너는 할 일이 없을 텐데?"

"목장 관리는 항상 인력이 부족해서 형도 저를 고용해 줄 겁니다."

"그것보다는 내 가문의 마구간지기 자리가 더 낫지 않나?"

생각지도 못한 제안이라는 듯, 빈터는 눈만 껌뻑거렸다. 몽블랑은 매우 사나운 말인데 신경안정제인 빈터가 없다면 관리하는데 어렵지 않을까? 모든 말을 왕실목장에 맡기는 건 유지비가 엄청나게 든다. 샤텐, 한 마리였다면 괜찮지만 나는 가신기병을 육성할 생각이다.

마침 로젠가든에 10마리의 말을 수용할 수 있는 마구간이 있기 때문에 에피앙 백작의 말을 관리했던 빈터를 마구간지기로 고용해서 직접 말을 관리하는 것이 훨씬 저렴하지 않을까? 빈터는 로젠하임으로 돌아가도 마구간지기가 될 수 없다는 것을 알고 있었다.

그래서 그는 심사숙고 끝에 내 제안을 받아들였다.

귀향하는 것도 좋겠지만, 현실적으로 더 좋은 조건에서 일하고 싶은 것이 인간의 심리였다. 빈터는 내게 재빨리 무릎을 꿇으며 말했다.

"기사님께서는 저를 구해 주셨을 뿐만 아니라 기사님 가문의 마구간지기를 맡겨주신다니, 그 은혜는 부활의 날을 맞이해도 절대 갚을 수 없을 겁니다. 그러니 최선을 다해 기사님의 말을 건강하게 관리하겠습니다."

"슈트라이트 가문의 새로운 식구가 된 걸 환영한다, 빈터."

에피앙 백작의 밑에서 마구간지기 일을 한 사람이지만 순응(선)이라는 성향과 로젠하임이 고향이라는 것이 마음에 들었다. 그리고 가장 중요한 몽블랑을 관리하던 사람이었다. 그것만으로도 나는 이 겨울이라는 이름을 가진 친구를 고용할 가치가 있었다.

부하들에게 휴식을 취하게 하고 외즈 성으로 향하던 나는 나를 향해 달려오는 미하엘을 발견 할 수 있었다. 커다란 덩치에 맞지 않게 얼굴은 크게 상기되어 있었다. 꼭 주인을 반기러 오는 골든 리트리버 같다.

"무사히 돌아와서 다행이야. 북쪽에서의 활약은 잘 들었어."

"어디서 들으셨습니까? 아직 보고하기 전인데요."

"하하, 에피앙 백작의 정중한 서한이 외즈 백작에게 전해졌거든."

편지를 본 외즈 백작이 설명해 주길, 비겁하게 기습하지 말고 내일 귀족답게 회전을 하자는 제안이었다. 약탈부대가 아군의 유격대에게 박살 나서 체면이 크게 상했으면서도 자칭 대국의 귀족으로서 애써 참아가며 정중한 서한을 보낸 것이 매우 통쾌했다고 한다.

그런데 병참기지가 불타고 아끼는 헝가리산 말을 빼앗긴 것까지는 전해지지 않은 모양이다. 아마 타이밍이 어긋났겠지. 겨우 공국기사에 불과한 내가 적 총대장(백작)의 체면을 완전히 구겨버렸다. 내가 생각해도 정말 터무니없는 짓을 저지른 것 같다.

미하엘은 임시 목장에 있는 말들을 보고 감탄했다.

“나가서 말 사냥이라도 해온 거야? 무슨 말을 이렇게 많이 잡아 왔어?”

“무거운 전리품보다는 데리고 다니기 쉬운 말을 집중적으로 노렸습니다.”

“그렇겠지. 매제가 이끈 부대는 약탈부대가 아니니까. 응?”

그런데 미하엘은 몽블랑을 보고 눈이 휘둥그레졌다. 미하엘은 제법 말을 볼 줄 안다. 포이젠 근교에서 벌어진 회전에서 노획한 말 중에 5필을 엄선해서 골라주었을 정도다. 그리고 그중에 로트브라운이 가장 괜찮은 말이었다.

그렇기에 미하엘은 몽블랑에게 시선을 떼지 못했다.

“몽블랑이라는 이름의 헝가리산 준마입니다.”

“헝가리산이라고? 세상에, 그 비싼 말을 어떻게?”

“나중에 자세히 알려드리죠. 일단 왕세자 저하에게 보고해야 합니다.”

“그게 더 중요하지. 빨리 가자고. 모두 매제를 기다리고 있어.”

씩 웃는 미하엘과 함께 나는 왕세자와 외즈 백작, 그리고 장인어른을 알현장에서 볼 수 있었다. 그런데 외즈 백작과 장인어른의 사이가 좋지 않은지 무섭게 서로를 노려보며 으르렁거리고 있었다. 미하엘은 지방 영주와 군무대신가는 만날 때마다 싸움질한다고 설명했다.

가벼운 인사 정도라고 했는데.

인사 한번 더했다간 칼부림이라도 일어나겠다.

이는 고질적인 중앙과 지방의 주도권 싸움이었는데 이 때문에 명령체계가 일원화되지 않아서 이길 수 있는 전쟁에 지는 경우도 종종 있었다. 대부분의 국가에서 이런 일이 비일비재했고 백년전쟁 당시 프랑스가 초반에 삽질한 것도 이러한 영향 때문이다.

그러나 백년전쟁 이후로 절대왕정을 구축하기 시작한 프랑스에 비해 신성로마제국은 여전히 분산되어 있었고 단합은커녕 아직도 서로의 영토를 차지하려고 싸움질을 벌인다. 그리고 그 축소판이 제후국 내의 지방 영주와 중앙의 갈등이었다.

“공국군이 투입된 이상 백작의 병사들도 내 통제하에 들어와야 하지 않겠나?”

“흥, 내 병사들은 내가 지휘한다. 공국군은 자네가 지휘하면 될 터.”

외즈 백작은 장인어른의 요구에 노골적으로 불쾌한 기색을 내비쳤다.

당연히 불끈불끈한 우리 장인어른의 이마에 혈관이 솟아올랐다.

“공국군의 지원을 받은 이상 병권은 내게 있다는 것을 모르나?”

“나는 정당한 봉건계약을 행사하는 것뿐이다. 외즈의 모든 것은 외즈니르크 가문만이 결정 할 수 있다. 공국군의 지원은 고맙지만, 그 이상의 요구는 들어줄 수 없다.”

“둘 다 그만둘 수 없겠나? 우린 부르고뉴라는 강대한 적을 눈앞에 두고 있다. 공국군과 백작군이 서로 협력해도 부족한 마당에 의견이 이렇게 일치하지 않는다니.”

중간에 끼어 있는 왕세자는 중앙과 지방의 반목을 보고 노골적인 현실을 깨달았을 것이다. 그동안 잘도 부르고뉴에게 잡아먹히지 않았다. 하긴, 부르고뉴가 전쟁 중에 물러났던 건 대부분 외부적인 이유(잔 다르크, 홀란트 반란) 때문이다.

"우리에게 명령을 내릴 수 있는 합법적인 통치자는 외즈니르크밖에 없다!"

"공국군에게 지원요청을 한 주제에 주둥이만 살았군! 촌놈들이!"

저번 알현장에는 소수의 인원밖에 없었는데 이번에는 제법 많은 사람이 알현장에 모여 대립하고 있었다. 좌우 진영으로 나누어져 외즈 백작과 장인어른의 축소판처럼 입씨름을 벌이고 있는데 시장바닥이 따로 없다. 돌아오자마자 이런 광경을 보게 될 줄은 몰랐다.

좌측에 있는 이들은 내가 아는 사람들인데 공국군을 지휘하는 기사들과 부장들이었다. 그리고 우측에 있는 자들은 외즈 백작의 신하들인 것 같다. 이들은 주도권 싸움을 벌이고 있는 것이고 그사이에 낀 왕세자는 한숨만 내쉬고 있는 상태다.

잘생긴 왕세자의 얼굴에는 수심이 쌓여있었다.

언젠가 공왕으로 즉위할 것인데 현실을 너무 일찍 깨달은 얼굴이다.

좋은 교육의 현장이군. 꿈꾸는 왕보다 현실적인 왕이 현명한 법.

"슈트라이트 경! 그대가 돌아오기를 기다리고 있었다."

나와 미하엘을 발견한 왕세자가 반색했다.

그러자 양측의 대립이 거짓말처럼 사라졌다.

나는 갑자기 엄청난 주목을 받게 됐다.

뭐야? 나를 왜 그렇게 보는 거야? 마저 싸우지.

“저하의 명령을 수행하여 상당한 전과를 거두었습니다.”

“알고 있다. 그래서 부르고뉴 측으로부터 외즈 백작에게 정중한 편지가 왔지.”

왕세자의 시선이 외즈 백작에게로 향하자, 장인어른과 대립하고 있어서 굳어 있던 외즈 백작은 시종을 시켜 그 편지를 내게 전달했다. 아니, 굳이 보여 주지 않아도 되는데. 미하엘에게 들은 그대로였다. 편지 내용은 매우 정중한 프랑스어로 작성되어 있었다.

프랑스어를 모르는 사람은 읽지도 못하겠다. 편지의 내용은 비교적 간단했다. 외즈 백작에게 기습 같은 비겁한 짓을 하지 말고 귀족답게 회전으로 붙자는 내용이다. 병참과 몽블랑에 관한 언급은 어디에도 없다.

역시 내 생각이 맞았다. 타이밍이 어긋난 것이다.

편지를 시종에게 다시 돌려주자, 외즈 백작이 말했다.

“프랑스 놈들은 언제나 고상한 척을 하려고 하지. 필체에 분노가 느껴지지 않는가? 경의 활약으로 전리품은 고사하고 약탈부대가 무너졌다. 지금 그의 체면이 말이 아닐 것이다. 훌륭한 전과로다, 슈트라이트 경.”

생각만 해도 통쾌한 듯 외즈 백작은 시원하게 웃었다. 그러나 그의 신하들은 웃지도 못하고 그저 나를 바라보는 눈에 질시가 담겨 있었다. 관리자 스카우터로 확인하지 않아도 나는 그런 시선을 너무나 잘 알았다. 공국기사에게 공을 빼앗겼다고 생각하겠지.

그러나 나는 외즈 백작이 아닌 왕세자의 명령을 수행했다.

즉, 외즈 백작이 좋아하는 것과는 나랑 아무 상관 없다.

그러니까, 질투하려면 번지수나 제대로 찾고 해라.

장인어른은 외즈 백작을 못마땅하게 여겼지만, 내가 세운 공에서 비롯된 것이라 공격도 하지 못하는 어정쩡한 상태가 됐다. 그 모습을 보고 내내 심기가 불편했던 왕세자가 웃을 정도였다. 장인어른이 곤란하지 않게 화제를 돌려야겠다.

"이 정도 편지로 그런 감정을 알 수 있는 겁니까?"

"평생 국경을 마주 보며 다퉈왔던 놈인데 당연히 알아볼 수 있지."

평생을 싸웠으면서도 편지를 주고받았나보다.

"그럼, 다음에 오는 편지에는 온갖 프랑스 욕이 다 쓰여 있을 것 같군요."

나는 4장의 서류와 지도를 시종을 통해 장인어른에게 전달했다. 그것을 본 장인어른의 눈이 부릅떠졌다. 장인어른은 그것을 왕세자에게 보여 주었는데 총명한 왕세자도 적의 각종 보급물자와 일정 등이 적힌 서류와 지도를 보고 상황을 파악했다.

"사위, 이건 대체 어떻게 얻은 건가?

"적의 병참기지 두 곳을 불태우고 얻어온 정보입니다."

"……병참기지를 불태웠다고?"

여기저기서 작은 탄성이 터져 나왔다. 이 알현장에 있는 귀족 중에서 병참의 중요성을 모르는 자들은 없을 것이다. 그것도 침략군의 병참이라면 시사하는 바가 크다. 나를 대견한 기사쯤으로 여기고 있던 외즈 백작은 진심으로 놀란 것 같다.

그리고 소박하지만, 멋진 전리품을 자랑했다.

"에피앙 백작이 아끼는 말도 빼앗아왔습니다."

곁에 있던 미하엘이 경악했다.

"헉? 그럼 그 끝내주는 헝가리산 말이 설마 에피앙 백작의 말인가?"

"맞습니다. 미리 말씀드리지만, 그 말은 이제 제겁니다."

전리품은 획득한 자의 것이다. 전장의 오랜 불문율이지. 피난민을 공격했던 약탈부대를 요격하러 보냈더니 적의 병참을 불태우는 엄청난 전과를 거두고 귀환했기 때문에 왕세자는 아직도 얼떨떨한 상태였다. 상상도 하지 못했겠지. 나도 이렇게 전과를 거둘 줄은 몰랐다.

유일하게 정신을 차린 장인어른만이 우렁차게 웃으며 내게 다가와 어깨를 두들겼다.

컥, 컥! 장인어른, 좀 많이 아픕니다.

플레이트 아머를 입고 있는데도 충격이 장난 아니다.

"크하하하! 역시 내 사위로군! 병참기지를 불태웠을 뿐만 아니라 그 에피앙 백작 놈이 아끼는 말까지 빼앗아왔으니, 그의 체면이 하수구 속에 처박힌 격이네! 화가 치밀어 오른 놈은 결국 급한 마음에 밀고 내려올 것이다! 매복해도 눈치채지 못할걸?"

"병참기지가 불탔고 아끼는 말까지 빼앗겼으면 충분히 그럴 만도 하지."

외즈 백작은 떨떠름한 표정을 지으며 장인어른의 의견에 동조했다.

그리고 장인어른은 백작에게 보란 듯이 말했다.

"내 사위의 능력이 어떤가? 이만하면 최고의 사윗감이지!"

"……확실히 훌륭한 사위요, 군무대신에게는 너무 아깝군."

"뭐야? 우리 가문이 어디가 어때서!"

"슈트라이트 경. 저런 무식쟁이보다 외즈를 다스리는 지배자의 사위가 될 생각은 없나? 내게도 적령기의 딸이 있네."

힐다가 있는데 무슨 큰일 날 소리를. 당연하게도 미하엘을 비롯해 군무대신가 사람들의 눈빛에서 레이저가 뿜어져 나왔다. 반대로 외즈 백작 진영의 신하들이 나를 보는 눈초리가 곱지 않다. 외즈 귀족들 입장에서는 외부인이 전공을 세워서 배알이 뒤틀리겠지.

그것도 주군이 딸을 줘서라도 탐내는 자라면.

하지만, 나는 국경 영주의 사위로 들어갈 생각이 없었다. 외즈 백작은 내 군사적인 능력을 높이 평가했기 때문에 권하는 것이지, 만약 사위가 된다면 평생 전장에 구르게 될 것이다. 그런 삶은 사양이다. 적당히 얻을 건 얻고 빠지는 것이 가장 현명했다.

"백작님의 제안은 감사하지만, 저는 군무대신가의 사위이며 프로이라인 슈타이너의 약혼자입니다. 제 아내는 오로지 슈타이너 영애 한 사람뿐입니다."

군무대신가와의 인연도 중요하지만, 힐다만큼 매력적인 여자도 없다고 생각한다. 내 대답에 만족했는지 장인어른과 미하엘이 흐뭇하게 웃었다. 나를 유심히 살피던 외즈 백작은 탄식하듯 말했다.

"내 제안이라면 흔들릴 법도 한데, 경의 눈빛에서는 망설임이 없구나. 나는 군무대신을 한 번도 부러워한 적이 없었지만, 사위 복만큼은 부럽군. 저만한 기사가 사위라니."

"하하하, 자네도 좋은 사위를 고르면 되지 않겠나?"

"욕심만 많은 놈들뿐이라, 고르기가 쉽지 않네."

힐다가 격이 낮은 나를 선택했던 것처럼 외즈 백작에게도 마땅한 사윗감이 없어서 골치가 아픈 모양이다. 베렌 공국은 작은 나라라 적합한 결혼 상대를 차지하기 위해서는 피 튀기는 경쟁을 벌일 수밖에 없었다. 힐다가 없었다면 나도 하마터면 그 꼴이 될 뻔했다.

외국에서 상대를 찾아볼 수 있겠지만, 그 결혼이 이득이 되지 않는 이상, 꽤 드문 편이다. 중세는 지방색이 상당히 강했고 타지역 출신에게는 배타적이었다. 그러니 선택의 폭은 매우 좁았다. 그래서 신분이 낮지만 능력이 출중한 자를 사위로 삼는 경우가 많았다.

장인어른이 아무런 배경도 없는 공국기사를 사위로 받아들인 것은 순전히 힐다의 의견을 존중했기 때문이다. 정략결혼이 기본이던 시대에 딸이 선택해서 사위를 들였다는 것은 대단히 이례적인 일이었고 그만큼 장인어른이 가족을 아끼기 때문에 가능했다.

지금에 이르러 장인어른의 선택은 탁월한 판단이 됐다.

외즈 백작이 부러워하는 것은 바로 그런 이유일 것이다.

어디든 자녀 결혼이 문제였다.

그때 왕세자가 말했다.

"경은 무리한 명령에도 충실히 따라주었고 기대 이상의 성과를 거두었다. 그 어떤 공국기사도 경과 같은 헌신과 능력을 갖추진 못했을 것이다. 나는 경이 무척 자랑스럽다."

"감사합니다, 저하."

왕세자는 내가 세운 모든 공적을 상세히 보고하여 부족함 없이 보상을 받을 수 있게끔 조처를 하겠다고 약속했다. 왕세자의 보증을 가장 원했던 것은 사실이다. 왕세자가 특별히 신경을 쓰고 있는 만큼 대신들도 함부로 장난을 치지 못할 것이다.

“왕세자 저하, 적이 메리언트에서 진을 쳤던 것은 공성전을 준비하기 위함인데 보급이 부족해졌으니 틀림없이 가까운 시일 내에 밀고 내려올 것입니다.”

“나라면 후퇴할 것인데, 과연 밀고 내려올까?”

“에피앙 백작은 무너진 체면과 부르고뉴 공작의 신임을 얻기 위해서라도 무리를 할 것입니다. 매복으로 적을 격멸하기 더없이 좋은 시기입니다.”

본제로 돌아가서 왕세자를 중심으로 다시 작전을 구상했다. 가장 많은 수인 공국군이 적의 본대를 유인하는 동안 백작군이 숨어 있다가 측면을 공격하기로 했다. 베렌창기병대가 정면으로 나설 것이다. 최고의 돌격부대가 있는데 써먹지 않는 것은 있을 수 없다.

그런데 기병대장이 전혀 보이지 않았다.

“이런 중요한 회의에 기병대장은 어디에 있습니까?”

“그 용감한 오입쟁이 놈은 한 번도 회의에 참석한 적이 없어.”

베렌창기병대에게는 작전 따윈 필요 없나 보다.

적의 전열을 상대 기병보다 먼저 깨트리는 것이 중요했으니까. 왕세자는 여전히 나와 경기병대에게 중요한 역할을 맡기려고 했다. 그런데 외즈 백작의 진영에 있던 한 귀족이 앞으로 나와 왕세자에게 말했다. 그는 비장했고 흘끔 나를 보는 눈초리에는 질시가 가득했다.

"저하, 슈트라이트 경은 훌륭한 전과를 세우고 지금 막 돌아온 길입니다. 피로가 쌓여 있을 테니, 그에게 휴식을 주는 것이 어떻습니까? 자랑스러운 외즈의 발렌트 기병대가 그 역할을 대체 할 수 있게끔 기회를 주십시오. 저 또한 경기병대를 이끄는 지휘관입니다."

그러자 외즈 귀족들이 그 귀족의 주장을 강력하게 지지하면서 분위기가 이상하게 흘러갔다. 당연히 군무대신가 진영은 나를 빼놓을 수 없다며 맞섰다. 난데없이 대립이 발생하자 왕세자는 머리가 아픈 모양이다. 외즈 백작이 왕세자에게 말했다.

"저자는 발렌트 남작입니다. 충성스러운 기사이자 에피앙을 상대로 언제나 선봉에 나설 정도로 용맹하고 헌신적인 남자요. 슈트라이트 경이 그동안 고생을 했으니, 이번에는 쉬게 하고 발렌트 기병대를 동원하는 것이 어떻겠습니까?"

"뭐라? 내 사위를 배제하겠다는 건가?"

"배제라니? 누구보다도 혁혁한 공을 세우고 고생한 슈트라이트 경을 위해서다. 그렇게 혹사를 했다가 자칫 피로가 누적되어 전장에서 죽게 된다면 누가 책임을 질 건가?"

공국군과 백작군의 지휘체계로 싸웠는데 이제는 나를 두고 양 진영이 싸우게 됐다. 결국 왕세자는 내게 휴식을 부여했다. 무리한 명령을 내려 사지로 보낸 것이 못내 마음에 걸렸던 모양이다. 그래서 나는 주둔지에 대기하게 됐다.

미하엘이 씁쓸한 표정으로 말했다.

"매제의 공이 너무 독보적이라서 문제야."

"발렌트 남작처럼 다른 귀족에게도 기회를 주어야 하기 때문입니까?"

"그런 거지. 그렇지 않으면 저놈들이 반발할 텐데, 아직 적군이 건재한 이상 달래줄 필요가 있어. 그래서 결국 이렇게 된 거야. 왕세자 저하가 결정하셨으니 어쩔 수 없지."

이해는 했지만, 다른 놈들의 눈치 때문에 내가 활약할 수 있는 무대에서 의도적으로 배제된다는 것은 매우 기분 나쁜 일이다. 그래서 장인어른이 휴식 시간에 나를 조용히 구석으로 끌고 갔다. 평상시의 장인어른이었다면 명령을 내리고 끝났을 것이다.

그런데 지금은 내게 사정을 설명해 주고 있다.

나는 그것만으로도 대우가 완전히 격상했다는 것을 느낄 수 있었다.

"외즈 놈들이 의도적으로 사위를 배제하려는 것에 화가 났지만, 사실 나도 남 말할 처지는 못 돼. 공국군 내부에서도 사위를 편애한다는 불만의 목소리도 제법 크기 때문이지. 자네는 이미 큰 공을 세웠으니, 이제 충분하지 않은가?"

장인어른이 왕세자의 중재에 마지못해 수긍한 것도 그런 이유가 있었다. 미하엘 말대로 잘 나가는 것도 문제다. 직계이자 미래의 군무대신인 미하엘과 다르게 나는 사위에 불과했으니까. 그래서 그들에게도 활약 할 수 있게 동등한 기회를 주자는 장인어른의 말씀에 따랐다.

"공을 세우지 못한 다른 놈들에게 동등하게 기회를 주어야 하네. 그러니 사위는 남은 기병을 인솔해서 대기하고 있다가, 적이 패주했을 때 추격하게. 추가 전리품을 얻게 해 주지."

"알겠습니다. 장인어른께서 그리 말씀해 주시니, 한결 마음이 가벼워졌습니다."

"이해해줘서 고맙다. 마음 같았으면 사위를 대장으로 임명해 더 큰 무대를 마련해 주고 싶지만, 그럴 수 없는 것도 현실이네. 변경 촌놈들 주제에 능력도 없으면서 욕심만 많아서는, 쯧쯧. 에피앙 백작을 사로잡지 않는 이상, 이번 전쟁의 1등 공신은 사위네. 그건 내가 장담하지. 외즈 백작과 왕세자 저하께서도 인정했어."

장인어른이 이렇게 시간을 내서 설명해 주는데 사위된 자로서 따르지 않는 것은 무리였다. 그리고 나름 합리적인 이유였고. 누가 봐도 충분한 공을 세웠는데 이 이상의 공훈 욕심은 화를 자초할 수 있다. 내가 늘 강조하지만, 귀족이란 족속은 이익에 민감한 놈들이다.

귀족과 기사는 부하가 아니라 봉신이기 때문에 그들의 의견을 무시할 수 없다. 여전히 유럽은 봉건계약으로 돌아가는 사회였다. 그래서 나는 얌전히 외즈 백작과 장인어른 사이에서 작전계획이 수립되는 광경을 지켜보기만 했다.

외즈 귀족 놈들만 신났다.

나도 얌전히 대기할 생각은 없었다.

그리고 에피앙 백작의 사신이 왔다.

한창 외즈 백작과 장인어른이 작전계획을 수립하고 있을 때 꿔다 만 보릿자루처럼 대기하고 있던 나와 미하엘에게 다가오는 사람이 있었다. 그는 줄곧 외즈 백작의 곁에 있었던 후계자였다. 아버지의 권위가 막강해서 그런지, 그는 알현장에서 한마디도 입을 열지 않았었다.

"처음 인사를 나누는군. 나는 외즈의 후계자, 프리드 폰 외즈니르크다."

"볼프강 리터 폰 슈트라이트입니다. 이제 인사드리게 돼서 죄송할 따름입니다."

"경의 활약으로 오랜만에 아버지께서 즐거워하셨으니, 오히려 내가 고맙지."

그는 내가 병참기지를 불태웠다고 했을 때 통쾌함을 느꼈다고 했다. 부르고뉴와의 싸움은 늘 힘겹다. 그것이 대전쟁이든, 국지전이든 간에 부르고뉴의 끝을 모르는 국력에 가장 먼저 피해를 보는 것은 언제나 국경영주들이었다.

특히 외즈는 에피앙과 가장 많이 싸워왔다.

그래서 외즈의 후계자는 내 무용담에 대리 만족을 느낀 것 같다. 프리드는 꽤 괜찮은 귀족이었다. 내가 작전에서 배제된 것이 외즈의 귀족들 때문이라고 미안해했다. 사실 외즈 귀족들뿐만 아니라 공국군의 내부에서도 말이 많아서 그렇게 된 것이지만.

"율리히는 잘 있나?"

"건강하게 잘 있지."

프리드는 미하엘보다 동생과 더 친했던 모양이다. 율리히는 미하엘의 동생으로 장인어른 댁에서 힐다를 달라고 찾아갔을 때 처음 만났지만, 그 이후로는 한 번도 본 적이 없다. 그는 국경수비대를 관리하고 있었는데 동부로 파견 나간 상태였다.

율리히와도 친해지고 싶었지만, 그게 좀 아쉬웠다. 그 외에 힐다의 언니들인 마그레타나 플로라도 만난 적이 없다. 마그레타는 라덴스도르프 공작가에 시집갔고 플로라는 북방 오펜부르크 후작가에 시집갔다는 것 외엔 잘 모른다.

언니들은 왕족과 최고위 귀족 가문에 시집갔는데 힐다만

하급 귀족에게 시집을 간 것이다. 격차가 너무 나서 오히려 내가 미안할 지경이다. 미하엘에게 언뜻 듣기로는 아버지의 막내 편애 때문에 언니들과 사이가 좋지 않다고 한다.

다른 건 모르겠고 힐다가 격이 낮은 나 때문에 언니들에게 무시를 당하지 않을까, 그게 가장 걱정이 됐다. 다른 영지로 시집을 갔으니 거의 볼 일은 없겠지만, 서신이라는 것이 있다. 에피앙 백작이 외즈 백작에게 서신을 보낸 것처럼.

"보고입니다! 부르고뉴 측으로부터 사신이 왔습니다!"

전령의 보고에 알현장에는 적막이 감돌았다.

왕세자가 나를 반겼을 때처럼 비슷한 분위기였다.

그나저나 지금은 해가 완전히 져서 어두컴컴한 밤 시간인데 에피앙 백작의 사신이 왔다는 것은 그만큼 빡쳤다는 의미겠지? 외즈 백작은 흥미로운 표정을 지으며 사신의 알현을 허락했다. 반면, 콧수염이 인상적인 프랑스 귀족은 잔뜩 굳어 있었다.

"오늘 그대를 두 번이나 보는군."

"저도 외즈 백작님을 하루에 두 번 보게 될 줄은 몰랐습니다."

"그래, 침략군 대장께선 이번에는 무슨 서한을 보내셨나?"

외즈 백작은 프랑스 국경과 접한 영주답게 프랑스어가 유창했다. 왕세자도 프랑스어가 유창한 편이고 장인어른도 어느 정도 안다고 했다. 미하엘은 기초 수준이라서 수준 높은 프랑스어 대화를 알아듣지 못했다. 반면 나는 모국어를 듣는 것처럼 아주 잘 들렸다.

프랑스 귀족이 서신을 내밀자 대기하고 있던 시종이 그것을 공손히 받아 외즈 백작에게 바쳤다. 서신을 펼친 외즈 백작은 담담하게 읽었다. 왕세자와 장인어른은 진심으로 서신의 내용을 궁금하게 여겼다. 이곳은 외즈 영역이었기에 외즈 백작이 먼저 보는 것은 당연했다.

"큭큭큭, 내 평생 이렇게 재미있는 서신은 처음 보는군. 그 고상한 척하던 놈이 이런 원색적인 비난이 담긴 서신을 보낼 줄이야. 그래, 그동안 가면을 쓰느라 억눌려 있었겠지."

외즈 백작은 웃음을 억누르며 그 서신을 왕세자에게 넘겼다.

궁금하게 여기던 왕세자의 눈도 커졌다.

"이게 정말 같은 사람이 쓴 서신이 맞나?"

"재미있지 않습니까? 필체는 에피앙 백작의 것입니다."

"병참기지를 불태운 것보다 말을 훔친 것에 더 화가 나 있는 것 같군."

마지막으로 넘겨받은 장인어른은 대놓고 폭소를 터트렸다. 나는 시시각각 얼굴 표정이 일그러지는 프랑스 귀족 사신에게 가장 먼저 시선이 갔다. 울그락불그락 달아오른 얼굴이 정말 볼만 했다. 폭발직전이었지만, 가까스로 참은 프랑스 귀족이 말했다.

"백작님이 아끼는 말을 돌려준다면 자비를 베푼다고 약속하셨습니다."

"정당한 전리품인데 왜 돌려줘야 하지? 우린 지금 전쟁 중이 아니었는가?"

"몸값을 지급할 의사가 있다고 하셨습니다. 얼마나 원하시는지?"

말의 몸값? 그렇다면 더더욱 주기 싫다.

그만큼 훌륭하고 좋은 말이라는 의미가 아니겠는가?

"그렇다는데, 슈트라이트 경? 자네는 어떻게 생각하나?"

외즈 백작이 나를 언급하자 프랑스 귀족의 매서운 시선을 받게 됐다. 병참을 불태우고 말을 훔쳐 간 게 너냐? 나는 그 시선에도 당당했다. 그리고 프랑스 귀족이 노려본다고 해도 무서울 거 하나도 없었다. 오히려 프랑스 놈들이 나를 두려워해야지.

"에피앙 백작께서 정말 훌륭한 말을 주셔서 감사하게 생각하고 있습니다. 몽블랑은 제가 책임지고 잘 돌볼 테니, 걱정하지 말라고 전해 주시죠."

"프랑스어를 할 줄 알기에 격식 있는 기사인 줄 알았더니, 도둑놈이 따로 없구나!"

"정당한 전리품을 가져간 것뿐인데 도둑놈이라뇨? 자신 있으면 와서 가져가 보십시오."

하여간, 프랑스 놈들의 내로남불은 종특인 것 같다. 지들도 약탈부대를 운영했으면서 백작의 말을 빼앗아갔다고 도둑놈 취급이라니. 심보가 고약한 놈들이다. 그래서 더더욱 돌려주기 싫다. 장인어른은 서신을 시종에게 넘겨주며 프랑스 귀족에게 말했다.

"설마 고작 말 한 필을 돌려달라고 사신을 보낸 건 아니겠지?"

"내일, 부르고뉴군은 외즈를 불태우기 위해 진군을 개시할 겁니다. 자신 있다면 회전에 응하십시오. 성안에 틀어박혀 시간을 끌 생각이라면 외즈의 모든 마을을 불태울 것입니다."

"흥, 우리도 농성할 생각은 없다. 얼마든지 와라!"

— 그래! 올 테면 와라! 다 죽여주마!

— 우린 부르고뉴 놈들에게 굴복하지 않는다!

장인어른의 외침에 귀족들까지 열렬히 지지했다.

개중에는 사신으로 온 프랑스 귀족을 모욕하는 자도 있었다.

프랑스 귀족은 시간 낭비를 하고 싶지 않다는 듯 몸을 돌렸다.

퇴장하려는 순간 그는 내게 시선을 돌리며 말했다.

"슈트라이트라고 했던가? 백작님에게 상세히 보고할 것이다. 후회하지 말고 기다려라. 네놈은 몸값과 상관없이 반드시 목을 칠 테니, 도망가고 싶다면 지금이 기회일 것이다.”

“기다리고 있겠습니다. 부르고뉴 귀족나리.”

잠시 나를 노려본 뒤 프랑스 귀족은 알현장에서 나갔다. 하지만, 나는 관리자 스카우터를 통해 그의 이력과 상태를 확인 할 수 있었다. 그는 에피앙의 귀족이자 기병대의 지휘관이기도 했다. 포로로 잡았던 기사, 클로디스의 상관이 분명했다.

가브리엘 드 베이용. 25세의 야심만만한 기사였다.

그런데 그의 심리는 명백하게 기만을 가리키고 있었다. 분노가 아니라 기만? 뭔가 이상했다. 겉과 속이 다른 자는 반드시 다른 꿍꿍이가 있다는 것은 명백했다. 그 꿍꿍이가 무엇일까? 그 기사가 에피앙의 기병대 지휘관이라는 것을 주목했다.

그 프랑스 귀족에 관해서 프리드가 설명했다.

“가브리엘 드 베이용이라는 자다. 에피앙 기병대의 3번째 지휘관이지.”

“유명한 자인가? 난 처음 듣는데.”

“이 일대에서는 제법 유명하지. 적장이지만, 실력 있는 기사다.”

외즈의 후계자인 프리드는 국지전을 자주 경험했는데 베이용이 이끄는 기병대와 여러 차례 싸운 적이 있다고 한다. 그런데 이 베이용이라는 기사가 프리드의 휘하에 있던 기사 셋을 동시에 상대하면서 전혀 밀리지 않았다고 당시의 광경을 설명했다.

포이젠에서 포로로 잡은 플레시아도 아이젠나흐를 비롯한 친위대 4명을 상대로 상당한 무예를 자랑했다. 피엘과 협력해서 쉽게 붙잡은 것이지, 1:1이었다면 승부를 장담할 수 없을 정도로 대단한 실력의 기사였다. 프랑스 기사들의 역량이 베렌보다는 우위에 있는 걸까?

백년전쟁을 겪으면서 프랑스 기사들의 수준이 높아진 것은 사실일 것이다. 그러나 베렌 공국도 만만치 않다. 프랑스와 부르고뉴의 숱한 위협 속에서 나라를 지켜왔다. 외부적인 요인으로 물러난 것이 대부분이지만, 그때까지 악착같이 버틴 것은 베렌의 저력이었다.

하지만, 냉정하게 현실을 따지자면 미스매치인 것은 틀림없다. 부르고뉴는 유럽 최고의 부국이자 막대한 재화를 쌓아놨고 프랑스 왕실과 내전을 벌일 정도로 권세를 자랑하는 세력이었으니까. 내게 있어서도 미래를 위협하는 최대의 적이었다.

그러나 대국적인 영향을 행사할 수 없기 때문에 이런 국지전이라도 적에게 타격을 주는 것이 지금으로서는 내가 할 수 있는 유일한 방법이었다. 나는 베이용의 심리가 기만이라는 것을 확인한 순간, 회전의 목적이 주력을 끌어들이기 위한 계략이라는 것을 간파했다.

"그러니까, 매제가 말하고 싶은 것은 적들이 매제가 병참을 습격한 것처럼 회전으로 주력을 유인하고 기습부대를 보내 우리 주둔지와 병참을 공격할 가능성이 크다고?"

"주둔지를 파괴한 후, 공국군의 후방을 공격하겠죠. 저라면 그렇게 할 겁니다. 적의 경기병대가 건재한 이상 우리는 기습에 대비해야합니다."

북쪽 들판에서 100여 기의 약탈부대가 내게 각개격파 당했지만, 여전히 부르고뉴에는 100기가 넘는 경기병들이 남아 있다. 지휘관 스카우터에 표시된 적의 수색부대 규모를 보고 판단한 것이다. 병참기지에서 확보한 정보에도 말의 숫자가 800필이라는 것을 알 수 있다.

예비마의 비율이 어떻게 되는지 모르겠지만, 적어도 2필 이상일 것이고 최소 기병대의 숫자는 300~400기일 것이다. 그중에 약탈부대로 분류된 100기는 내가 이끄는 유격부대에게 각개격파 당했고 나머지 100기는 내 부대를 잡기 위해 이 잡듯이 뒤지던 수색부대였다.

수색부대를 제외하고도 200여 기가 남는다.

이 중에서 중장기병의 비율이 어느 정도이고 보급운송부대가 사용하는 짐말로 몇 필이나 사용되는지는 알 수 없었다. 그래서 나는 적의 기습부대가 최소 100여 기에서 200여 기 사이라고 판단했다. 미하엘과 프리드는 내 이런 추측에 놀랍다는 반응이었다.

“합리적인 판단이지만, 적이 기습할 것이라는 확증은 없다.”

“나는 매제의 판단을 믿어. 이제까지 매제가 이룩한 공을 생각해 보라고.”

“그의 공적이라…….”

미하엘은 이제 나에 대한 강한 믿음을 가지게 된 것 같다. 프리드도 내가 세운 공을 곱씹으며 내 추측에 대해 충분히 신뢰할 만하다고 긍정적으로 돌아섰다. 군무대신 진영의 미하엘과 외즈 백작 진영의 프리드가 내 추측을 지지한 것만으로도 충분했다.

내일 회전에 대한 모든 합의가 이루어지고 양측 귀족들은 만족스럽게 돌아갔다. 그들이 빠져나간 뒤 텅 빈 알현장에는 소수의 인원만 남았다. 외즈 백작과 장인어른은 나와 후계자들이 돌아가지 않고 기다리고 있자 의아하게 여겼다.

사실 귀족들이 빠져나가기를 기다리고 있었다.

또 공을 독식한다는 쓸데없는 오해를 피하기 위해서다.

그리고 듣는 귀가 적으면 적을수록 보안을 유지할 수 있다.

“프리드, 할 말이라도 남았느냐?”

“슈트라이트 경이 적의 기습을 우려하고 있습니다.”

"적의 기습? 그게 무슨 소리냐?"

프리드와 미하엘은 적 경기병대의 공국군 주둔지 습격에 관한 가능성에 대해 보고했다. 에피앙 백작이 서신을 통해 분노를 드러낸 것은 아군의 주력을 회전으로 끌어들이기 위함이다. 그 틈에 적의 기습부대가 아군의 주둔지와 병참을 공격한다면 큰 타격을 받을 수 있다.

외즈 백작이 내게 말했다.

"가능성은 있네. 하지만, 슈트라이트 경. 기습이 있다고 확신하는가?"

"확신합니다. 우리는 적의 기만전술을 대비해야 합니다. 만약 저라면 주둔지와 병참을 불태운 후 공국군의 후방을 공격해서 진영을 무너트릴 것입니다."

"흠, 만약 경이 적이었다면 우리는 연옥을 경험하고 있겠지."

베이용의 심리가 기만이 아니었다면 나도 대비할 생각을 하지 못했을 것이다. 그러나 내게는 스카우터가 있었고 그것을 통해 어느 정도 정보수집이 가능했기에 그들의 계략을 눈치챌 수 있었다. 절대적인 판단은 아니었지만, 나는 내 육감과 스카우터의 정보를 믿었다.

심사숙고한 장인어른은 공국군 창병 50명과 궁수 50명을 주둔지에 배치하기로 했다. 그 외에 나는 로젠하임 병사 25명도 요청했다. 이들은 방패병으로서 궁수를 지키는 역할을 할 것이다. 외즈 백작은 백작군 소속 경기병대의 일부를 차출해서 내게 배속하기로 했다.

적의 기습이 사실이고 이를 막아낸다면 적에게 막대한 심리적인 타격을 줄 수 있다. 더구나 적들은 대부분이 용병이라 병참이 무너진 것에 사기가 꺾일 가능성이 컸기 때문에 승리할 확률은 그 어느 때보다 높았다. 그러나 나는 방심할 생각 따윈 없었다.

모든 작전구성이 마무리되고 주둔지로 돌아가던 길에 미하엘이 내게 말했다.

"주둔지의 병사들은 내가 지휘할 생각이야."

"처남이 직접요? 회전에 참여하는 것이 낫지 않습니까?"

"매제와 함께 하는 게 더 재미있고 흥미롭거든. 주둔지를 방비하려면 나 같은 지휘관이 있어야지. 사실 나는 공격보다는 방어가 특기거든."

"그래요? 포이젠에서는 능숙하게 군대를 운영하시던데."

모르던 사실이다. 확실히 공격보다 방어가 더 어렵다. 뚫리는 순간 그대로 무너지는 것이 이 시대의 군대였다. 미하엘은 대열을 유지하고 적의 공격을 막아내기가 훨씬 쉽다고 했다. 그의 말대로라면 주둔지 방어에 있어서 미하엘만큼 최적의 인재도 없을 것이다.

다만 신분이 너무 높아서 고작 주둔지 방어에 나서기에는 체급이 너무 안 맞았다. 본래는 포이젠을 지키며 주민들을 진두지휘했던 아우구스트에게 맡길 생각이었다. 아우구스트는 훌륭한 기병이었지만, 지휘관으로서 역량을 갖추고 있었기 때문이다.

하지만, 미하엘이 나서준다면 경기병대를 운영하는데 훨씬 수월해질 것이다. 피엘과 아우구스트가 함께하는 것만으로도 마음이 든든했다. 그리고 다행인 것은 감시 겸, 보좌로 붙여준 기병대장의 부장들이 아직 돌아가지 않았다는 것이다.

아마도 전리품 문제 때문에 부대로 복귀하기 어려웠던 모양이다. 이왕 부리는 거, 끝까지 부려줘야지. 노획품만 보면 눈이 돌아가는 것만 제외한다면 부장들의 지휘능력은 훌륭한 편이어서 어중이떠중이들에게 맡기는 것보다는 훨씬 낫다.

"볼프강 님!"

내 막사에 도착하자 경비를 서고 있던 오스카와 테드가 반색하며 달려왔다. 내 부하들의 얼굴을 보니, 상당히 반가웠다. 집으로 돌아온 것 같은 착각마저 일어났다. 여기서 힐다가 나를 반겨주면 얼마나 좋았을까. 아직 전쟁은 끝나지 않았다.

"무사하셔서 정말 다행입니다."

"내가 없는 사이에 별일 없었지? 그런데 마리아는?"

"마리아는 삼촌이 돌봐주고 있습니다."

"응? 그 아이에게 삼촌이 있었던가?"

"마리아를 데려온 그 전령이 삼촌이라고 자청했습니다."

마리아의 죽은 부모와 알고 지냈다던 그 전령이 마리아의 삼촌으로 나선 것인가? 오스카는 자신이 돌보는 것보다 전령이 돌보는 게 훨씬 안정적이라며 아예 다 맡겨버렸다고 한다. 주둔지에 머무는 것이니, 마리아에게 결코 좋은 환경은 아니다.

그리고 내일, 이곳은 전쟁터가 될 수 있다.

그래서 나는 그 전령을 불렀다. 늦은 시간이라 마리아는 잠들어 있었다.

전령의 이름은 안톤이었고 흔한 이름이었다.

"그래, 마리아의 삼촌이 되기로 했다고?"

"예. 부모를 잃고 고아가 된 마리아에게 힘이 되어 주고 싶었습니다."

당연하지만, 그는 정의(선)에 머물고 있었다. 정직과 정의는 다른 개념이다. 정직은 거짓이나 꾸밈이 없는 올곧은 마음에 비롯된 개념이라면 정의는 개인의 올바른 도리에서 비롯된 것이다. 그러니 나는 정의감을 가진 사람을 좋아했다.

더욱이 안톤은 말을 잘 탔다.

전령으로 활동하기 때문에 그만큼 승마술이 뛰어났다.

가신기병 후보로 이보다 저 제격인 후보가 있을까?

"마리아를 계속 돌봐줄 수 있나?"

"그러고 싶지만, 저는 외즈 사람입니다."

"마리아도 외즈 출신이지. 자네가 따라온다고 해서 뭐라고 할 사람은 없어."

명백한 스카우트 제의였기에 안톤은 고민하다가 내게 물었다.

"제가 기사님의 가문에서 무슨 일을 하게 됩니까?"

"나는 개인적으로 가신기병을 육성하려고 한다."

"기병이요? 저는 기병보다는 전령으로 활동해 왔습니다만."

"그건 걱정하지 마. 훌륭한 기병으로 만들어 줄 테니까."

기병 육성에 관해서는 아우구스트에게 일임하기로 합의했었다.

그는 콘스탄츠 남작의 기병대를 육성한 적이 있었다.

아우구스트 정도 되는 기사라면 평범한 기병대는 아니었을 것이다.

안톤은 부담스러워하는 기색이었지만, 마리아를 생각했는지, 결국 내 제안을 받아들였다. 전령 출신이라 기병으로 활동하는 것에 부담감이 있겠지만, 그걸 극복하는 것은 전적으로 본인의 의지에 달렸다.

그리고 나는 안톤이 그런 의지가 있는 사람이라고 생각했다.

주둔지는 이른 아침부터 어수선했다. 급히 편제가 이루어져 주둔지를 지킬 병력과 프리드가 보내 준 경기병대가 합류한 가운데 외즈 성의 주민들을 대거 동원해서 주둔지 보수공사에 들어갔기 때문이다. 적 기병이 쉽게 넘지 못하도록 말뚝을 촘촘히 박았고 함정을 설치했다.

"빨리 움직여라! 말뚝을 단단히 박고 위치를 맞춰!"

보수공사를 총지휘하는 사람은 당연하게도 미하엘이었다. 미하엘은 적 기병의 습격을 최대한 막으면서 시간을 끌기 위해 방어시설을 강화했고 궁수가 공격하기 쉽도록 최적의 위치를 조정하는 등, 할 일이 무척 많았다. 하지만, 시간이 촉박했다.

그래서 최소한의 조처를 하는 것인데 그것만으로도 충분히 기습부대에겐 위협적이었다. 미하엘은 적의 공격을 효과적으로 막는 방법을 알고 있었다. 공격하는 입장에서는 상당히 까다로운 유형의 지휘관인 셈이다. 적의 병참이 이 정도로 방비가 되어 있었다면 포기했다.

원정군인 부르고뉴의 선택지는 단기 결전밖에 없었다. 다시 병참선을 구축하여 보급을 받는 선택지도 있지만, 시간이 오래 걸릴 뿐만 아니라 막대한 전비가 소모된다. 국지전에 불과한 이런 작은 전쟁이 그런 손해를 감수할 만한 가치가 있을까?

계산기를 아무리 두들겨도 에피앙 백작의 선택지는 총공격밖에 없었다. 그러나 에피앙 백작은 호락호락한 사람이 아니다. 비록 병참을 잃고 아끼던 말까지 빼앗겨 화가 머리끝까지 났겠지만, 사신을 보내 회전으로 외즈의 시선을 끌면서 허를 찌르는 작전을 수립했다.

에피앙 백작이 고안한 것인지, 아니면 참모진이 만든 계획인지는 모르겠지만, 이쪽의 허를 찔러 똑같이 병참을 불태우고 타격을 입힌 후 주력의 후방을 공격한다는 작전은 매우 훌륭했다. 이 불리한 상황을 딛고 군사적인 승리를 달성할 수도 있다.

"너희들은 로젠하임 병사들을 통제해서 적 기병이 궁수를 공격하지 못하도록 막아."

"목숨을 걸고 명령을 완수하겠습니다."

"이제야 주군과 함께 싸울 수 있어서 다행입니다!"

전날, 오스카와 테드에게 적의 기습이 있을 것이라고 알려 줬었는데 마음가짐이 확 달라졌다. 심기일전한 듯, 두 사람은 매우 의욕이 넘쳤다. 나는 그 모습을 보고 상당히 미안했다. 그들은 보병이었기에 기병 위주로 활동했던 나와 함께 할 수 없었기 때문이다.

주인은 공국군 경기병대를 이끌고 북쪽으로 진출해 혁혁한 전과를 세웠지만, 직속 부하들인 그들은 주둔지에서 막사와 전리품을 지키는 역할밖에 맡지 못했다. 주인과 함께하지 못한 무력감과 상대적 박탈감이 들었을 것이다.

어쩔 수 없는 일이지만, 나는 그들의 마음을 헤아려야 했다.

로젠하임 병사들을 인솔하던 구스타프를 불러 이들 중에 대장을 오스카로 임명했다. 동기인 테드는 지휘관 자리를 일찌감치 포기했고 그동안 함께 지낸 구스타프는 오스카를 지지하면서 자연스럽게 로젠하임의 지휘관으로 급부상했다. 물론 배경의 힘이 절대적이었다.

"아우구스트에게 계속 배우고 있었지?"

"예. 그분께서 제게 지휘관으로서의 마음가짐을 많이 가르쳐 주셨습니다."

"좋아. 지휘관에게 마음가짐도 중요하지. 기대하마."

"실망하게 해드리지 않겠습니다."

오스카는 씩씩하게 답하며 물러갔다. 이번에 안톤을 불렀다. 참고로 마리아는 성으로 보냈다. 전쟁터가 될지도 모르는 곳에 어린아이를 둘 수 없었기 때문이다. 프리드가 흔쾌히 받아들였고 그의 시녀가 돌봐주는 중이다. 국경영주의 후계자가 우호적이라서 다행이었다.

"안톤. 너는 본대와 합류해서 승패를 확인하고 내게 알려라."

"알겠습니다. 저, 만약 패한다면 어떻게 하실 생각입니까?"

"당연히 장인어른과 왕세자 저하를 구하러 가야지."

만약 아군이 진다면 어떻게든 장인어른과 왕세자만이라도 데리고 도망쳐야 한다. 그런 최악의 경우를 상정하고 싶지 않지만, 지휘관이라면 경우의 수를 생각해 둬야 한다. 지휘관 스카우터가 있는 한 추격을 뿌리칠 자신은 있었으니까.

프리드는 약속대로 휘하 기병대의 일부를 차출해 내게 보냈는데 현재 내가 거느린 경기병을 다 합쳐서 83기로 늘어났다. 이 정도면 100기가 넘는 적 기병이 급습을 해와도 붙어볼 만했다. 게다가 프리드는 휘하의 기사 한 명과 부장 두 명을 함께 보내 줬다.

그래서 내 휘하 부장이 7명으로 늘어났다.

피엘은 여분의 기병창이 모두 부러져서 곤란하고 있었는데 이것도 프리드가 기병창 3개를 보내 줬다. 프리드, 그는 아낌없이 주는 나무로다. 물론 나와 친해지는 것이 그에게도 이득이 되기 때문에 이렇게 도움을 주는 것이다. 당연히 나도 받은 만큼 그에게 도움을 줘야 한다.

그것이 귀족의 관계가 아니겠는가?

"몽블랑은 예민한 녀석입니다. 무턱대고 길들이려고 했다간 사납게 날뛰어서 가급적 조심스럽게 다뤄야 하죠. 샤텐과는 달리 겁이 많습니다."

샤텐이 정말 타기 좋은 말이라는 것을 몽블랑을 통해서 절실하게 깨달을 수 있었다. 샤텐이 오만하고 힐다 외에는 전부 자기 밑으로 보는 경향이 강했지만, 최소한 등에 태우는 사람에게 위협을 가하진 않는다. 나는 힐다의 도움으로 샤텐에게 인정받은 케이스였다.

그런데 몽블랑은 히스테리가 가득한 공주님처럼 날뛰는데, 스트레스를 많이 받은 상태였다. 샤텐을 타고 작전을 수행하면 되겠지만, 이 기회에 몽블랑도 길들여 볼 생각이었다. 그러나 쉽지 않다. 먹는 것도 거절하고 있는 판국이라 빈터가 없었다면 포기했을지도 모르겠다.

그런데 다른 사람들이 전투 준비로 한창 바쁜 와중에, 왜 굳이 지금 몽블랑을 길들이는 중이냐면 이번 전투에 당장 써먹을 생각이기 때문이다. 예비마인 로트브라운과 준마들의 성능차이가 워낙에 커서 그렇다. 직접 타봐서 너무 잘 알게 됐다.

몽블랑을 빼앗아오면서 빠르고 튼튼한 준마를 2필이나 보유하게 됐고 로트브라운은 3순위로 내려앉은 셈이다. 전투에서는 샤텐을 타고 묵직하게 상대를 밀어붙이는 게 최적이라면 몽블랑은 가볍고 빠른 속도로 추격하는데 월등했다. 달리는 모습만 봐도 알 정도다.

그래서 몽블랑을 길들이기 위해 목장에 나와 있는 것이다.

이럴 때는 대체 어떻게 해야 하지?

역시 먹을 거로 달래 주는 것이 최고다.

당근도 거절해서 뭘 먹일까, 고민했었는데 각설탕이 생각났다.

말이 각설탕을 좋아한다는 이야기를 들어본 것 같은데.

영화도 본 적이 있다. 15년 전 국산영화였던 것으로 기억한다.

한번 시험해 볼까?

그래서 나는 상점을 통해 각설탕을 구입했다.

빈터가 샤텐을 보러 간 사이에 각설탕을 몽블랑에게 내밀었다.

몽블랑은 거칠게 푸르릉거리며 지금 내가 이딴 걸 먹게 생겼냐? 라는 투로 신경질을 부리고 있었지만, 내가 강제로 입에 문질러주자 싫어하다가 어느 순간 내 손바닥을 핥기 시작했다. 이 녀석, 이제야 단맛을 알게 된 모양이군. 그래서 당근과 함께 각설탕 몇 개를 먹였다.

그러자 스트레스가 많이 풀렸는지 몽블랑은 언제 신경질을 부렸냐는 듯이 얌전해졌다. 내가 몽블랑의 목과 얼굴을 쓰다듬어 주면서 친해지려고 노력했다. 샤텐에게서 돌아온 빈터는 몽블랑이 처음과 다르게 얌전해진 것이 의아했던 모양이다.

“갑자기 몽블랑의 기분이 좋아진 것 같은데요?”

“변덕이 심한 숙녀 같지 않나?”

"몽블랑은 수컷입니다만."

나는 몽블랑의 안장 위에 올라갔다. 몽블랑은 얌전히 내가 타는 것을 허락했다. 태우는 것조차 거부하던 녀석인데 이러한 변화에 가장 당황한 것은 빈터였다. 몽블랑의 행동 패턴을 꿰고 있었는데 지금의 상태는 일관성이 없었기 때문이다. 당연하지. 각설탕 덕분인데.

귀족이 아끼는 말에게 설탕을 먹이는 일도 있었지만, 그건 상당히 드문 일이었다. 설탕과 향신료는 아랍을 통해 들어왔고 하얀 황금이라고 불릴 정도로 고가의 사치품이었다. 그걸 말에게 줄 수 있는 건 과시하기 좋아하는 왕이나 막대한 재력을 지닌 귀족뿐이다.

지금 시기가 대항해시대의 초기 혹은 태동기라고 알고 있는데 현재 포르투갈이 아프리카 서쪽의 시에라리온이라는 지역까지 탐험한 정도였다. 신대륙 개척으로 유명한 콜럼버스조차 아직 항해에 나서지도 못한 시기였다.

다행히 나는 상점을 통해 비교적 저렴한 포인트로 설탕을 구매 할 수 있었고 그것으로 몽블랑의 환심을 살 수 있었다. 몽블랑이 계속 설탕을 요구할 수 있겠지만, 그렇다고 설탕을 많이 먹이는 건 건강에 매우 좋지 않기 때문에 무분별하게 먹일 생각은 없다.

"샤텐이 묵직한 맛이 있다면 넌 가볍고 빠른 맛이 있구나."

— 푸르릉!

비교하는 것이 불쾌한 듯 푸르릉거렸다.

몽블랑은 상당히 빠른 말이었다.

샤텐이 고급 세단이었다면 몽블랑은 스포츠카 같은 느낌이었다.

내게 각설탕을 또 얻어먹을 생각이었는지 모르겠지만, 몽블랑은 내가 의도하는 대로 잘 따라줬다. 피엘과 아우구스트를 중심으로 새로운 경기병들과 손발을 맞추는 동안 나는 몽블랑에게 익숙해지기 위해 승마 연습을 했다.

[승마술 교본]
[1단계 수련 퀘스트를 완료합니다]
[1,000포인트, 은화 1닢 지급]

[2단계 수련 퀘스트]
[고삐 놓고 말타기—장애물 넘기]
[숙련도 0/100]
[기본자세 보정]
[보상 — 1,000포인트, 은화 1닢]

엥? 승마술 1단계 수련 퀘스트가 이제야 완료되면서 2단계로 넘어갔다. 고삐 놓고 말타기와 장애물 넘기라니. 갑자기 난이도가 확 오른 것 같다. 당연하지만, 나는 말을 타면서 질주하기만 했지 한 번도 장애물을 넘은 적이 없고 고삐를 놓고 달린 적도 없다.

승마초보자 주제에 잘도 공국군 경기병대를 이끌고 전과를 세웠다.

부하들은 대장인 나를 탁월한 지휘관이라고 칭하면서도 승마술은 평범하거나 그보다 못한 수준으로 보고 있었다. 그런데도 따르는 것은 내가 많은 이익과 전공을 안겨줬기 때문이다.

아무튼, 나는 기본자세 보정 덕분에 양손을 놓고 말을 탈 수 있고 장애물도 넘을 수 있게 됐다. 물론 낙마의 위험성은 항상 있었기 때문에 집중하지 못하면 큰일 난다. 기본자세 보정은 말 그대로 기본적인 보정이었을 뿐 이것이 절대적으로 나를 보호해 주지 않는다.

마상무예도 숙련도가 90까지 올라갔고 전투 한 번 치르고 나면 무난하게 다음 단계로 넘어갈 것 같다. 승마 연습이 끝난 후 몽블랑이 내 어깨를 물면서 각설탕을 내놓으라고 시위를 했지만, 이 귀한 것을 자주 먹일 수는 없다. 딱 하루에 한 번만 줘야지.

그리고 마침내, 공국군과 백작군이 진군을 개시했다.

약탈부대를 사냥하고 다녔던 북쪽 들판이 약속된 전장이었기 때문이다. 공국군이 적의 주력을 붙잡는 사이 백작군이 측면을 공격한다는 전술이 먹힐지는 두고 볼 일이겠지만, 이제부터 주둔지와 병참기지는 80여 기의 경기병대와 150명의 수비대만 남았다.

"피엘, 좌익으로 가라! 아우구스트, 우익으로 움직여! 나머지는 중앙이다!"

샤텐에 올라 경기병대를 이끌면서 각기 분대의 위치를 지정했다. 그리고 주둔지와 가까운 숲에 몸을 숨겼다. 우리들의 역할은 이곳에 숨어 있다가 적 기병대가 주둔지를 공격하는 순간 뒤를 칠 것이다. 앞뒤로 포위하는 전술은 기본 중의 기본이다.

생각지도 못한 지략으로 계책을 내서 위기를 타파하는 고금의 전술가들이 존재했지만, 나는 그런 천재들이 아니었기 때문에 스카우터를 통해 정보를 습득하여 아주 단순하면서도 효과적으로 부대를 운영했다. 그리고 그러한 전술은 나만의 용병술로 자리를 잡았다.

미하엘은 일부러 경비가 허술한 척 느슨하게 꾸몄는데 만약 내가 적 기병대였다면 이게 웬 떡이냐, 싶을 정도로 완벽한 위장이었다.

그러나 대부분의 병력은 만반의 준비가 된 상태였다. 멀리서 보기에는 허술해 보이겠지만, 병사들은 바로 옆에 무기를 준비해뒀다.

이제 우리가 할 수 있는 일은 기다리는 것밖에 없다.

2시간 정도 기다렸을까? 지휘관 스카우터에서 적의 정보가 표시됐다. 높은 사기에 73에 이르는 전투력을 지닌 적의 경기병대가 2부대로 나누어져 이쪽으로 달려오고 있었다.

나는 그 즉시 미하엘이 보이도록 수기를 흔들었다. 미하엘은 분명히 대비할 것이다.

적의 수는 150여 기였다.

— 두두두두!

적의 기병대가 들판을 가로질러 단숨에 주둔지 근처까지 도달했다. 내 예상이 결국 맞았다. 내 예측으로 만들어진 이번 작전에 대한 의구심이 들고 있는 부하들도 있었는데 이것으로 그들에게 완벽히 믿음을 심어 줬다. 우리는 아직 나설 때가 아니다.

적 기병대를 이끄는 기사 중에 어제 보았던 베이용도 있었다. 에피앙의 3번째 지휘관이라고 했던가? 아마 대부분의 지휘관은 나를 향해 이를 갈고 있을 것이다. 그러나 전초전은 미하엘이 대신 맡아줬다. 더없이 훌륭한 위장으로 적의 기병대를 입구로 끌어들였다.

— 와아아아!

갑자기 창병이 쏟아져 나와 밀집대형으로 기병대의 돌

파를 저지했다.

중장기병이 아니기 때문에 적의 기병대는 기병창을 준비하지 않았다. 만약 방패를 든 보병대였다면 돌파할 여지는 있을 것인데 창병은 그것이 어렵다. 뒤이어 궁수들이 화살을 쏘기 시작했다.

오스카가 이끄는 로젠하임 병사들은 궁수들의 앞을 보호하며 밀집대형에서 빠져나온 기병이 접근하는 것을 차단했다.

무리하게 돌파를 시도하는 기병이 꼭 있어서 가끔 운 좋게 빠져나가곤 했다. 그런 자들은 오스카와 로젠하임 병사들이 합심해 말에서 끌어내려 죽였다.

적의 사기가 노란색으로 변했고 전투력이 50대로 내려가는 것을 확인한 순간 나는 재빨리 말에 올라 기병검을 뽑았다. 우리를 속이려다 10배로 돌려받는 기쁨을 누릴 때가 왔지? 확실한 전과를 올릴 기회였기 때문에 아군 기병들의 눈에선 탐욕이 번들거렸다.

"위대한 베렌의 기병대여, 적을 공격하라!"

"베렌 공국 만세!"

— 와아아아!

— 두두두두!

80여 기의 기병대가 숲에서 쏟아져 나왔다. 나는 선두에 서서 샤텐을 빠르게 몰았고 탱크처럼 혼비백산하고 있는 적의 경기병대의 한가운데를 양분하면 밀고 들어갔다. 무아지경으로 기병검을 휘두르며 창병의 밀집대형을 뚫지 못해 전전긍긍하고 있던 적에게 죽음을 선고했다. 당연히 부르고뉴 기병대는 상정 외의 사태에 크게 당황했다.

"Zut, 이게 어떻게 된 일이야?!"

"모두 빠져나가라!"

그러나 이미 늦었다.

적은 멈춰 있는 상태였고 우리는 밀고 들어갔기 때문에 그 파괴력에 낙마당하는 적 기병이 수두룩했다. 나는 적의 부장들을 집중적으로 공격했다. 프랑스 욕과 이탈리아 욕, 독일 욕이 뒤섞인 가운데 나의 기병검은 어느새 잔뜩 피를 머금고 있었다.

콧수염부터 마음에 들지 않았던 베이용이 보이지 않아서 찾아 헤매고 있었는데 그가 먼저 나를 찾아냈다. 잔뜩 독이 올랐다. 나의 기병검과 베이용의 기병검이 불꽃처럼 부딪쳤다.

"슈트라이트! 끝까지 우리를 방해하는구나!"

"네놈들의 계획이 너무 형편없어서 진작 간파하고 있었지!"

"이놈! 내가 죽더라도 네놈만큼은 연옥으로 끌고 가겠다!"

베이용의 마상무예는 상당한 수준이었다. 그는 나를 낙마시키기 위해 가까이 붙으려고 했으나 나는 그가 가까이